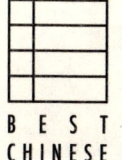

BEST
CHINESE
FICTION

中　国
好小说

邱华栋,当代著名作家,曾任《中华工商时报》文化版副主编、《青年文学》杂志主编、《人民文学》杂志副主编,现任中国作协鲁迅文学院副院长。

被誉为九十年代"新生代"作家群代表之一,"活跃的实力派作家"之一。曾获得庄重文文学奖、《上海文学》小说奖、《山花》小说奖、北京老舍长篇小说奖提名奖等。多部作品被翻译成日文、英文、德文、意大利文、法文发表和出版。

中国好小说
——
邱华栋

Best Chinese Fiction
——
Qiu Huadong

中国青年出版社

目录

塑料男与简单方便女 _001

4分33秒 _063

大鱼、小鱼和虾米 _131

鼹鼠人 _179

街上的血 _235

防空洞 _249

时装人 _263

里面全是玻璃的河 _275

月亮的朋友 _289

塑料男与简单方便女

1. 锦鲤

最近,我感觉我的身体有些不适。有一天,朋友请我和妻子在一家供应各种野生菌类的餐厅吃饭,这家环境幽雅的餐厅叫"俏云南"。饭菜很好,我、妻子和几个朋友都很开心。就在我上厕所的时候,我刚要小便,忽然看到,在小便池里竟然游动着几条非常漂亮的鲤鱼,就是学名叫作"锦鲤"的红色带些微白花的鲤鱼。鲤鱼竟然可以在人的小便里生存得那么悠然自得,却让我产生了一种很不好的感觉,因此,我无法在那个小便池里小便,跑到了里面的马桶边,在那里匆匆行事之后,突然产生了呕吐的感觉,就对着马桶吐了半天。

我神色灰白地回到了座位上,好久都没有说话。妻子觉得我有些不对劲儿，就问我，你怎么了？是不是哪里不舒服？我就告诉她我看见锦鲤游走在小便池里的情景。我说，我看见鲤鱼之后，不知道为什么，就呕吐了。妻子就说，我看见了，也会呕吐的，要是你感觉不舒服，我们可以早点离开，回家休息去。

这个时候，坐在我旁边、关切地听到了我和妻子的上述对话的画家阎力插话了：这有什么稀奇的呢？我告诉你我的故事吧。我在日本留学的时候非常穷，主要精力都在琢磨艺术上，没有怎么去打工，有时候连吃饱饭都困难，除了上街给行人画像外，我还想了很多歪门邪道，来生存下去。比如，用细绳吊着一枚硬币，在电话亭里的投币机上往国内打电话，等电话打完了，再把绳子一拽，那枚硬币就重新回到了我的手里。等于说我在日本经常白打电话不花钱。谁让那个时候咱穷呢。

诗人兼出版家龙冬说，你说的是1980年代中国出去的留学生的情况吧，现在可不一样了。我告诉你，上个月，我去德国参加法兰克福书展回来，发现在飞机的头等舱里坐着的，都是一身名牌的中国毛孩子留学生。他们是中国的新贵和"富二代"，那个牛逼啊，一副满不在乎、态度傲慢的样子，坐姿也是斜仰八叉的，一点不在乎西方人侧目的神情。倒是那些面目含蓄、谨慎的欧洲人，一个个谦和地、老老实实地把自己那庞大肥胖的身体，塞到了经济舱的小座位里而沉默着。我看着，觉得世道真变了，真解气啊。现在，该轮到我们中国人爽一爽了。

阎力说，你不要为那些没有教养的骄横之徒唱赞歌。欧洲人骨子里还是看不起我们的暴发户。

龙冬说：随他怎么看，反正现在我们至少占领头等舱了。

阎力说：我的故事还没有讲完。在日本，我有时候没有钱吃饭会断顿儿。我饿得不行的时候，偶然发现，在东京城区的一些人工河里，游走着一些很漂亮的金色大鲤鱼，就是刚才你说的那种锦鲤。我就动了偷鱼吃的心思。为了能吃到那肥大的鲤鱼，我细心准备了好久，还买了钓鱼的用具。第一天，我早早地起来，假装去跑步锻炼，到了河边，看看周围的人很少，就往河里甩了鱼钩。那鲤鱼个个都很傻，有一条立即上钩了。可是，正当我往上拽的时候，一个老头儿跑步经过我的身边，我一紧张，加上钓鱼线很滑，我就松手了，那大鱼就带着鱼钩鱼线跑掉了。我不甘心，第二天一大早又去了。这一天很适合作案，因为起雾了，50米开外，什么都看不见。我十分顺利地钓上来一条大鲤鱼，并用事先准备好的一件旧衣服，把钓上来的鱼包起来，为了不让人瞧见之后生疑。我兴高采烈地把鱼拿回家，准备按照日本人吃生鱼的方法，大吃一顿生鱼片。我很兴奋，因为，那条鱼太大了，要是在餐馆吃，至少要花4万日元。我一激动，还打电话叫来了另外一个留学生画家刘波。他来了，也很兴奋。我准备好了芥末、酱油、清酒、饭团、酱汤，把鱼仔细地切成了细片，啊，鱼肉很多，肉质看着也不坏，我和刘波都很高兴，早就开始流口水了。等到我们坐定，拿起筷子夹住一块新鲜的鱼肉往芥末上一蘸，往嘴巴里一送，登时就傻眼了。你们知道我嘴里那鱼肉是什么滋味吗?

我们都看着阎力,摇了摇头。

阎力说:我告诉你们,和橡皮的滋味差不多,完全不能咀嚼和下咽。我硬嚼了半天,根本吃不下去,真把我恶心坏了!我们都立即把鱼肉吐了出来,也不知道到底是怎么回事——那么好看的金色大鲤鱼,肉质怎么这么糟糕呢?味同嚼蜡!我想不通。后来,我碰到一个日本好朋友,他是一个万事通,我告诉他我的尴尬和疑惑——我不明白为什么人工河里的鲤鱼肥大漂亮,怎么就不能吃呢?他哈哈大笑,他说,你们中国人是聪明反被聪明误啊,这一次,栽了吧?那人工河里的鲤鱼,就是为了清理水中的化合物和垃圾专门放养的,因为,城区的人工河水里,有大量的洗涤剂、人的排泄物和其他化学制剂。鲤鱼在这样恶劣的水里生存,时间长了,就慢慢习惯了那些有毒化学品,反而变得更加肥大和漂亮。可是,肉是完全不能吃的。因为,那鱼已经不是鱼了,它已经变成化学鱼了。我说到这里的意思是,我们现在的食品也很有问题,这些年,什么毒奶粉、毒平鱼、毒蘑菇,诸位,你们看看你们眼前的盘子里的东西,追究起来,哪一样不可疑啊?不过,也许我们人类适应性很强,可以适应那些有毒的食品,也许,人类也会像东京的人工河里的鲤鱼,或者和你刚才在厕所小便池里看到的锦鲤一样,会通过变质和异化,而改变体内的肌理,继续顽强地生存下去。所以,我们不会被毒死,但是我们会变成非人。

阎力说完,我们都对眼前的食物感到了担忧。看着眼前的一桌子菜，大家忽然就没有了食欲。停了一会儿，我妻子拉着我的手说，走吧，我们走吧，我什么都吃不下去了，我觉得恶心。我觉得特别恶心。

于是，我们就很快离开了餐厅。在回家的路上，我的眼前总是游动着在小便池里的那些漂亮的锦鲤的影子。

2. 焚琴煮鹤

我的妻子因为怀孕，她最近经常呕吐，不过，是正常的孕期呕吐。因此，我格外关心食物、环境和电磁辐射的安全。必须要对她施行保护措施，要把胎安好。因为，她是大龄产妇，38岁了，这还是我们的头胎，因此，我们就格外注意。为此，我专门给她买了防辐射的背心，这种背心是由很细的金属丝与棉花织在一起的，据说，可以防止任何电磁辐射。但是，我又听说这类背心假的也很多，我就把我买的拿到了防辐射检测中心，专门做了一次测试，效果很好。比如，要是把我的手机放到背心里，电话都打不进去。

但是，对于我们吃的食物，怎么应对，我就没有什么办法了。我曾经听到一个人说："城里人气死农村人，农村人毒死城里人"，说的就是一种现实。我妹夫来自四川农村，在他老家里，他父母亲自己吃的猪，和往外面卖的猪，喂的饲料完全不一样——往外卖的猪吃的饲料里掺有瘦肉精、洗衣粉等，这样猪长得又快又出膘，瘦肉还比较多。我妹夫大学毕业后，在一所中学当数学老师。但是，他有时候喜欢站在农民的角度说话："你们城里人不是高人一等、喜欢排场、什么都吃吗？好，我给鳝鱼喂避孕药，让鳝鱼变得又肥又大，我用硫黄熏白木耳，让它更白更好看，我给牛打抗生素，让你们城里人吃了，连感冒都连着一起治了。其他的招数，还有很多，比如，往油条里掺洗衣粉，少用面粉，还能把油条炸得又肥又大，颜色还好看；往猪、驴、西瓜里注水，让水也能卖出肉价、水果价来；给羊注射阿托品，羊会觉得口渴，大量喝水，结果分量大增，而且，羊的肉质显得更鲜亮；在劣质米粉中掺入甲醛次硫酸钠，米粉就变成洁白晶亮的'上等'货了；在面粉里掺上滑石粉或大白粉，面粉就又雪白好看；用工业酒精直接兑上水当白酒卖，给陈大米抛光、涂工业油、给陈小米和玉米面染色，用墨汁把黑木耳染得更黑，给猕猴桃注射'膨大剂'，用牛血兑洗衣粉和味精做成鲜嫩的'鸭血'，用化学添加剂把劣等茶叶炒出顶级绿茶，给鸡大腿涂上丰乳膏，让鸡大腿肥大、鲜嫩，从阴沟里提炼食用地沟油，这些都是成本低、赚头大的好买卖；最后，往牛奶里掺三聚氰胺，往奶粉里掺东西，制造大头娃——既然你们城里人什么都吃，那就有你们好吃的。谁让城里人欺负农村人的？你看，城管欺负的，不都是小商小贩吗？警察欺负的，不都是民工和小姐吗？工商欺负的，不都是收破烂、卖劣酒和假药的吗？医院欺负的，不都是卖血的、得艾滋病的？后者都是农村人，他们到城市里来，不都受欺负，连孩子上学都很艰难吗？所以，这就是互相报复。"

我听得目瞪口呆。我的妹夫有时候显得很激烈，但我知道他说的都是实情。另外，我还知道，造假文物的用大粪、经血沤瓷器、铜器、玉石器，可以卖出文物价；劣质棉被床单最后成了呼吸道杀手，报废汽车鼓捣鼓捣就可以重新上路，成为"马路杀人机器"；据说，在秤杆子上做文章缺斤短两，有200多种花样。我感到，眼下，我被道德低劣的人包围了，他们每时每刻都在企图欺骗我，伤害我。那些人没有底线，都在追逐金钱，却忘记了自己是人。于是，想到这些，我汗如雨下，很担心我的妻子和她肚子里的孩子。为此，我必须要保护好我的妻子，保护好她肚子里的胎儿，不能让她乱吃东西。每一次，我从外面买菜回来，都要用醋仔细地清洗，对各种肉类，更是要产地明确、渠道清楚的我才买。我妻子在一家国营企业工作，平时非常忙碌，而我也很忙碌，自从她怀孕之后，我就承担了厨房里的事，经常做饭。可是，在厨房里，我的精神会高度紧张，不时地会割破手指，或者忘了给菜放盐。可少吃盐一定是好的，在北方，人们吃盐太多，容易得高血压和心脏病。在厨房，我额外的敏感，会为越来越多的食品不安全而突然情绪失控，哭泣起来，那个时候我会拿着菜刀在屋子里狂奔片刻，直到闻到了阳台上绿萝的清新气息，情绪才会慢慢稳定下来。而这个时候幸亏屋子里就只有我一个人。

我和妻子的食物越来越简单，因为我们都害怕乱吃东西。可是，在这个社会里，食物的安全与否是你防不胜防的事情。我忽然想起来，上周我去南方出差，当地的《东南城市报》副刊主笔张美女士请我吃饭的情景来。洗了从化温泉之后，我们一行人来到了一个风景秀丽的地方吃饭。在那家餐厅里，我们吃的全是野味，比如，蜂蛹、穿山甲、果子狸、大蜥蜴、野鸡、蛇、野猪、娃娃鱼、中华鲟，等等。我在主人的盛情邀请下，都尝了尝，觉得味道还可以，但是心理上依旧经受了巨大的考验。其中，还有一道汤，是拿鳄鱼、鹤、人参、当归等一起煮出来的，颜色是淡褐色的，味道很怪异。我一开始不知道是什么汤，等喝到嘴里之后，才看见那大汤盆里，赫然有一只尖利的鹤嘴伸了出来，搭在汤盆的边沿。

这是焚琴煮鹤啊，我有一种很惊讶的、尖锐的痛苦感。这样的汤，我是无论如何喝不下去了。看到我面有难色，张美说，吃吧，这没有什么的，我告诉你吧，我们把两广和西南地区的蛇都快吃完了。现在，我们又开始吃越南和泰国的蛇了。现在，海关每天都会查禁不少走私进来的野生动物，那都是要被送到这样的餐馆里来，让人们吃的。

我看着鹤嘴的橼尖利地对准了我。我忽然感到恶心，抑制不住要呕吐的感觉，就跑到厕所里呕吐了半天。

从那天开始，我感觉我的身体开始有些怪异，就是脑子使唤躯体的时候，躯体经常不听话。我的肌肉出现了局部的僵硬，用手摁的时候，感觉像塑料一样硬。我跑到医院里去检查，医生也看不出我有什么毛病。大夫说，可能是你工作过于紧张，疲劳导致的肌肉紧张，休息休息，可能就会好的。

可我感觉我的肌肉在发生一些微妙的变化。我妻子和我做爱的时候，虽然我倍加小心，但是她却觉得我的身体十分僵硬："你的身体怎么越来越凉，越来越僵硬呢？你的那个东西也是，不再热乎乎的像个电棍了。"

我不知道是为什么。

3. 声音

上班的时候，我经常从大落地窗户望出去。对面就是电视台那幢形状怪异的大楼。四周都是中央商务区的玻璃幕墙大厦，每一幢都高耸云端。我在一家网站工作，这家网站是一家综合性门户网站。12年前，我在一家纸介媒体工作，后来，报纸越来越不景气，2000年，我就到一家获得了风险投资资金的网站工作了。可等到风险投资花完了，网站就倒闭了。我当初是辞职的，没有办法再回到体制内，几乎流落街头了。

其实，说到我流落街头，不过是一个夸张的比喻。我后来在民营图书出版公司、地铁广告报和商业地产直投杂志都干过，可是却越来越不开心。因为，上述媒体，没有一家不是为了赚钱而存在的。而为了赚钱，媒体就要去讨好他们认为存在着的那么一种消费者和目标读者，而这么一群人，实际上是品位低俗、目光短浅的人。书籍、报纸和杂志，都为了赚钱而存在，其负载的内容就越来越娱乐，越来越没有文化价值，我就越来越感到不舒服。我想，我的皮肤和肌肉变得紧张和僵硬，和那段时间里我的工作状态是有关系的。

而且，我还可以听到一种音频固定的噪音，一种让我感觉接近崩溃的嗡嗡声。那可能是一种广泛的噪音，是从结构越来越复杂的城市的内部发出来的。我仔细听了，那种声音，不是汽车喇叭、地铁的呼啸、自行车的铃声、人的走路声和树枝的摇曳声，不是楼厦之间的峡谷风、下雨声或者零星的鸟叫声，都不是，上述这些声音，都是有突然增高和变化的分贝曲线的。我听到的声音，类似宇宙中的背景音，是一种广谱的、无处不在的声音。我坐在我的小格子座位上，在网站工作没有多久，那声音就开始在我的耳朵边回响了。起初，我以为是附近发出来的，我就开始寻找声源。比如，某个巨大的变压器，再比如，附近工厂的某个巨大的冲压车床，或者纺织厂的那些几十米长的编织机器，在工作的时候，都会发出固定频率的声音。但是，这些东西在我们这幢大厦附近都不存在。

也许，是我内心的一种声音？我开始疑惑了，我觉得，这种白噪音一样的声音，如果不是发自外部，那么，就一定发自我的内部，我的心或者大脑。想到了这一点，我的脑袋就开始明显地疼痛了起来。

我们的网站占据了这幢40层大厦的5层。每一层都是由大开间组成，大开间又被隔离成很多一米多高的小格子，蚂蚁一样的员工就在每个人的隔断后面，露出了脑袋和工作电脑的上半部分，以便让主管透过他的落地窗，随时可以看见员工是不是在偷懒，在那里干着什么。有时候，下班后走过大厦旁边的环路，我在汽车里还可以看见灯火通明的大厦里，那些忙碌的人们在四下走动。这是一种蔚为大观的景象了——

人们都像生活在橱窗里一样，别人的注视下，在玻璃大厦里上上下下，忙忙碌碌，既表演给自己看，也是表演给管理方看，更是表演给这座物化的城市看的。

4. 脑中话语

我们网站的总裁程诚先生是一个表面看上去文质彬彬的人，也许，他还像他的名字显示的那样，是一个诚实的人。可能他对上级是诚实的，但是，他骂起员工来，则十分凌厉，什么脏话都可以出口，一旦你不认真工作，加班不努力，或者公司在美国纳斯达克的股票价格下跌，都是引起他雷霆震怒的契机，都是他可以大发淫威的时候。比如，就在今天，他脸色阴沉地出现在我们的楼层，忽然，就开始骂了起来。他从美国参议员联名要奥巴马逼迫中国人民币汇率升值开始，从人家的总统骂到了我们的管经济和金融的行长、部长，然后，就开始骂我们这些员工了。他还会揪住一个人的生理缺陷来骂我们，什么扁耳朵、尖脑袋、平原下巴和狐狸眼，什么酒糟鼻、水蛇腰、溜肩膀和兔唇嘴，他都骂到了，于是我的脑袋就更疼了。

这个时候，那些对话声，就又出现在我的脑袋里。说起来话长了，多年前，我在一家报社工作的时候，专门跑社会新闻。那个时候，我比现在有正义感，年轻气盛。在X省曾经发生了这么一件事：一个地级市的领导，为了迎接国家领导人的视察，专门搞了一个假喷渗灌项目。胆大妄为的书记市长说，这个喷渗灌项目是学习以色列而专门引进的技术，花了好几亿民脂民膏。可是，领导人看到的喷渗灌区，实际上完全是假的，是一个面子工程，没有里子——你要是往农田里走几十米，管子就没有了，没有管子，那水根本就喷不出来，也渗不下去。当地报社记者童大林就写了一篇报道，《X省X市搞假喷渗灌浪费巨额资金》，随后，很多国内媒体一路跟进，做了大量报道。我也是跟进者之一。那个时候，我20多岁，血气方刚，觉得这样的事情是不可忍受的，也去做了很多采访。可是，后来，事情的发展出人意料，不仅X省X市的领导们没有被追究，相反，一年后，记者童大林以"诈骗、受贿和介绍卖淫罪"的罪名，被X市的地方法院判了12年有期徒刑。

这样的结果，是我们所有人都没有想到的。我知道童大林是一个很倔强的人，从来都不通融，疾恶如仇，得罪了当地的官员和政法系统的人，他就这样被收拾了。童大林被宣判后，一些人为此奔走，甚至上书到最高法院和全国人大的领导人那里，最终，都没有回音。后来，各种小道消息传过来，说是X省的书记准备到北京当更大的官的，他上面还有人，是一条链条上的人。童大林这么一报道，不仅省委书记无法升迁，而且市委书记和市长也无法提拔了，省委书记的压力也很大，他被中央领导点名批评了。为此，市委书记和市长恼羞成怒，一定要收拾一下这个"败坏"了X省名声、破坏了他们官路的童大林，这个不知道天高地厚的记者。于是，他们巧妙地设立了圈套，将童大林圆满地送进了监狱，而且证据确凿，无法抵赖——童大林帮弟弟的朋友办事，弟弟收受了酬金，最终成为受贿事实。

如今，9年过去了，童大林已经出狱了。我一直惦记他，我很想去X省X市看看他，可是太忙了，我一直没有成行。但是，我的脑子里可以听到一些说话的声音：

"你来吧，我很好，经过多次减刑，我待了9年就出来了。你来看我，我会很高兴的。"

"他要出狱了你知道吗？不能让这小子好受。你派两个人去收拾他一下，就在监狱的门口，让他们都看看，咬别人的人的下场。"

"童大林，你小子这么快就出来了啊，给我打！看他还老实不！"

"狱警！救救我！三个人拿棍子打我！"

"他妈的，你坐了9年牢，记性不好了，忘记了？可有人忘不了，因为，你坏了别人的财路和官路，给我打！"

"住手！再打我开枪！住手！"

"行了，他们跑了，哎呀，打得不轻，送你去医院吧。你说说，刚刚出来就挨打了。这些人也太嚣张了。他们一定是有来头的。"

"大夫，这个人被打了，一定要好好治疗。"

"要赶紧拍片子，看看颅骨、胸骨、肋骨损坏没有。皮下出血倒没有什么大不了的。"

"老童，你好好养伤，我们会继续报道你的情况。我们是《南方新闻报》的人。你是权大于法的受害者。我们一定会支持你。"

"你们支持我,我很感激。可你们又能怎么样呢?那么多政协委员、人大代表为我呼吁,我照样坐牢。他们官官相护。"

"再怎么样,大家的心跟明镜一样,都知道是怎么回事。那些整你的人在历史上会发臭,可是你,你留取丹心照汗青。"

"你还年轻,记者同道,你把话说大了,什么留丹心照汗青啊。现在,我只想安静地生活,我要好好休息。但是,对于我做的事情,我是无怨无悔。"

"是的,这就是你令人尊敬的地方。你是有骨头的。"

"要是能给我平反就好了,这样,我就可以重操旧业了。我还想当记者。新闻媒体是社会公器,你们看,现在X省很多地方因为乱挖煤,都成了沉陷区,煤老板赚了大钱走了,他们在北京、上海、青岛、大连、海南买房子,却把一个千疮百孔的土地留给了我们,大多数老百姓要承受环境恶劣导致的后果,我还要调查,还要写文章!"

"老童!别那么激动,你蹲了9年监狱了,怎么还没有记性啊?还想着捅娄子啊?再这么傻,我不跟你过了!你在监狱里9年时间,知道我这个老婆的日子是怎么过的吗?"

"老童,嫂子说得对,少管闲事吧。再说,现在情况变了,书记省长都换了,煤也不让私人老板挖了,都要收归国有了,这下就好多了。"

"对呀,老童,你的情绪不要那么激动,这样会伤身体,你的血压、心脏都不太好,再说,现在和过去不一样了,情况还是好多了。"

"好什么好,陷害我的那些人,一个个都还好好的,省委书记后来到北京去了,现在还是人大代表。市委书记和市长都退休了,可他们的儿子继续在当官和经商。好什么好!"

"风物长宜放眼量,向前看吧,老童,你看你,孙子都老大了,你应该享受生活了。"

"享受生活?我要好的环境、不受污染的空气和大地,我要好的心情,可是,你们看看,这是我画的地图,X省的地图,到处都是沉陷区和危险尾矿库,占了全省七分之一的面积!环境恶化到如此的地步,不赶紧治理,我们就完了!"

"老童!你再别管闲事了!你再管,我就和你离婚!"

"老童,你看,你老伴都生气了,你就先想点别的,好不好?咱们说点别的。"

"好吧,说点别的,就说点别的。可是,别的,又有什么好说的呢?"

又有什么好说的呢?我脑袋里听到的千里之外的说话声,就到此结束了。我想,有时间,我一定要去看看童大林。

5. 小人国

为了准备孩子的降生,我和妻子在路过社区幼儿园的时候,突发奇想,决定进去看看。生孩子、养孩子是一项巨大的工程,必须要早做准备,未雨绸缪。

社区幼儿园建筑一看就像一个游乐园,尖顶的屋子,带有北欧风格和童话色彩。在院子里,滑梯、防滑毯、玩沙池等,设施很多。我们看到很多孩子在幼儿园老师的带领下,在院子里玩游戏。白天,这里是不能参观的,我们进去的时候,门卫看到我妻子是一个孕妇,同意了,笑着打开了门。

我看到,幼儿园建筑内部是三层楼的格局,中间是一个大天井,每一层按照不同的功能分区,第一层是教室、餐厅和游戏室,第二层是孩子们的宿舍,第三层也是教室、游戏室,还有一条通向一座瞭望高塔的天桥。

我们在第一层来回转,看了餐厅、菜谱、游戏室,我感觉所有的东西都是小的,有程序设计的。比如,孩子们的饭菜由星期一到星期五,每天不一样,每天都变花样,但到下一个星期,将继续重新来一遍。也就是说,整个星期一的菜谱都是一样的,你只要看一下今天是星期几,就知道今天会吃什么。不过,整个菜谱每个季节一轮换,春天、夏天、秋天和冬天的菜谱还是不一样的,会根据季节的轮替而变化。

我对妻子说:对孩子的教育,肯定是要严格模式的,不管是孩子们的课程设置、食宿安排,还是课外游戏的设定,都应该有一定的严密设计。

我和妻子看到孩子们所用的东西全部都比成人小几号,桌子、板凳、玩具和活动场所都是如此,感觉我们来到了一个小人国。这是一个小人国啊,我妻子也这么说,一边幸福地抚摸着自己的肚子。

我们为要这个孩子花了很多心思,在要孩子之前,我们购买了排卵温度计、叶酸、强肾护精丸、早早孕试纸等,后来,妻子怀孕了，我又买了胎教音乐、防辐射背心、母婴感应器（据说母亲可以用那个玩意儿和孩子对话）等。为了预习她要做妈妈的感觉，我们已经开始购置相关的书籍，预先去商场看各种孩子用的商品。平时，我们的谈话已经被尿布、母乳喂养、奶粉喂养、进口奶粉品牌、摇篮、手推车、玩具等主题所环绕。看着眼前这个小人国的世界，我们对孩子的降生充满了期待。

在一间很大的屋子里，有着一项微缩的景观游戏：一列电动火车，将穿越平原、沙漠、草原和城市，来到一座城市。在城市里，有高楼大厦，也有游乐场、立交桥、环行高速路，有商场、机场、出租汽车站、公交车，还有超市、垃圾站、弹子房、幼儿园、学校和医院，有体育场、地铁、广场和古代的宫殿群，有各种小人儿在这些场所出入。火车呼啸着，在这个微缩的世界里穿行。我把两个塑料做的小人——一个男人，他戴着一顶蓝色的帽子，一个女人，她穿着漂亮的裙子，象征着我和我妻子——放到了小火车的驾驶室里，我摁动电钮，火车就出发了，带着我和妻子的化身，还带着蒸汽机车的那种有力度、有节奏的声音开动了。火车穿越广袤的大地，穿越了平原、沙漠、草原，进入到城市之后，速度减缓，在一些站点还停靠了。

我们两个大人在一边饶有兴味地观看。我想，孩子们在这么一个不大的空间里，玩这种微缩景观的游戏，会让自己的视野和感觉放大。火车前行，男人和女人奔走，孩子们欢呼和雀跃，老人们休憩，少男少女们恋爱。微缩的这个世界，就是人的世界。但是，这个微缩的世界却充满了一种假想的完美，这是成人的世界里没有的。在成人的世界里，酒吧、饭店、洗浴中心、性商店、火葬场、政府机关，这些东西，孩子们的世界里没有。孩子们的世界里都是有趣的、被童稚化的东西。

我们在小人国里心满意足地待了两个小时，参观了小人国里所有的设施和用具。后来，我们作为大人，还饶有兴味地和孩子们玩了老鹰捉小鸡的游戏。小人国带给我们一种返回了某种记忆的感觉。

在小人国里，我感到我的骨骼似乎恢复了一些弹性。但是，我的肌肉的钙化，或者莫名其妙地僵硬化的程度，继续在增加。

6. 简单方便女

不仅我的肌肉在变得僵硬，说起来，我的感情也变得很有角质层了。在和女人的关系上看，我属于一个橡皮男。也就是说，现在，你最好不要和我谈爱情、感情这些词汇。这会让我觉得很别扭。别别扭扭是我经常有的一种心态。因为，我过去前后曾经交了一打的女朋友，最后都没有成。和女人来往，我就经常显得很别扭。我给你说说我那没有成功的女朋友的情况吧。

第1个，是一个疯玩女。在我和她都很不成熟的时候碰上的。那个时候，她还想玩，还想疯，根本就没有想到要结婚成家，我对于她来说是一个搜集物，是她要搜集的男孩子中的一个。我是到后来才明白,我是她的搜集物。我才知道,还有女人上了男人也觉得自己占便宜了的人。于是,我走开了。不过,她也无所谓,因为,她就想疯玩。

第2个,是一个黏人女。她把我看成了她口袋里的一件东西。她有着彻底的拥有权,同时,她非常黏人,整天黏着我,我到哪里,她都要跟着,我每时每刻在做什么,她都要了解,并且一不遂心,就和我吵闹,歇斯底里的时候,她就乱砸家里的东西。我好不容易摆脱了。谢天谢地。

第3个,是一个独立女。她很好强,觉得女人和男人一样,地位一样、收入一样,其他任何地方都应该一样。她不花我的钱,我也不花她的钱,按说,这挺好的,可是,和她在一起,你会感觉没有很亲热的感觉,你觉得,她好像随时准备要离心离德一样。一个女人过于独立了,就会让你觉得,你和她没有牢固的关系,是两块无法合榫的木头。比如,和她做爱,今天我在上面干她了,那明天她一样要在上面干我。她还说,要是结婚了,那我们的屋子也要每人一个书房,卧室内是两张单人床,做完爱要马上到各自的床上去睡。我感到很不适应,后来,就分开了。她去了美国,现在已经是三个孩子的母亲,据说,后来她也改变了生活态度,成了一个居家母亲。我纳闷这个女人到了美国,怎么就成了居家太太了呢?

第4个,是一个文艺女。她是学音乐的,西洋音乐和民族乐器都懂,还会写诗、画国画,是一个典型的才女,非常多愁善感和情绪化,来情绪的时候又无法控制,沉浸在自己的世界里,使我像一个局外人。好的时候很好,但糟糕的时候就等于把我一同拽进了地狱。我是一个拘谨保守的人、一个媒体文字匠,不大懂得文艺,这个文艺女的世界对于我就显得过于缥缈和复杂了。她忽而悲戚、忽而欢欣,下大雨,别人都要在家里待着,她却要拉着我外出狂奔,下雪了,她就喜欢去雪地里走,踩脚印玩,还冷不丁把雪往我的脖子里塞。文艺女对各个门类的艺术都很在行,每天奔走在各种艺术表演和展览场所,生理周期也就是月经周期则十分紊乱,有时候会突然发情,把我放倒立即消灭我,有时候我怎么磨缠她,她都像一个贞女那样坚决不从。怪异啊,不过,我和她分开了,有时候会很想念她。

第5个,是一个物质女。物质女在今天比较常见,物质女就是对物质疯狂迷恋和占有的女人,她的眼睛里只有对物的占有。男人对于她来说,也是一种物,或者是占有更多的物的中介。因此,和这样的女孩子打交道,你的钱包和心理承受能力,都要受到考验。物质女很疯狂,她喜欢流连的地方,就是商场和品牌专卖店。物质女对性也持有一种很物质的态度,认为和男人上床不能白上,也是要有回报的,因为她长了一个男人迷恋的东西。物质女只有对物质的占有时才能够感到开心和高兴。自然,我和这类女孩子的热情一般维持不了三个月。

第6个,是一个娘家女。她人倒很好,很善良、诚实、可靠,但性格也很倔强。她在生活上很照顾我,对我很好,对家庭也有信赖感。但是,她有一个很大的家族,亲戚非常多,和她在一起,我才知道了什么叫作七大姑八大姨,才知道结婚是你不是和一个女人结婚，而是要和一个家族结婚，这个家族的任何风吹草动，都要影响到她和我的心情与生活。她娘家的事情很多，哥哥做生意要借钱啦，妹妹要找工作啦，舅舅陷入法律纠纷要找律师帮忙啦，妈妈住院没有钱要我掏医药费啦，侄子在北京找了个工作，周末要到你家里来住啦，等等等等，经常有类似的事情让我招架不了。后来想想，算了，何必呢，我又不欠你们家的，那都是你们娘家的事情，还是你自己管去吧。

第7个，是一个驴友女。驴友是旅游的谐音，很巧妙，把驴的在野外的吃苦耐劳和长途跋涉的气质体现了出来。驴友女就是喜欢徒步旅游的女人，她喜欢整天在路上，背着背包和山野做朋友。做这样的女人的男朋友，你首先要身体好，其次，要有很好的野外生存能力，要吃苦耐劳，你才有资格做她的男朋友。有那么一个驴友女友，对你锻炼身体自然很好，但是，对你的体质也是一个巨大的考验。我跟着她每个星期都要爬山，身体真的是得到锻炼了。可是，后来，她在网络上联系了一些驴友去内蒙古沙漠探险旅游，在旅途中，因为天气炎热、准备不足，大家迷路了，最后因为缺水导致了她的死亡。这个女朋友是我很喜欢的一个女孩子，天性活泼可爱，好动，但是，现在她已经死了。

第8个，是一个机关女。机关女就是在机关里工作的女人。机关女属于很中庸的、面目十分模糊不清晰的、很难描述的那种女人。机关女很规范，机关女很准点。机关女很正点，机关女很有保障。机关女很平稳，机关女很祥和，机关女很机关。

机关女让我觉得没有感觉，后来，我们就不再约会了。

第9个，是一个花痴女。和这样的女人相处，一开始你会感到惊喜，接着是刺激，然后是害怕，最后是想逃避。按说男人会比较喜欢花痴女，男人可以把性和感情分开，因此，男人可以和妓女做爱，照样回家爱老婆。但是，花痴女属于性亢奋，要随时榨干你的精液，这简直是敲骨吸髓，很快会让你形销骨立，成为一个骨感男人。花痴女喜欢探索性爱游戏，比如，她喜欢锻炼阴道的肌肉，有时候会使劲夹你，让你的小弟弟无法逃脱。我曾听说在国内外一些色情表演场所，女人可以用她们的"小玫瑰"开啤酒瓶盖，我的这个花痴女朋友也有这个本事。因此，我经常做噩梦，梦见她长着阴齿——阴道里面长着牙齿——把我的小弟弟咔嚓一下子给咬掉了，半截子留在她的体内，半截子还在我身上往下面滴血。另外，她还喜欢玩"驴拳"，就是要我在和她肛交的时候，用拳头猛击她的脖子，这样她的肛门括约肌就会猛地收缩，然后产生妙不可言的快感。打驴拳会让她有窒息死亡的危险。可是，再危险花痴女也喜欢玩。我后来害怕了，加之我身体被她快掏空了，我就赶紧逃开了。

第10个，是一个学历女。学历女就是疯狂地追求学历的女人：大专毕业了要考本科，本科毕业了要读硕士。我是在她读硕士的时候认识的，结果，她还要读博士。我问，那你博士读完了，你还要读什么？博士后啊，她回答我。那你读了这些学历，干什么呢？不干什么，我就这么一直读下去。她生活能力很糟糕，近于白痴，什么都不会，不会打扮，不会买东西，经常受骗上当，不会和人交往，只知道考试考试，连导师打算潜规则她，她都听不明白，最终碰巧逃脱魔掌。她就是这么被学历异化了。对于她来说，追求学历本身就是最终的目的，因此，我走了，让她继续追求学历吧。

第11个，是一个洁癖女。洁癖女对肮脏的东西十分恐惧，她干任何事情，都要先掂量洁净不洁净。吃苹果，要用酒精棉仔细地擦拭，在和我做爱之前，会认真地给我的龟头消毒，直到我再也硬不起来了才作罢。和这样的女孩子同居，对于我是一个巨大的挑战，因为，在她看来，我简直就是一个浑身都带菌带毒的人，我肮脏到了她感到十分害怕的地步。我和她接吻之前，必须仔细地刷牙，我们一起外出，对于我来说也是一个灾难，她会对宾馆房间里的所有东西都不信任，都要仔细地再三擦拭。在她的眼睛中，世界是不洁净的——这在某种程度上当然是对的，可是，世界本来就弄不干净啊，你再怎么样都不会使世界变得洁净的，她杀死的细菌会比她杀它们之前繁殖得更快。人不能用放大镜和显微镜来看待一切。

第12个，是一个沉默女。我还从来没有见过话这么少的女人。和她在一起，我犹如和一团黑暗的物体在一起。她话太少，有时候，我感觉她仿佛不存在，可是有时候，我感觉她无处不在。她的存在对于我来说，又是身边的巨大压力和威胁。她是一团雾，她是一块石头，她是一个沉默的影子。女人话多和女人话少，都让我觉得没有办法容忍。那么，什么是既不多也不少呢？分寸很难掌握。最后，我只好离她远一些，因为和她在一起，我自己也会逐渐地变成一块沉默的石头。

最后，在39岁的时候，我交了第13个女朋友。她是一个简单方便女，我和她成了，结婚了。

她就是我现在的妻子。简单方便女的意思就是，这样的女人，你和她生活起来比较简单、方便。简单方便女不是头脑简单，而是她看问题一律尽量简单化，生活起来也很简单化。和这样的女人相处，男人觉得不累，没有压力。简单方便女对男人没有压力，适合做老婆。我的老婆就是这样一个女人。你说，今天，我们吃面好不好？她说，好啊，就吃面吧。你说，我们今天去看电影好不好？她说，你想看的电影，我都给你下载了，为什么不在家里偎在沙发上一起看呢？简单方便女，就是简单、明快、清晰、不麻烦。简单方便女不歇斯底里、不情绪化、不平庸、不激烈、不悲愤、不喜欢复杂的事物，简单方便女的社会关系和亲戚关系也简单，简单方便女话不多也不少，刚刚好。简单方便女对待爱情和家庭很认真负责，简单方便女是女白领，工作认真积极，还能挣钱，帮助男人分担经济压力，简单方便女对待性生活自然而不过度，无论你是不是早泄了或者有些硬度不够，她都会安慰你说，这根本就不要紧不重要，于是，你就立刻又硬了。简单方便女也不追求学历，本科毕业就很好了。简单方便女不喜欢肮脏的东西，但是不会用酒精棉仔细地擦拭包括我的龟头在内的一切。简单方便女喜欢旅游，但是她喜欢和心爱的男人一起去。简单方便女对物质的欲望不强烈，但是似乎从来都不缺钱，因为她，觉得一切都要顺其自然。简单方便女，既简单，又方便，不麻烦，很省心。

有一个简单方便女做老婆,是我的福气。我必须承认这一点。

7. 影子蛛网

我很想去看看童大林。自从他出狱之后,他的说话声,总是在我的耳朵边回响。我不能不去看他,正如我在多年以前,在北京奔走,希望能够洗刷他的罪名,营救他出来那样。但是,当时,包括我在内的很多人,比如一些人大代表和政协委员,最终都没能营救他,他被设计的圈套套住了。地方势力太强大,那些县长、书记和商人之间,形成了一条复杂的利益和权力的链条,而且还和更高层的人有着千丝万线、丝缕不绝的联系,有着你根本不能说、却可以感觉到的联系。如果你伤害了这样的利益链条,那么,你就会被报复性地打击。

比如童大林,很显然,他揭露假喷渗灌工程是个政绩工程、虚假工程,不仅使当地官员背负造假的巨大压力,还威胁到人家的升官路,大家都是一条绳子上的蚂蚱,一个牵一个,一个拽一个,倒一个就牵连一大片。童大林触动的,就是这么一个蜘蛛网一样的东西,有弹性的人际网络。所以,他就被关进监狱了。再说,他这个人实在是一个很倔的人,一个绝对不低头的人。坐了这么多年牢,童大林的骨头还是很硬。他的说话声,隔着上千公里,还会传到我的耳朵里:

"我不会善罢甘休的。他们欺负人,陷害我,我不会善罢甘休的。"

"我在和影子蜘蛛网作战,我一定要和他们斗到底。"

"你来看看我吧,朋友,谢谢你当年支持我,正是有你们这些人的支持,我才没有在监狱里倒下去。"

有一天,在梦境中,我踏上了去 X 省的快车。现在,高速铁路通车了,从北京到 X 省的省会只需要 3 个多小时,一千公里的距离被拉得这么短。梦中,我下了车,又转乘汽车,走了 2 个小时,就到达了童大林所在的 X 市。那是一座比省会城市要逊色很多的城市,就像县城没有办法和地级市相比一样。从北京到西南地区最偏僻的山村,你感到你是由一个富丽堂皇的宫殿,来到了原始社会,从后现代社会,来到了刀耕火种的时代。这就是我看到的景象。在梦中,一切都很清晰,只是我不会飞。童大林的声音在不断地传来:

"你下了车,你就会看到,在这座城市的郊区,又矗立起很多高大的烟囱。那是一些高污染的水泥厂、焦化厂、磷肥厂的烟囱,正在往外面排烟。"

我看见了,焦化厂排出来的烟是硫黄的颜色,还带着刺鼻的味道,扑面而来。

"你还能看见猩红色的河流。那是磷肥厂排出的工业废水,污染了整条自尧舜以来就存在的大凉河。大凉河现在成了一条猩红色的河流。那还是河流吗?"

我也看见了那条猩红色的河流。

"我所在的 X 市,刚好在一块盆地里,污染空气不容易被风吹散,市民就长期生活在呛人的有毒空气里。"

是的,我刚才就闻到了。可是,我注意到当地的居民,久闻其气,已经不觉得有什么了。他们安之若素了。我不知道这是不是很可怕?难道,人也将变成在小便池里安之若素的锦鲤?他们表面健康,实际上,肺已经成了黑灰色的铁肺?这里的人的皮肤,有一天会不会变成和那条猩红色的河流一样的颜色、猩红色?

梦境中,我终于见到童大林了。尽管我感觉有人似乎在跟踪我,监视我,但是我找到他了。他现在还在床上躺着呢,因为刚出狱,就有人守在监狱的门口,殴打了他一顿。不过,现在好多了,他似乎可以下地活动了。

听说我来了,童大林很高兴,他竟然站立在房门口等待我。然后,我们握手了,我很长时间都没有说话。他的妻子扶着他。

梦境中,我感到有些哽咽和难过。一个说真话的人,我眼前的这么一个人,家徒四壁,十分寒碜。我来了也不知道能给他带来什么。

"你来得正好,现在,我正在搜集新的污染源的情况。我调查了 X 省的土地、大气、山林,以及河流的污染,我生活的这座城市,在我坐牢期间,成了世界上污染最严重的十大城市之一。他们告诉我,这是为了发展经济。可是,要命,还是要钱?现在,已经是要好好回答这个问题的时候了。"

童大林五十多岁了,可是他的眼睛里还闪烁着理想的光芒。他是不会轻易认输的。

梦中,我说:"我很想和你一起进行调查。我就是这个目的。当地的朋友,将为我们准备好越野车,我们需要几天的时间。"

他兴奋起来了，"好，我们明天就出发。先给你看看我自己画的地图。"他抖抖索索地取出来一份地图让我看。这是他绘制的 X 省污染情况地图。我首先看见了标着沉陷区的地方，像一块块牛皮癣一样，布满了 X 省的很多地方。这些沉陷区，显然都是因为采挖煤炭所造成的，分布在不同的地方，像疮疤一样醒目。一些造成污染的化工厂，则以红色的圆点来表示，类似一个健康的男人得了梅毒，X 省的全身都被这样的红点所覆盖，就像处于全身溃烂的梅毒三期的病人。还有一些黑色的圆圈，标明了受到污染的地下水所造成的一些癌症村的分布，像黑痣一样显眼。

"现在，我注意到，媒体能报道污染的真实情况了，因为领导人强调科学发展观，这是对的。"他说。

"是啊，高层意识到发展付出的代价太高了。很多媒体都开辟了这样的栏目。你画的这些地方，我都想去看看。"我说，"我们网站要做一个绿色网页。有的刊物还专门创办了绿色周刊。再不关注这个问题，我们都要被毒死了。"

梦中，此时他握住我的手，"是啊，我们都要被毒死了。我们明天就出发。"

我们还有明天吗？他的话让我陷入了深思。后来，他忽然从我的眼前消失了，我醒了过来，发现还躺在北京的床上。我妻子已经去上班了，家里只有我一个人。而网站给我的新任务，是要我去调查一家垃圾焚烧厂的环保问题。

8. 熵的世界

从"封山育林"的戒烟戒酒、锻炼身体,到检测排卵期、给老婆吃叶酸和维生素,到她怀孕之后选购防辐射背心,注意食品安全,以及进行胎教(音乐、美术和文学),我们对孩子的降生做了详细的准备。我们满怀期待,希望孩子能够顺利地、健康地降生。当然,等到孩子降生,要到秋天了。

在苏家屯镇,有一家垃圾焚烧厂,每天,那里的居民都可以闻到一股很刺鼻的垃圾焚烧的气味。我去看了看。垃圾处理已经成了城市人一个不可回避的问题。苏家屯的居民想让政府把那个垃圾焚烧场迁走,采取了上访、小区游行、堵路和静坐等行动,引起了政府的高度重视。但是,如果垃圾焚烧厂是有害的,把垃圾焚烧厂迁移到任何地方,都是有害的,即使不有害于人,也有害于某地的环境、水土、空气,会影响到当地的鸟类和兽类。所以迁移也不是说迁移就迁移的。

热力学第二定律告诉我们,物质与能量只能沿着一个方向转换,从可利用到不可利用,从有效到无效,从有秩序到无秩序。它描摹了一种景象,那就是,宇宙万物在不可挽回地朝着混乱与荒芜化而发展。这是因为,在地球上,人类如今的活动越来越多,人类的活动日益地影响到了环境,地球变暖,南极和北极、喜马拉雅山脉等的冰川都在缩减,人类借助现代化的交通工具,可以深入到很多过去人类无法抵达的地方,并开始影响那里的环境。人类还把大江大河拦截起来,建造电站,为了人类的生存而发电,可是,发电产生的功是无法逆转的，最终，改变了江河的自然流向，同时，也影响了一个地区的小气候。现在，人类的任何一个行为，都到了牵一发而动全身的时候。人类做任何一件事情，对自己有利的同时，也对自己有害。而往往有利是短期的、眼前的，有害则是长期的、未来的，是当下人们可以不去直接面对的。

在我看来，热力学第二定律，即熵的定律，按照一种说法，"最终控制着政治制度的兴盛与衰亡，国家的自由与奴役，商务与实业的命脉，贫困与富裕的起源，以及人类总的物质福利。"

就比如垃圾焚烧厂，每天都在施放有毒的气体，可是，如果垃圾不焚烧，也很难利用。从有用到无用，就是各类垃圾的总命运，这就是我们平时活动的结果。我到达苏家屯，一些人正在小区门口静坐。在那里，一个抗议活动的组织者，给我一张地图，在地图上，是环绕城市郊区的垃圾填埋场的分布图。我可以清楚地看到，那些巨大的垃圾填埋场，密密麻麻地分布在郊区，像一个个正在吞噬健康人体的癌细胞的病变部位那样，围拢了、渗透了我们居住的城市这个巨大的肌体。我感到了恐惧。

"你们知道城市的地下水汞超标、铅超标的问题吗？"一个人问我。

我说，我不知道。

"那你要调查的可就多了。"

我还想到了我在广东东莞看到的电子垃圾处理的盛况。整个镇上的人，都是从事电子垃圾处理和回收的，他们面对着山一样高的电视机、手机、收音机、电冰箱、洗衣机、电脑等各类电子和电器，进行拆解，并把其中有用的金属，再重新回收。焚烧是非常重要的、把橡胶、塑料和金属分开的一种手段，于是，一下车，我的鼻子里闻到的，就是那种橡胶、塑料被焚烧后的强烈气味。

最让我触目惊心的一个景象，是我有一年在后沙峪镇边上的一个练车场学习驾驶汽车的时候见到的。那里有很多驾校。摸完车，我在附近的农田顺便走走，刚好走到了一片空地上。我发现，在这片闲置的、被卖给地产商人的土地上，被风一吹，就会飘动一些长条状的白色物体。我仔细地一看，竟然发现它们全部都是使用过的一次性卫生巾。我明白了，这块土地曾经施肥了，而肥料就是来自公共厕所的人粪肥，里面裹挟着大量一次性的女用卫生巾。当人粪肥被土地吸收之后，残存在地面上、不可能被吸收，也很难降解的，就是那些卫生巾了。眼前浩浩荡荡卫生巾，覆盖了整个农田，使我看到了末日的某种景象。

从那个时候起，我很少再用一次性的东西，比如一次性的筷子、一次性的写字笔、一次性的牙刷、一次性的拖鞋等。我觉得这些一次性的东西，日益地对我、对我们的未来环境造成了伤害。而那种伤害是不知不觉的，就像温水煮蛤蟆一样把我们最终伤害。

9. 家庭生活

什么是家庭生活？家庭生活，就是一个男人和女人，组建了一个家庭，就是这两个人的衣食住行。然后，这两个人有父母和其他亲戚，就形成了一个社会关系网络。有的家庭复杂一些，有的则关系简单。有的夫妇喜欢和亲戚们在一起，有的夫妇不喜欢和除了父母亲之外的更多的亲戚来往。家庭生活总是琐碎的，如果有了孩子，那事情就比较多一些。家庭生活中，处理好双方父母、亲戚的关系，是很重要的。现代家庭在逐步缩小，比如421家庭的出现。4：就是双方父母一共4个，2：就是夫妻双方是独生子女结婚的，1：就是这对儿独生子女又生了一个孩子。

我和妻子的关系简单，我们各自的父母喜欢独立生活，不喜欢和儿女在一起掺和。我有一个妹妹在广州工作，她有一个弟弟在英国，我们的社会关系不复杂。结婚之后，我们过上了幸福的平稳生活。和简单方便女在一起，很多事情就很简单方便。我们在衣食住行方面，都没有什么好说，各类家庭矛盾都不存在，因此，一切都很好。

我的爱好是收集一些壶，各个年代的壶，军用水壶、紫砂壶、钢瓷壶，收集了二百来个，这些东西摆满了我家的博古架。我还喜欢搜集邮票，喜欢收集蝴蝶标本，周末的时候，我们就到山上去，一起追捕蝴蝶追捕昆虫。此外，我就没有别的喜好了，就是打扫卫生，收拾房间。因为，我的时间多一些，她的工作比我忙，周六日，主要是她给我们做饭。

她则喜欢运动，打羽毛球、网球，练习瑜伽，把自己的腰肢练习得非常柔软。我的体力不如她，因此，有些运动，我是没有兴趣的。我们每个星期做两到三次爱，一般根据情绪、身体和感觉的情况。她怀孕之后，我就比较注意这一点，以免导致流产。我们的生活按部就班，一切都很正常。

我们平时住在离上班近的一套公寓里，周末的时候，开车到郊区的一套低密度的住宅里休息，在郊区的房子里，有一个花园，花园里有我们种的花草，和石榴树、山楂树、枣树等。我们想养一只狗或者一只猫，可她觉得等孩子降生了之后，长到上小学左右再养小动物比较好。因为，孩子接触动物，会培养孩子的情商，但是孩子太小，就接触动物并不很好。

在我们城内的公寓里，房子的装修和设计是比较现代和简洁的，而郊区的大房子，则装修得比较复杂，家具也有不少是我们从旧货市场上买回来的东西，书比较多，这是一套复式的房子，二楼是一个很好的书房，是我很喜欢待的地方。

除了居家和外出采集蝴蝶昆虫标本，我们其他的生活，诸如逛商场，去游乐场，坐海盗船、过山车，玩蹦极这类事情，都是我们所不喜欢的。她是比较少见的，并不很喜欢逛商场的女人，她总是目的明确，喜欢什么东西、缺什么，就直奔目标去购买。我的胆子比较小，并不很喜欢玩比如过山车之类危险的游戏，她看我这样，就比较顺从我。顺从我很好，这样我们就不会有争执。和简单方便女在一起，生活就简单方便。

没有孩子的夫妇是不健全的，我们想。因此，我们盼望有一个孩子,而家庭生活的巨大变化,将来自孩子,我们正在耐心地等待孩子的降生。眼看着妻子的肚子一点点地大起来,我们精心地做了准备。如果孩子降生了,那么,家庭生活就会有些波澜,有些变化起伏,有些热闹起来了。

10. 彩色的美丽世界

我又进入到梦境中。在梦中,我和童大林出发了。我们驱车前往那些环境被损害的地区。但是,出乎我们意料的,我们来到了一个彩色的美丽世界。在这个世界里,一切原先的东西都改变了颜色,变得比过去漂亮了。

比如,在这座世界十大污染城市的街头,还有不少柿子树,柿子树上挂着的柿子,很多不是黄红色,而是黑紫色。黑紫色的柿子,你们谁见过?我在 X 省 X 市的街头就见到了。那些柿子没有人去摘,在灰绿色的叶子的衬托下,显得十分醒目。

"蔬菜呢?绿色的蔬菜都变成什么颜色了?"我问童大林。

"绿色的比如青菜,变成了黄色,红色的比如西红柿,变成了白色,蓝色的变成紫色,黑色的变成灰色,青色的变成橘黄色。什么都变颜色了,也不知道是为什么。"

"绿色的河流变成红色的河流了?"我问。

"对,变成了猩红色的河流,变成了棕黑色的河流。"

"蓝色的天空呢?"

"变成了灰黑色和橘黄色天空。"

"那看上去也不错。"我说。

此外,那些化工厂的巨大的烟囱往外面排放的烟,也是有着各种美丽的颜色。童大林对我说:"那些烟囱,可不可以算作是美丽的火炬呢?可不可以算作人类向天空举起来的森林般的手呢?我很浪漫地想过。烟囱在过去是工业化和城市的象征,如今,却如同人之将死而向天空伸出的枯干的手臂。"

我说,"你的比喻很奇妙,枯干的手臂。X省真的很奇妙,什么都变颜色了。那黑色的煤炭呢?"

"黑色的煤炭,变成红色的了。是人的血染红的,过去,每年,X省的煤矿里要死几千人,把黑色的煤都染红了。"

"那人的肺呢?人的心呢?"

"原先是粉嫩的红色,被染黑了。黑肺和黑心,据说,一些因为肺心病死掉的人的肺和心脏,都变黑了。"

"一个颠倒了自然界给我们赋予的颜色的世界啊。"我感叹。

他说:"是啊。你看,烟囱在冒白色的烟,在冒黑色的烟,在冒灰色的烟,在冒棕色的烟,在冒橘黄色的烟。要是浪漫主义诗人来了,肯定会赞美这样的烟囱的。可是,这是带来慢性病和死亡的烟囱啊,他们知道不知道?"

他说:"你看到的那些排放黄色烟尘的工厂。那是焦化厂在往外面排放烟尘。"

他说:"橘黄色的烟,看上去又狰狞又美丽。要是现在一些摄影家来拍照片,不知道会把它们拍得非常美丽呢。你说,这些摄影艺术家,算不算破坏环境的人的帮凶呢?我有时候会有这个疑问。"

"当然是,现在的艺术,绘画、摄影和文学,还有音乐,在环境恶化的情况下,很多人的作品都是不道德的,不符合新的环境道德。"

我们来到了那条猩红色的河流边上,察看里面有没有鱼的存在。刺鼻的气味熏得我们没有办法站立。可猩红色的河流十分美丽的,也很吓人。还有绿色的河流和粉红色的土地,以及棕黑色的河流,布满了我们的周围。

"你说,在这样的河里面,还有没有可能有鱼呢?"童大林问我。

"除非我们自己变成鱼。"我说。

"那我们就变成鱼吧。"他兴奋地说。

我感觉,忽然之间,我和童大林变成了两条鱼,跳到了那猩红色的河流里开始游动了。我们在河流里游泳,感到河水的气味像硫黄,又像绘画用的黏稠的颜料,把我们浑身裹紧了。我们呼吸急促,感到了窒息。在这猩红色的水中,在这棕黑色的水中,没有什么视觉经验可以描述了,我们的眼前实际上是一片黑暗,什么都看不见。

我们又上岸了。

童大林说:"在这里做一条鱼,只有一条路:死亡。"

"我们去别的地方看看。"

我们继续驱车前进,但是,我感觉有人在跟踪我们。在我们的车子后面,有一辆白色的丰田越野车跟着我们在走。

我们快，它也快，我们慢，它也慢。

"要小心一些，这里不是北京，这里的一切事都很难说。"童大林警告我。

11. "极多主义"展览

我的妻子是一个简单方便女，令我省心而快乐。有的女人是天生要给男人增加负担和麻烦的，可是，简单方便女就不会。怀孕之后，我妻子对自己的照顾和对我的照顾从来都不顾此失彼。现在，除了担心腹内的胎儿的安全问题，我们不关心别的。因为，我只要看新闻，就会看到什么癌症村、铊中毒、血铅超标之类的字眼。而她关心的就是胎教了。为此，我要每天晚上在睡觉之前给她念童话，可我念童话不是给她听的，而是给她肚子里的孩子听的。我们还要一起听音乐，主要听西方的古典音乐，后现代音乐之前的那些音乐，有秩序的、有结构的、旋律优美、结构对称的音乐，这样孩子生下来之后，耳聪目明，不会变成像后现代派音乐家约翰·凯奇那样的捣蛋鬼。

我们还一起去听音乐会，看话剧，看画展。我妻子认为看画展，会让她肚子里的孩子天生对颜色敏感，情商会比较高。比如，最近，有一个叫作"极多主义"的绘画展，我们就去看了。

画展是在中华世纪坛画廊举办的，来了很多时尚达人。"极多主义"展览上的画家作品所呈现的世界,正是我最关心的景象,那就是,现在,什么都多,什么都是供应充足的,只要人的欲望需要的,都非常多。在我们国家,到了一个什么都在增熵的时代。我们的工厂每天都在生产大量的产品,外销不了就会内销,因此,我们进入到一个物质财富空前多样和丰富的时期。每天,包围我们的都是推销各类产品的广告。东西太多了,而不是太少了。只要你有钱,你就什么东西都可以买到。

那么,参加"极多主义"画展的几个画家,都画了什么呢?

我跟着我妻子的脚步和兴趣走。她喜欢什么,我就喜欢什么。她走到一个画家的作品跟前了,她看到,这个画家的画布就像是各类做衣服用的花布,只是图案更加的复杂,隐形的十字架和圆圈连接起来,传达出宇宙的信息,那就是,什么都是多的,复杂的,一个事物和另外一个事物之间,是有联系的。这些花布一样的画布,如同某种电脑做出来的效果,以褐色、棕色、绿色、紫红色等颜色作为基调,让你感觉很崩溃。

她还喜欢另外一个艺术家的作品,这个画家的作品叫作《我的东西》,他把自己所有的东西都压到玻璃板上,然后从下面拍摄了照片。他的东西多到了你一定会感叹"真多!极其多!"的地步,比如护照、人民币、卷筒纸、橘子、胶条、鼠标、棉球、钥匙、避孕套、硬币、易拉罐、遥控器、湿纸巾、维生素、手套、冷冻食品、烟、起子、名片、电池、手机、苹果核、存折、照片、牙膏盒等,以紧密的方式聚集在、挤压在玻璃板上,被拍摄成照片,形成了一个现代人蔚为大观的生活物品和内容。这组图片一共8幅,有长条形物品集合在一起拍摄出来的,也有圆形加方形物品集合在一起拍摄的,十分壮观。

"这个人的东西真多,和你差不多。"我的简单方便女妻子如此简单评价。

其他的画家,还有在纸上写满了字的,这些字我们一个也不认识。还有的画家的作品先表达了多,然后才表达了少的意思。这是一件视像作品,首先,出现在镜头里的是一堆米,这堆米呈圆形,数量不少。接着,两只黄色母鸡出现了,它们开始欢快地低头啄食那些大米粒,整个作品展现的,就是两只母鸡把大米逐渐吃光的过程。

"你看,这不是极多,而是极少了,现在,没有大米了,母鸡吃完了。"我的妻子笑着评价,她感到开心了。

还有一个艺术家,他把很多人的脸部照片放到一起,一排排的,让你看。另外一个画家在画布上不断地用毛笔涂抹,那些黑色的条块渐渐地弥漫了整个画布。这也是"极多",我看明白了。

"多比少更可怕!"我感叹,"现在的东西太多了,可是,味道都变了。"

"是的,你看现在的苹果那么多,可还有苹果味吗?没有了。"她说。

"什么都多,有时候,不是好事情。"

"还是少些好。"

以上是我的简单方便女妻子的感叹。

12. 飞机与汽车墓地

我写了一篇关于垃圾焚烧厂的长篇报道,在这篇文章里,我采用了两条线索,一条是梦境中和童大林在 X 省调查污染源的经历,另外一条线索,则是我实地调查城市的垃圾焚烧厂和垃圾填埋场的情况,写得虚实结合,文采飞扬。

我兴冲冲地拿给网站的总裁看。10 分钟之后,他把我叫过去冲我大吼:"这是什么狗屁文章!我要你如实报道,你却在里面虚写一个什么梦境!在梦境里,你竟然和一个劳改释放犯一起,去调查所谓的污染源!你的才气到哪里去了?这就是你所谓的想象力?你再给我写小说呢,你是记者不是作家,笨蛋!把梦中的那条线索全给我删掉,这样长的文章,这样的报道,我们的网站不需要!"他大喊大叫起来。

总裁的脾气非常大,他发起火来是要天崩地裂的。好在我的心态好,大不了,此处不留爷,自有留爷处,我本来就喜欢当一个自由职业者,我怕什么?我耐心地、笑眯眯地看着眼前的这头叫驴继续在叫。他所在的办公室是本大厦最大的一间,透过全景式落地窗,可以看见周围的中央商务区那种钢材、水泥、金钱、玻璃和欲望结合的气息。

我知道,其实总裁的压力也很大,他需要赢利,但是现在风险投资快用完了,网站每天都需要依赖更多的流量,比如微博、游戏、动漫、UC 等东西来支撑。我还记得,2000 年北京就经历了一场网络的生死大潮,当时,很多网站就死掉了。网络是和资本密切结合的新媒体,离开传统的纸媒,我来到了网站,我才发现这里更不是人待的地方。这里的一切规则都是资本在背后作祟。任何一个频道,任何一种网络的评奖,都和资本有关。比如说,有网络,有文学,但是,从来就没有什么"网络文学",全是垃圾,甚至是垃圾中的垃圾。网站经常搞大赛,可那些获奖作品的作者、得奖的人,都是网站的客户或者和资本有关的人。没有公平可言,没有艺术可言,只有权力、金钱的规则在决定一切。

骂完我了,看我无动于衷,总裁忽然消气了,他笑了:"我蹂躏完你了,你的脾气不错。你把文章中的虚写的那条线索去掉,就很好了。然后,我再给你交代一项任务,你看看这张报纸。"他递给我一张报纸。

我看到,报纸上有一个通栏文章,文章的标题是"飞机墓地惊现美国沙漠",有一幅巨幅照片,是俯瞰着拍摄的。画面上,有大大小小4000多架退役飞机,全部都是1945年第二次世界大战之后不再使用的美国飞机,按照型号和大小,整齐排列在一片荒地上。据说,这片飞机墓地位于美国亚利桑那州的沙漠里。

我仔细辨认这些机型,我对军事机械的知识很丰富,这些机型,我辨认出有B-52轰炸机、F-14战斗机、A-10攻击机和B-1轰炸机,此外,还有大量小型飞机的型号无法辨认。这片飞机墓地,占地面积有10多平方公里,也就是说,有1500个足球场连起来那么大。

"飞机墓地,飞机也会死啊,我以为飞机不会死呢,我想,干吗不拆卸掉废物回收呢?"我说。

"笨蛋,我不是让你发出这样的感慨的,我想——"总裁的话没有说完,我打断了他:"让我去实地采访这个飞机墓地,对不对?"

总裁的笑容凝固了,"真是笨蛋。是要你去采访,但是,不是去美国,而是去河北北部的一个地方,那里有一个'汽车墓地'。我再给你看一张照片。"

他又递给我一张照片,果然,这是一张蔚为壮观的汽车墓地的照片,大量报废的汽车,如同连绵的山峦一样,一堆堆地拥挤在一起,像古代的巨大甲壳类动物的大面积死亡。

"刚才你问得很好,干吗不拆解掉它们呢?带着这样的疑问,你去这个汽车墓地看看,写一篇有分量的报道。"总裁摸着他那光滑的下巴,对我下令。

我回到了我的座位上。我要尽快出发,去离北京不远的这个汽车墓地去。为什么他们不把这些汽车全部都拆解掉呢?为什么要搞这么大一个汽车墓地呢?

我忽然看到,在我眼前的晚报上,报道说最近在北京出现了一个住在纸盒子里的男人。他是一个公司白领,因为公司裁员,失去了工作,本来每个月的收入还够用来支付房屋的银行贷款,但是,失去工作之后,他就无法再继续支付贷款了。银行最后拍卖了他的房产,他无家可归了,于是,他就决定住在纸盒子里了。照片上,可以看到,他所居住的纸盒子有半人长、半人高,可以移动,里面是简单的铺盖。也许,这是一个噱头,是为了引起人们注意的举动,目的在于引起人们对房奴的关注。

"我也想住在纸盒子里!"我大声说,引来了周围同事的诧异关注。他们不明白我为什么像发神经一样这么说。

我去了那个汽车墓地,果然蔚为大观,我是带着问题去的,那就是,"为什么你们不把这些汽车拆解开呢?"

答案是:"这里就是拆解场,因为报废的汽车太多了,拆解的速度赶不上报废的速度,被拉到这里来的汽车,数量要大于被拆解开来的汽车,所以汽车越来越多。"

我参观了他们的拆解流水线。我曾经参观过一家机械化的屠宰场,在那里,我看见了一头头活猪、活牛,是如何进入到流水线,被清洗,被电击,被放血,被扒皮,被摘取内脏,被卸骨,被分段切割,被一个一个部位地零碎包装成排酸肉,然后进入冷藏环节,最后,通过快速运输通道,被运到各个商场、超市去,供人们挑选和购买。同样,这家汽车拆解厂规模大,机械化水平高,一辆汽车上了流水线,就跟当年它们上了生产线那样,怎么被装配起来的,就怎么被拆解开来。如同一个人怎么穿上了衣服,就怎么脱下来,不仅脱光了,而且被拆解成一大堆零件了。在屠宰场,我看到过这边一头活牛进去,那边就出来一盒盒、一包包的牛各个部位的鲜肉,在这里,我同样看到了一辆整个的汽车进去,出来的,则是一大堆各式各样的零件、电线、铆钉和螺丝帽。

理解了汽车的生死,我也就明白了这个疯狂的世界的生死。

13. 煤井

我继续在梦境中和童大林相会。我们一起坐着我开着的一辆白色的越野车上,在 X 省的大路上奔跑。说实话,我看不出那些沉陷区的沉陷,但是童大林比较专业,他会告诉我哪个地方沉陷了,如何沉陷的,以及是如何影响到了附近居民的生活。

"你看,那幢楼房的墙体开裂了,就是因为这里沉陷了。"他指给我看。

我看到了一道闪电一样的裂纹,像树根的形状,分布在一幢楼的墙体上。"那这栋楼就是危楼。"

"就在去年,这里的一个尾矿库突然崩溃了,结果,里面涌出来的泥浆,把附近正在赶集的几百人,都给淹没在里面了。"

"啊,那人就成了泥浆里面的琥珀了。多少年之后,你说,这几百人会不会变成石油?我们现在用的石油,就是当年的海生物遗体变成的啊。"

"不会,地面上,泥浆里的尸体,已经被清理出来了。"他说。

沉陷区比较大,从地面上你是看不出来的,这需要专门的人来看才可以。沉陷区是一块块地沉下去的,面积广大。这都是因为挖煤造成的。X 省因为对资本开放了煤炭开采权,因此,有很多老板来投资煤矿,也造就了一个依靠煤矿开采而暴富起来的"煤老板"阶层。

"都是煤老板干的啊。"我指着一片沉陷区说。

"其实,这个煤老板阶层被一些媒体给妖魔化了,说他们为富不仁、纸醉金迷。我认识的大部分煤老板,都是头脑精明的企业家,有一部分人的生活还非常简朴,并不像外界传说的那样,什么一下买20辆悍马车、一下买一个亿的金银首饰等。关键是一些煤老板大都抱着捞一把就走的想法,在安全生产方面的投入就严重不足,因此,才会死那么多人,才会有带血的煤炭出来。"

"在X省当官也很难啊,利益和矛盾很难协调。都换了几个省长了,你的意思是,现在的煤矿开采政策,收归国有是对的?"

"当然是对的,国有煤矿最起码在安全投入上就会有长效机制。"他说。

"我想到煤矿里去看看,我想下井,你有没有办法?"

童大林说,"有,我有个亲戚在一家矿上当经理,我给他打电话。"

他打电话联系,我听了几句,他再三保证我不是记者来采访的,就想到井下看看的,是一个当年帮助过他的北京的朋友。

我们向一处煤矿进发。我们到了,他的亲戚带我们下井。我们是坐小火车下的井。这是一口深达几百米的井,小火车咣里咣当地斜刺里往地底下冲,速度很快。在不同的作业面,都可以看到有煤矿工人在劳作。有浪漫主义诗人说地底下像地狱,其实地底下很平常,无非是蕴藏了很多危险,比如瓦斯爆炸、塌方、冒顶等。在地底下的黑暗中，到处都是煤，这些远古留存给当世的人们的馈赠，如今成了人类赖以生存的资源。我想起来很多关于煤矿的故事，比如，有人竟然在井下杀骗进来的人，来勒索矿主的金钱，这个社会里处于每个阶层的人，都有着自己的活法。如同食物链一样，你最好处于上端，就没有人可以奈何你了。要是你处于食物链的下端，你连基本的生存都困难，生命也谈不上会有保障，也没有多大的价值。关键是社会要给那些下层的、下端的人一个流动到社会上层的通道和渠道，教育尤其是大学教育很关键，可是，教育的腐败和沦陷甚至比 X 省的煤矿沉陷区还要严重。

我闻着煤炭那黝黑的气味，觉得有一种亲切感。我们还在一些作业面停留了，那里，戴着安全帽但上身赤裸的煤矿工人正在用钻煤机在突突地工作着，煤块会被运到传送带上，然后传送带上的煤会通过小火车或者更大的传送带运送到地面。这些场景被我想象了很多次，但是亲眼看到，还是觉得很震动。

我们继续在沉陷区溜达，但是，我老是感觉到有人在跟踪我们。通过后视镜，我总是感觉有车子在跟踪我们，但是跟踪我们的车子很狡猾，是在不断换车型的。我告诉童大林有人跟踪我们，他观察了半天，说："可能是你的错觉，没有人跟着我们。"

可我还是觉得有人在跟踪我们。在 X 省，你要是陷入一些当地的利益纠葛之中，你就会倒霉。我当然不怕，可是，我是一个要做父亲的人，我要是在这里被害了，谁会管我的孩子呢?我紧张地观察,觉得有人在接力一样地跟着我的车。再说了,我的车子上还拉着童大林,这个当年被当地的官员和政法系统的一些人当作眼中钉、肉中刺的人,虽然他们把他搞进监狱待了几年,可是他现在又出来了,因此,他的一举一动,都是威胁,何况童大林很硬气,一直扬言不会善罢甘休。

于是,我不断地转弯,试图甩掉那些可能的追踪者。可是,就在一个急转弯处,迎面来了一辆大货车,我的后面还跟着一辆黑色的轿车,我转弯转急了,结果我的车子一下子滚落到了路基的下面,一时间,天旋地转,我失去了知觉。

我惊醒了,我发现幸亏我是在梦中翻车,我现在还躺在家里的床上,我是安全的。我出了一口长气。

在我的耳畔,我忽然听到童大林在遥远的X省对我说:"你不要来看我了,你来看我,我可能也不是过去的那个我了。因为,我现在只想过安稳的日子。"

"我不怕他们,可是,我忽然明白了,那些一个个的坏人,我和他们单打独斗,这个事情是永远都没个完的。关键是从制度上,能不能想一些法子。"

"我很好,我现在开始养花、种草,打太极拳了,我还练习书法。"

"我还准备到山东威海买房子。我想离开污染严重的X省X市,既然煤老板能赚了钱走人,在北京、上海、广州、海口、青岛买房子,那么,我也要走,我要到山东威海买房子,那里有我需要的新鲜空气,我还能看见大海。"

"谢谢你当年为我的事情奔走,现在,我自由了,我也想休息了。每天看看大海,是我后半生的理想。再见了,朋友,听说,你要当爸爸了,提前祝贺你。"

然后,他不再在我的耳朵边说话了。我也听不到了。

14. 盒子里的男人

我决定跟踪那个在盒子里生活的男人。我对他感到好奇,因为,从某种程度上说,我也是想住在盒子里的男人。我很快就找到了他。白天,他在中央商务区的一家公司上班,晚上,他就住到盒子里。盒子可以移动,可以折叠。他是一个比较削瘦的男人,戴着一副深度近视眼镜。

我一开始和他保持一段距离来观察他,但是他很警觉,被他发现了,他反而向我走了过来。他盯着我说;"你为什么要跟踪我、监视我?"

我有些紧张,"没没有啊,我就是好奇,我——"

"滚开,你们都不是好东西,滚开。"他推搡我,他感到恼怒。我猜测他自从住在盒子里之后,可能遭遇了不少不愉快的经历。

然后我们扭打起来,可是,他打到我身上,我一点都不疼,而我还击的时候,他就像被钢铁工具击打了一样。

他感到了惊恐,我也有些疑惑。他说:"你的拳头怎么那么硬?你的身体也是,你是一个怪人!"

我笑了，"你才是一个怪人呢。"

"可是你不疼。"

"我的确不疼，因为，我的肌肉发生变化了，塑料化了。"我承认。

现在，轮到他好奇了，他上前来，研究我的肌肉和躯体，摸、用手指头弹、戳、捶打，我都没有痛感。"你他妈的异化了，你的确是一个塑料人。"他兴奋地尖叫。

我感到很沮丧，我的妻子没有发现的事实，被他发现了。我捏自己的肌肉，感到自己的确是一个塑料人，我是塑料人！我疯狂了，我难道还不如一个住在盒子里的人吗？

我说，"我对你的生活感到好奇。你住在盒子里，是想表达什么不满吗？"

"我当然有不满，可是，我被银行拍卖了房产，没有地方住了，我只能住在盒子里了。"

我感觉他很有意思，就和他一起待了几天。在公司里，他的工作比较自由，只要他完成一个定额就可以了，薪金够他有饭吃，"但是，这点钱肯定没有办法让我买得起房子，因此，我只能住在盒子里。再说了，我为什么要买房子？房子那么贵，房子是政府和开发商合谋起来，榨取市民生命和血汗的东西，我就不买，不上他们的当。"

"那住在盒子里，你感觉如何？会不会没有安全感？"

"安全感？住在有防盗门的公寓里，我看才没有安全感，住在那样的房子里，来人了我都要用门上的猫眼来看看外面的人到底是谁。即使是收水电费的、送纯净水的、送报纸和快递以及快餐的,我都觉得我可能会遭到侵犯。所以,你说的安全感,在没有墙、只有一个隔板的盒子里,我觉得反而增加了。而且,我晚上睡在盒子里,从来没有遭到流氓地痞和抢劫犯的骚扰,他们觉得我比他们还可怜,干吗来骚扰我呢?"

"你是不是感觉和过去不一样了?"

"是啊,的确是这样,我感觉我的世界观发生了变化,你看,现在,我可以自由地移动在城市里,我不需要交物业管理费、水电费和垃圾处理费,我只要这么一个盒子就可以了。在白天的时候,盒子还可以折叠,连空间都不占。我体验到了一种全新的感觉,我不需要交买房子的各种费用,我成了一个城市游牧民,我自由了。我觉得,我虽然被银行从我的房子里赶了出来,但是,我现在才呼吸到了一种自由的、新鲜的空气。我一个人,多么的随意而自在,多么自由而舒展。有时候,我感觉我是一棵植物,比如一棵会移动的树,有时候,我会觉得我是一片云,在自由地飘浮。或者,我就是一个背着房子走的蜗牛,或者是一个赶着羊群的牧羊人。你体会过城市游牧民的感觉吗?"

我羡慕地说,"没有,我只在草原上,看到过牧民放马。"在城市里,现在,我也可以当一个自由的牧民。一人吃饱,全家不饿!我不用管什么别的规则,城市的规则在我这里变了,我像一个自由人。

"可是到了冬天,你的这个盒子不保温,没有暖气,会很冷的。"

"冬天？没有问题！冬天我会住到城市的肚子里去，老兄！你可能不知道，在城市的地下，有很多可以利用的空间，城市的地底下有很多涵洞、管道、排水系统、秘密地铁和隧道井，有过去的人防工事和地下仓库，有停车场和地下贮备库，有很多空间的，冬天来了，我就进入到地下了，这样就暖和了。"

"那城管的人有没有干扰你？"

"有，城管的人曾经骚扰我，所以，你说的安全感的问题，对于我，恰恰是来自这些执法部门的人，才是最大的坏蛋。他们曾经摧毁了我的盒子，使我不得不重新去找新的盒子，我一开始要躲避他们，有时候，我和他们理论，他们对我很好奇，觉得我不和那些他们认为是老鼠一样讨厌的无照商贩一样，觉得我是一个知识分子，对我尊敬里带着不解，好奇里带着轻蔑——既然你知书达理，你怎么就没有混到社会的上层去？你怎么就没有去住到公寓里？我就给他们讲道理，我从现在的房子的商品化和市场化的失调，到城市人成为房奴，最终导致幸福感的下降，到物业费这么一个莫名其妙的费用的收取，告诉这些年轻人，人，完全可以采取另外一种生活方式，来实验，来取得新的生存经验。当所有的人在做加法的时候，也许，做做减法也很好。他们后来被我说服了，加上媒体后来也报道我的事情了，他们就不大管我了。"

我觉得很羡慕他的智慧。我说，"那么，地下是冬暖夏凉了。可是，这是长久之计吗？你要病了怎么办？"

"我买了大病保险，反正，很奇怪，自从住到盒子里之后，我得病的次数都减少，甚至是没有了，相反，我抵御病菌的侵入，我的抵抗力和免疫力，都增加了。环境恶劣，反而会增加人的适应性。我觉得很好。"

"媒体报道你之后，是不是很多人觉得你很奇怪？是一个现代病人？"

"我看城市里的很多人都是灵魂和肉体得病的人，他们才是病人。"

我就和这个盒子里居住的人一起生活了几天，当然，我不是全天都和他在一起的。我只是有时候和他在一起，每天几个小时，有时候是白天，有时候是夜晚。我觉得这是奇妙的经历。他可能是我看到的新时代的犬儒主义者，而且，他还觉得这样很好。

甚至还有女孩子慕名来看他，而且，他还收获了爱情。

有一天，我发现，在他的盒子边上，又多了一个盒子，我觉得很好奇，就过去看。原来，是北京的唐家岭那边的一个女大学生，一个"蚁族"，看了报道，来找他了，两个人一见钟情了。这是一个喜欢穿红色衣服的女孩子，很年轻，只有23岁，大学毕业一年，在北京工作，一个月两千多元，在唐家岭租房子，看到关于盒子人的报道，就来找他，一下子喜欢上了他。

现在，他们两个盒子并列在一起，就像是鸳鸯一样，看着就那么靠谱，就那么合适，就那么动人。盒子男和盒子女，两个人有了伴，共同生活在这个城市，彼此有了依靠，这是很有趣的结果，也就是说，虽然盒子男失去了房产，但是，他又获得了新的爱情和房子。看着他们幸福的样子，我也很感动。

不久,他们就结婚了。婚礼很热闹,就在大运河的尽头的一处水闸上举行的,附近很多流浪汉、商贩、卖盗版光盘的妇女、流氓地痞、片警、城管、公司同事等,都来祝贺他们。我也去了。而就在附近,我看到,中央商务区的高楼大厦,富丽堂皇,直入云霄,玻璃幕墙反射着强烈的、刺目的物质之光。

我最后问他们:"有一天,你们忽然觉得不想住在盒子里了,怎么办呢?"。

盒子男回答我,"那我们也许还会选择到偏僻的地方定居的方式。也许,我们就一直住在盒子里,再弄一个更小的盒子,里面住着我们的孩子。盒子会随着我们家庭成员的增加而增加。无论如何,我们现在还不想改变生活方式。请那些对我们有异议的人,尊重我们的生活方式吧。"

15. 我的变化

我感觉我在不自主地发生变化。我并不抽烟,可是,上次体检的时候,我的肺呈现出金属的反应,把机器都吓了一跳。医生仔细地检查了我的肺,说我的肺里布满了阴影,需要进行彻底检查,结果并没有发现异常。但是,我明白,我的肺一定是有问题的,很可能就是有金属化的倾向了。

对我的肌肉的检查,也显示是有些问题的。我的肌肉的弹性很差。我走路开始变得僵硬,就如同一个机械木偶那样,有些不对劲儿。可是,我尽量隐瞒这一点,无论在公司里，还是在家里，我都尽量掩饰这一点。我清楚地知道，我的身体机能在发生变化，就像那小便池子里的锦鲤一样，我处于整个社会的小便池里，或者说是大便池里也不过分。这可能和我每天吃的食物，每天呼吸的空气、穿的衣服和活动的环境有关。现在，食品的生产、加工、储存、再加工、包装、运输、销售等环节，都有着被污染的可能性，有很多机会食品被添加一些别的东西。虽然我很注意新闻，比如，牛奶里检测出三聚氰胺之后，我就不再吃牛奶了，可是过一段时间，新闻说牛奶安全了，大家好了伤疤忘了疼，就又开始吃了，可是里面有没有三聚氰胺或者别的东西，谁都不好说。因为新闻不再报道，我就不再了解了。

我自己的身体似乎非常敏感，可以吸收和接受到各种我周围加给我的毒素，这些毒素，在我体内不断积累，我的心肝肾的排毒能力不断下降，因此，我的头发脱落，我悄悄地买了假发，不断地使用生发剂，头发又顽强地长了起来。而且，再长出来的头发十分刚硬，感觉就像钢丝一样。也许我体内的一些无法消化和降解的东西，变成了构成头发的元素了？有时候，我的身上、脸上出现了一些色素沉积和色斑，这也是身体机能发生变化的征兆。于是，我就到美甲中心去给指甲做美容，到美体中心去给身上的皮肤和脸做美容。去掉了那些斑点，我变得浑身雪白和滑溜，但是肌肉依旧很僵硬。

慢慢地，我吃的食物开始了新变化，这是静悄悄地发生的。比如，我吃纸，趁着别人不注意，开始吃复印纸和报纸，办公室里属我用纸最费了。因为，我把那些纸都吃到我的肚子里去了，没有人发现这个秘密。我吃了纸张之后，还喜欢舔油墨，把打印机里的油墨都悄悄地吸干了。我还准备了湿纸巾，去把一些墨水和油墨吸出来，然后悄悄地吮吸掉。我还喜欢用吸管直接吸墨水瓶，就像别人用吸管吃牛羊腔骨的骨髓一样，味道好得很。

接着，我的胃口大开，我开始吃别的东西了。除了纸，我能吃玻璃，能吃铁钉。我最喜欢吃的东西，是订书机用的那种成排的钉书钉。我不喜欢吃各种布匹，软的东西我都不爱吃。因为软的东西，我的胃口没有兴趣。而硬的东西就可以，就很好。软的东西里有棉花和其他纤维，我都不喜欢。

我还喜欢吃木头，木质的铅笔是我的最爱。我吃起铅笔来，就像吃香肠一样香。没有人注意到我吃这些东西，我的妻子也不知道。我不能告诉她，如果告诉她，我会被她认为有病，可是，我知道我没有病，我的身体不过是在发生变化罢了。

我偷偷地吃这些东西，我的身体可以消化这些东西。过去，我看到新闻说，有人吃玻璃、吃铁钉、吃异物，觉得很不可思议，现在，我自己也这么干的时候，我就明白，这是可能的了。当我逐渐变成了可以消化任何过去我不可能吃的东西的人时，我起先想象的我会感到难以接受自己、我会很不平静，可是，我发现，我安之若素。我并不觉得这有什么，我甚至觉得别人一定也出现了我这种状况，可是，他们就是不说罢了。

我的身体变硬，自然和我吃进去的东西有关。而且，这种影响开始在我生活中的一些细节上体现出来。比如，我和妻子做爱，会做很长时间，原因是我的生殖器很硬，就像是一根发热的铁棍子一样，很难射精。我的老婆一开始感觉很享受，但是后来感到这是一个折磨。即使拔出来，我躺在了一边，我的生殖器还挺立在那里，像一个卫兵一样守卫着我的身体，把被子顶起来老高。

另外，我比过去更加容易饥饿了。我的消化能力惊人，因此，我的办公室耗材很大，部门经理、总裁都很生气，但是他们不知道是怎么回事，因为，那些东西都进了我的肚子。在家里，我也尽量控制住自己不要吃掉老婆带回家的一些东西，这些东西的消失会让她疑心自己的记忆力有问题。比如，她的公司的一些文件，连同文件夹都进了我的肚子，而这不过是我在晚上起夜的时候的加餐，到早晨的时候，她一脸疑惑地到处翻找，但是，她哪里知道，文件夹在我的肚子里呢？

我感到我的承受能力在增强。我不再接听来自远方的童大林的说话声了。后来我才知道，他搜集整理当地的污染状况的材料，上告国务院，再次被一些官吏罗织了罪名，以精神不健全的名义，给关到精神病院里了。可是，现在，我感到我的同情心和正义感，都变得麻木，我的心灵也在塑料化，我再也听不到童大林的声音了，他从我的生活中消失了。

在工作中，我也感觉到，我不再对很多事情敏感了。我适应了周围的空气、尾气、钢筋、玻璃、水泥、复印机、传真机、电脑、光辐射、噪音和白噪音，适应了人的脸色的变化和凝固，适应了信号灯、地铁的节奏、点钞机的速度，适应了街头小广告、城管和商贩、井盖的丢失和垃圾分类法，适应了很多东西，然后，我变成了一个塑料男人。

16. 梦

到后来,我感觉我不再会做梦了。很奇怪,我的梦就此消失了。一个不会做梦的人,他的生活会多么的无趣?好在我的妻子还会做梦,白天的时候,早晨醒过来给我做早餐的时候,我们一起吃早餐的时候,她会给我讲述她的梦境。

"我梦见了整个城市都在焚烧,我和你在奔跑,我看到城市里,那些楼厦就像巧克力融化了一样,在坍塌下来,我们到处躲避,可是,你一点都不惊慌。"

"亲爱的,那不过是梦。"

"我梦见我们在黑暗的街上走,可是,街上没有一个人。可是,忽然之间,不知道从哪里出现了大量的老鼠,吱吱叫着向我们扑过来,我们跑啊跑啊,老鼠就在我们后面追。"

"亲爱的,那不过是梦。"

"我梦见我们的邮轮失事了,大邮轮沉没了,我和你坐在救生筏上,周围都是死人,只有我们还活着,可是,鲨鱼的背鳍在我们身边浮动。"

"亲爱的,那不过是梦。"

"我梦见我和你在雪山上攀爬,忽然,前面发生雪崩了,出现了一个大冰缝,我的绳索连着你,我们一起掉进去了,四周又冷又黑暗,可是我们继续往下掉,往下掉。"

"亲爱的,那不过是梦。"

"我梦见我们在一个地下停车场里迷路了,可是,有一辆黑色的轿车一直在尾随我们,我们到处找出口,可就是出不去，而那辆跟踪我们的轿车使劲撞我们，要谋杀我们。"

"亲爱的，那不过是梦。"

"我梦见我们在一座森林里的一间黑屋子里被抓住了，有人把我们两个用麻药迷翻，然后把我们捆在两个皮椅子上，周围全都是人的残肢和断臂。"

"那是你美国恐怖片看多了。"

"我梦见你变成了一个杀人的魔鬼，在一个别墅里面突然发狂了，开始追我，要杀我，我尖叫、奔跑，你一把把我抓住了。"

"我怎么可能杀你呢，亲爱的？"

"我梦见我生了一对双胞胎，可是，你知道吗，这双胞胎，竟然都是死胎，我生了死胎！"她哭了起来。

我赶紧安慰她，并抚摸她的肚皮。在她的肚子里，我们的孩子正在茁壮地成长，并且经常胎动，使劲地踢腿，没有迹象表明孩子有问题。而就在这个时候，胎动又开始了，她感觉到了，我的手也感觉到了，她破涕而笑了。

17. 塑料婴儿

有一天，我的妻子在家里，忽然给我打电话，说她的肚子很疼，可能要生产了。我纳闷，怎么预产期还没有到，就要生产了？

"是不是惯常的阵痛呢？"

"不是,是子宫收缩的阵痛。"

"那真的要生了。"我赶紧回到了家中,这个时候,我的妻子已经跌倒在地毯上,救护车也到了,医生检查了一下,说,"宫缩了,要生产了,还要防止大出血!快到医院!"立即把她拉到了医院。

我也跟着来到了医院。据说,女人生孩子是一件很恐怖的事情,如果一个男人在女人的两腿之间注视了孩子的降生过程,那么,今后他就很难再和这个女人做爱了。我想这是一种很矫情的说法。男人待在产房里,和女人一起体验她分娩的过程,是很重要的。因为,这是男人的阴茎插入女人的阴道导致的一个结果,是男人和女人共同营造的一个过程,因此,男人在现场体验、鼓励、经受女人分娩的过程,应该说是责无旁贷。因此,我选择了在产房里和妻子一起,迎接我们的孩子的降生。

我在妻子的耳朵边鼓励她一切都不要紧,因为,她是勇敢的,马上要做母亲了,是高兴的,是令我极其兴奋的。她生孩子的过程比较顺利,但是,等到孩子们生出来,所有的人,医生、护士、连麻醉师都跑过来看,都觉得异常奇怪。

我的妻子生出来了一个不哭不闹的塑料婴儿!

的确是一个塑料婴儿,还是一个男孩儿,睁着我那样的一双眯眯眼,脸蛋很圆,还有一个酒窝,眼睛很黑,很亮,显得很漂亮,可是,他—它就是一动不动,他—它浑身邦邦硬,但是,他—它却是塑料做的,没有生命,因为,他—它不呼吸、不心跳,不眨眼,不哭闹。

我的妻子生出来一个塑料婴儿,这到底是怎么回事呢?

"怎么会是一个塑料婴儿?是你们夫妇在和我们开玩笑吗?是你把这么一个东西塞到产妇的肚子里的吗?"大夫吃惊到癫狂地这么想,这么问我。

我不知道如何回答他,因为,我的吃惊和震惊、沮丧和崩溃是同时到来的。难道是我的问题?我感到我的大脑就是从那时起,开始了塑料化。我呆呆地看了半天我的塑料儿子,在大家的一片惊愕中,大喊一声,狂奔出了医院。

我跑,虽然跑不解决问题,但是,我必须要跑。因为,我生了一个没有呼吸、没有心跳的塑料婴儿。我使劲跑,跑着跑着,我跑到我的骨节都发出了塑料的声音,我自己的确就是一个塑料男人。

那个不哭不闹的我们的塑料儿子,他—它被我们带回家了。我想,尽管是塑料儿子,也是我妻子生的,我们就不能遗弃他—它。我就把他—它摆放到早就准备好的摇篮里,尽管他—它非常安静,一点声音都没有,令人恐怖和疑惑。我妻子因此而变得不再简单方便了,她变得多疑、歇斯底里、情绪反常,忽而抱着塑料儿子哭泣,忽而又狂笑不已,忽而要给孩子喂奶,忽然又用剪刀猛戳塑料儿子的身体。但是,不管她怎么癫狂,我们的塑料儿子就是一声不吭。

一个月之后,我的妻子和我离婚了,因为,我告诉她,我现在是一个塑料男,我们生了一个塑料儿子,可能和我有关。她惊讶地抚摸我的全身。从她的表情看,她的确感觉到我,她的丈夫，已经塑料化了。而她的皮肤、肌肉、阴道都还是有弹性的，还是一个肉身女人，一个活的、美好的女人。她后来提出离婚了。为了她今后的幸福生活，我同意和她离婚。

离婚之后，我离开了家，住在了一个半人高的纸盒子里，在城市里流浪。但是，我没有再找到我曾经造访过的那个盒子里的男人，据说，他已经离开了这座城市。我逐渐地可以不吃不喝了。我逐渐地习惯作为一个塑料人和盒子里的人的生活了。

我曾经被流氓袭击过一次，他们用棍子打我，用刀刺我，我竟然都没有反应，流氓和歹徒非常吃惊，逃之夭夭。

我继续在城市里流浪，在大地上流浪，却没有什么可以毒死我，因为，我自己就是不坏金身，我自己就是这个环境的产物。

后来，我感到厌烦了，就在一个垃圾填埋场附近，挖了一个坑，然后，我自己躺进去，并用土覆盖我，我自己把自己埋葬了。我不知道，我在大自然里降解为颗粒物或者最终不存在，是不是需要至少一百年。

4分33秒

约翰·凯奇死于1992年,生于1912年。1938年,他发明了"特调钢琴",使其在演奏中发出意想不到的噪声。次年,他又创作了《想象中的风景一号》,这是电子音乐的第一个范例。他随后的作品也始终独立于欧洲的音乐传统之外。他尝试过类似东方音乐的系统节奏法。后来,在禅宗的影响下,他开始极为推崇无目的、无目标和无声沉寂。1952年,他创作的《4分33秒》,可以说是登峰造极地表达了他的现代音乐观。演奏者在4分33秒的表演过程中,只是在表演无声。他的许多创作还为演奏者提供了极度的自由。他的总谱有时被认为是高度模糊的构图设计。他在1963年创作的《第四变奏曲》是这方面的一个例子。此外,他的另一些创作又包含了音簇及戏剧成分。总之,约翰·凯奇用无声代替音符,用"非固定"原则代替和声,既是对西方传统音乐的创新和实验,也是一种解构和批评。

……他走上台了,他坐到钢琴的前面了,大家鸦雀无声,充满了敬仰,充满了期待,甚至还有一种神秘的暗示在现场弥漫,因为,他是著名音乐家,我们都知道,他是一个 Master,他今天无论演奏什么,我们都将谛听。他叫吴音,这名字听着就是和音乐有关。他用了 20 多年的努力,丰富了现代音乐的走向,成为世界瞩目的华裔音乐家。1980 年代,他到美国留学,之后,他将音乐的有声和无声统一起来了,比如,他尝试过各种可能的音乐的创作和演奏,他把木片和铁丝放到钢琴的发音部位,甚至把钢琴全部浸到水里来弹奏,让钢琴发出一种完全不同于过去有旋律和节奏的声音。这种声音,你也可以把它们叫作音乐,也可以把它们叫作对音乐的破坏。但是,这就是音乐的发展,现在,音乐已经到了它的新阶段了,这就叫作后现代音乐,叫作新的音乐。

他坐下来,他在凝视着钢琴的那些琴键,他没有作声,也没有动作。众人期待他突然出手,他出手的动作应该如同疾风暴雨,或者像雷鸣闪电,万马奔腾。我们都知道钢琴是音乐之王,是乐器之王,小提琴是王子,小提琴可以如泣如诉,可是钢琴!只有钢琴才可以表现出大海的广阔和波涛汹涌的感觉,只有钢琴才可以发出对自然界万种声音的模仿,它复杂,激越,轻柔,甚至是你听不到的音频。钢琴的琴键在停止弹跳的时候仍旧在轻微地抖动，在这种抖动中发出的颤音，你的耳朵已经听不到了，可是，有些动物还可以听到，比如老鼠、蟑螂、蛇这些动物，甚至是潮虫，它们的听觉比我们人类发达，它们的听觉要更加敏锐，当我们向一只有着蟑螂的房间走过去的时候，我们的脚步发出的声音对于蟑螂来说，就像是地震一样。我们每走一步，我们的脚步声就如同地震的每一次的发作，然后蟑螂在你到来之前，在你发现它之前，在你打开柜子之前，早就有充分的时间可以逃之夭夭了。声音是分有声和无声的，但是这种划分，实际上是以人的尺度、以人类的听觉尺度来划分的，并不是正确的。他就是后来改变了这个想法，他发现，无声实际上就是人听不到声音而已，但是，无论是宇宙还是人类社会中，永远都存在嗡嗡声，比如我们生活中存在的白噪音，它们都是在人类的听觉之外的，是照样存在的，因此，必须要尊重噪音，因为噪音也许就是声音的本质，也许是音乐必须要正视的东西。只有噪音才是和被人类安排得中规中矩的音乐相媲美的声音。

他坐下来了，依旧在凝视着钢琴，但是，他还没有出手，我们都不知道他会如何演奏，大家屏住了呼吸，大家把心提到了嗓子眼儿，大家都安静得能够听到自己心里的秒针在走动的声音了，大家等待着他给他们、给我们、给你们带来一场音乐的盛宴，一场音乐的饕餮，一场音乐的震撼。

现在，你已经进入到这个美容美发店里了，你坐下来打算洗个头，你还有最后的10块钱，你想在这里把它花了。我叫王强，你说，你是哪里来的，姑娘？原先，你在附近溜达了一阵子了，你一直想靠近这个小美容美发店，你看见它就在运河边上一条有些偏僻和隐蔽的小街上，其他美容美发店的灯都在旋转个不停，让你有些头晕目眩，只有这一家的灯是不旋转的。不远处就是北京的中央商务区，你刚才从那边一路走过来，你看到眼前是一个灯红酒绿、车水马龙的世界，你看到的是纸醉金迷的世界，你看到的是光鲜的男女纷纷出入一幢幢高大的写字楼和公寓的情景。这是长安街沿线的一段，往东就是一片高大巍峨的建筑，拔地而起。昨天，你曾经到附近的工地碰了碰运气，但是，没有人理你，他们现在都不要人了。你感到特别的饿，实际上，你有两天没有吃饭了，你在这个城市里举目无亲，你不认识任何一个人，但是，你又不想去任何一家饭馆去要饭，你就在黑夜里胡乱地走。

你是来北京找舅舅的，你的妈妈给你打了电话，说，你的舅舅从国外回来了，他叫吴音，你的妈妈叫吴英，是吴音的姐姐。吴音，你舅舅，是一个在海外很有名的音乐家，他要在北京举行专场演出了。因为没有要到打工的工资，你就剩一点钱了，你决定去北京找舅舅。舅舅是一个名人，一定会给你想办法的，你妈妈说。于是，你很高兴，你就来到了北京。可是，你发现，在这里找你舅舅很困难。首先，舅舅住在哪里，你根本就找不到。他的助手倒是告诉你了，他住在一家酒店，可是，你去那里的时候，发现他上午到，下午就已经离开了。你进入到金碧辉煌的酒店大堂，就感到这里不是你的世界，这里和你一点关系都没有，这里是别人的世界，是金钱和权力的世界。酒店的服务员告诉你，你的舅舅走了，到另外一家酒店住了。后来你的手机就没有电了，你的手机卡同时也没有钱了。手机就无法使用了。在北京，找公用电话特别难，于是，你就买了一份晚报，你看到舅舅要在国家大剧院演出的消息，你很高兴。你觉得自己很聪明，你一定会找到舅舅，因为，他是名人，在明处，而你是一个渺小的人物，你只能躲在暗处，于是，你就一家家酒店去找，结果每当你到达一个酒店，那里的人就告诉你你的舅舅已经离开了。你以为是你舅舅故意和你捉迷藏呢。其实，是人家酒店的人故意和你说的，他们根本就不知道谁是你的舅舅，他们看你就觉得来气，觉得你是一个民工，怎么可能有一个住在五星级酒店的舅舅呢？

当你从报纸上得知，你的舅舅晚上要在国家大剧院演出，你很高兴，这下子你终于能够找到舅舅了。你觉得自己有希望了。可是，你为什么要找舅舅呢？还不是想问他要点钱？因为你口袋里几乎没有钱了。想到了这一点，你又泄气了。你不想给别人带来麻烦，尤其是给自己的亲人带来麻烦。可是，现在你是走投无路了。人在走投无路的时候，只能是哪里可能有路，就往哪里走了。而你的舅舅就是你的希望，你一定要和舅舅见面！你想在路边一家小吃店吃一碗面条，但是，这家饭馆里最便宜的饭也要五块钱，而且里面还没有肉。其实，你更想吃有杂碎和肉的卤煮火烧，但是，那卤煮火烧的价钱是六块钱，你觉得贵了，不敢下决心去买。于是，你只好看别人在吃连汤带水的面条。那面条碗很大，里面只漂浮着几片早就卤好的牛肉，和一些香菜，以及葱末，这样的面就叫牛肉面了？他妈的，五块钱还想吃到什么？你从跑堂的眼神里读到了这句话。你想，算了，我不吃了不行吗？我走了！总归，你口袋里的钱吃不了几碗这样的面。于是你就离开了饭馆，来到了街上。你路过水果摊，闻到了水果的缤纷的香气，你馋了，很想吃个苹果或者橘子。你犹豫了一下，就走开了。这时，忽然有一个橘子滚到了你的脚下，你趁机弯腰把橘子抓在了手里，快步走开了。你走到了一个僻静的地方，看到没有人注意你，你很高兴地把橘子掰开来，一瓣瓣地耐心地吃了起来。这橘子是你两天以来咽进肚子里的唯一食物。

然后，你抹了抹嘴，上了大街。大街上，人来车往十分热闹，但是没有一个人是你认识的，他们也不认识你。这就是大城市的好处，那就是，谁也不认识谁，不像在村子里，无论你离开了多少年，只要是你在村口一露面，就会有人说：啊，强子回来啦？强子！每个人都要和你打招呼，大家都认识你。在大城市，无论你是干什么的，都没有人知道，即使你刚刚认识了几个人，这些人也很快就会离开城市到别的地方去，大家都是流动的。因此，无论是做鸡还是做鸭，都没有人知道。这就是那些小地方的女人来到陌生的大城市里做小姐很放心的原因，因为，没有人知道你在外面干什么和干过什么，城市里人太多了，城市也太大了，没有人关心你是干什么的，只要你能够活下去，就是你的本事，就是你的胜利。

你看了看表，六点半了，你的舅舅在七点半准时在国家大剧院演出。你挤进了地铁，你发现，今天地铁里人似乎特别多。现在，城市里有了地铁，真的很方便。轨道交通的速度很快，当初你在广州，就是一眨眼就来到了东莞，因为有那种子弹头列车可以坐。现在，地铁里人头攒聚，大家像贴饼子一样贴在一起，互相之间是那么的亲密，可是，实际上，大家彼此都不认识。忽然，一个女孩子尖叫了起来，哪个流氓！摸我的屁股！滚开！由于人太多了，是哪个女孩子发出的声音你都听不出来，人群骚动了一阵子，男人和男人站在了一起，女人和女人站在一起了。那么，刚才，是谁摸了一个女孩的屁股？没有人知道，现在，也没有人去关心这个问题了。总之，人这么多，肯定会有流氓浑水摸鱼，顺便揩油的。你感到在地铁里很憋闷，很不透气。可是，地铁还没有到站，还要换乘一号线才能到达天安门站。在某一个地铁换乘站，下去了很多人，人们像流水一样流出了车厢，接着，又进来了很多人，就像车厢在吞吐人群。你想起来晚报上登的一句话，"旅客吞吐量"，你看到了非常形象的旅客被地铁吞吐的景象，你笑了。你还想起来晚报上的几条新闻，一条是一个小商贩又把两个城管队员给刺死了。你心里想，这真是悲哀啊，都是为了一口饭，怎么就不能让商贩有个活路呢？城市爱干净，可小商贩也要活啊。城市里的写字楼、商铺的租金贵，小商贩怎么可能租得起呢？因此，城管和无照商贩就成了死敌，必然要经常地躲猫猫，捉迷藏，不是城管"失手打死"了商贩，就是商贩"杀害"城管。

你胡思乱想着，想起来了你在东莞打工的一个工厂的工友。他叫黄汉刘，他就是因工致残讨要补偿不得，最后，杀死了两个台商的。你忽然闻到了车厢里飘来一股腥臭气息，是有一个孕妇呕吐了。忽然，你又看到，车厢门开了，从外面进来了两个盲人，他们每个人的手里都拿着一把乐器，似乎是带录音的电子乐器，一边走，一边向别人伸手要钱。不是说不许在地铁里乞讨的吗？刚才你在晚报上看到了这么一条新闻，那为什么地铁里还有乞讨的呢？你看见很多人把脸扭过去了，假装没有看到这两个盲人，可是也有那种感觉不好意思的人，或者比较厌烦盲人在你眼前不走、不得不掏钱的人，给个那么一块两块的。两个盲人就这么一路走了过去，三分钟之后，地铁又到了一站，他们就都下去了。接着，伴随旅客走进车厢的，是一个残疾人，他盘腿坐在地上，就那么用膝盖一挪一挪地走路，看着就那么的揪心和难受。就是有这样的人，他拿他的残疾来博取你的同情心，然后让你掏钱。这个残疾人就那么在车厢里挪动，然后伸手要钱。他的待遇比那两个盲人要好一些，而且，他也很会看人下菜碟，专门找那些心肠软的女人和小女孩要钱，几乎人人都掏钱了。这个时候，又到了一站，外面忽然进来两个保安，身材高大、体态肥胖，把这个残疾人抬出去了，一边走一边说，不许你进地铁乞讨的，怎么今天又来了，等会儿有你好瞧的，我们要好好收拾你！残疾人很镇定，还面带微笑，你刚好和他的目光相遇了，他冲你摆摆手，你觉得很尴尬，因为，你根本就不认识他，弄得好像你真的认识他一样。

约翰·凯奇说:"多年以来,我才发现,我从未真正把音乐看作游离于生活其他方面的一种活动。纯粹的音乐问题已经不再是严肃的问题。也并非总是如此。当我下定决心把一生献给音乐时,在音乐的战场上仍然有不少有待于取胜的战斗。人们把乐声和噪音区分开来。我则追随瓦雷兹,为噪声而战。其他音乐家也一样。在1930年代初,瓦雷兹的《离子化》是唯一的一部打击乐作品。到了1942年,这类作品已经有了一百多部。现在,这类作品则多得数不胜数。如今,不论声音中具有何种泛音结构,几乎任何一位倾听声音的人都能够安心倾听。"

他坐在那里提气和运气。弹钢琴是需要气的,需要丹田里出现一股气来支撑。弹钢琴难道不是体力活吗?就在昨天晚上,在君悦世禧大酒店里,他打开电视,刚好看到了一个节目,是大象在比拼弹钢琴。大象怎么会弹钢琴呢?当然会,因为,有训练员训练它,最终,大象也可以弹钢琴了。大象是用鼻子弹钢琴的,它们其实不懂得人类的音乐,但是它们发现用鼻子敲打那些黑色和白色的琴键很好玩,大象也很聪明和顽皮,它们知道人类要它们用鼻子去敲打那些琴键,发出了声音就有奖励,就有香蕉吃。于是,大象就用鼻子在弹、其实是在轻轻地砸那琴键,发出了声音的。这个时候,音乐家、钢琴家吴音就感觉很有意思了,这大象弹钢琴,发出的表面看上去很不规则、很没有道理、谈不上有人类的所谓旋律的那些声音,让其他的大象都感到了兴奋。也就是说,一头大象弹奏钢琴，发出的声音，人类觉得那是噪音。可是，其他大象都听明白了，都兴奋起来了，都在用前脚在地上蹭，并发出了响应声，显得很兴奋和有一种知音的感觉。他注意到了这一点，他也兴奋了，因为，这证实了他的观点，音乐，不见得必须要被人类自身所限制和规范，大自然里所有的声音都可以是音乐。当然，这听上去是一种很疯狂的说法。比如，把木片夹在钢琴的发音部位，然后弹奏出来的曲调，就是很不规则的、有木头的音质。那么，把钢琴琴键浸泡在水中，弹奏的时候发出的声音，就带有了水的色彩和质地。这就是他经常实验的手法。那么，大象的演奏，是它自己的演奏。表面上看，是大象在学习人类的音乐，实际上是人类被大象戏弄了，大象演奏的是大象自己能够听懂的节奏、听懂的不规则的音乐。要不然，其他大象怎么那么兴奋呢？

　　他感到很兴奋，现在，他坐在那里，把气运起来了。提气要从小腹里面提，从肚脐眼以下两寸的内部、深处来提，把气缓慢地提起来，然后他就可以把气聚集到胳膊上，再运用到手指头上，这样，他就可以弹奏了，手指头就非常有力了。他感觉到那束追光打到了他身上，他沐浴在一个巨大的光圈里，他感到身体发热，因为他是大家瞩目的焦点，这偌大的舞台上，只有他一个人，只有他独自为王，他是享誉世界的华人音乐家，后现代音乐大师、结构和解构主义音乐家、抽象主义音乐巨匠等称谓，随便报纸、电视和杂志去胡说吧，现在的大学，盛产各种理论和说法，在美国的大学尤其如此。要是学校里的教授们不能抛出一些奇谈怪论和各种说法和"理论体系",那么,他就是无比可疑的,就是配不上吃教授这碗饭的。举一个简单的例子,本来,文学这东西,都是以文学创作本身为主体的,也就是说,是以小说、诗、散文随笔作为最主要的研究对象,可是,美国的大学,老天爷,竟然把文学理论和批评发展成一门专门的文体,把文学批评这个附着于文学创作的文本才有价值的东西给独立出来了,独立成一种晦涩不堪、十分难懂的文体,而且大量地生产,到处出版,和文学创作出来的文本几乎等量齐观了,这就显得荒诞了。那些谈文学的理论书成为了大学里大学生们消费的东西,可研究文学的人基本不看文学作品,而是专门啃那些谈文学的理论书,这样就从理论到理论,然后不断推出自己的新理论,搞一些怪名词去混饭吃。所以,千万不要相信那些教授们的理论命名和胡说八道,随便他们怎么去胡说吧,我自己搞的就是我自己的音乐,搞的就是我自己的这一套。我依靠对音乐的天才般的理解,改变了音乐的走向,音乐在我这里拐弯了,而我是一个华人。我才不理会你们怎么给我戴帽子、戴什么帽子呢。是的,我能把我小时候在山沟里听到的声音,比如树和风的声音,比如雾的声音,比如水和水上掉落的毛毛虫与水蚊子走动的声音,比如山雀扇动翅膀把空气带动的声音,老水车转不动了因为水流变小了的声音,比如,牛吃草、打嗝、放屁的声音,比如蚯蚓拱动泥土的声音,比如我的爸爸和爷爷的眼皮眨动的声音,比如,萤火虫掉到蒲公英的毛球里的声音,再比如,我爷爷跳大神的声音,他和其他一些老头演傩戏的声音,以及他们请来的神判说话的声音。比如,在山上的禅寺里,老和尚告诉他,听你心动的声音,以及大山呼吸的声音。这些声音在我的耳朵里弥漫。那么,音乐就藏在里面。音乐无处不在,正如声音无处不在。音乐就是声音,甚至,音乐就是没有声音。最后,音乐,就是你自己内心的声音。这是我的发现,或者,这就是我要告诉很多人的,让他们去听自己内心的声音吧。那就是属于每个人的音乐,每个人独自的生命的音乐。

你在地铁里感到十分憋闷。不知道为什么,这么多人挤在一起,也没有让你有一种安全感,相反,你却感到了极度的不安。因为,周围的人没有一个是你认识的,他们像沉默的敌人那样把你包围。你闻到了汗臭、屁臭和人的私处与腋下的狐臭,你闻到了香水、脂粉和食物的香气,这些味道在你的周围缭绕,让你头晕眼花,你肚子里有酸水在翻腾,要呕吐出来了似的。你压抑住自己的不舒服感,尽量平缓情绪。还好,那些残盲人、瘸子等残疾人现在都不在车厢里乞讨了,他们下去了,这个时候,你知道地铁正在长安街的地下穿行。长安街,中国最伟大的街道,宽阔得如同广场一样的大街,我现在在你的下面穿行,去找我的舅舅,去和他会合,去告诉他,我,你的外甥来了,我们在北京见面了。我很好,但是有一点小麻烦,我没有钱了,要是舅舅你能给我一点钱就可以帮助我渡过难关了,要是你发挥你的影响,再给我找一个工作,那就更好了。当然,这要看情况了,也许,我根本就不会开这个口的。有时候我很害羞,你想,那么多年没有来往，一见到海外回来的舅舅，就要他帮忙，这就是亲戚的实用性和最终作用吗？你肯定觉得为难和不好意思。

现在，地铁到了天安门西站，你知道，从天安门站的东南口出来，就是国家大剧院。你的舅舅很快就要在那里举行他的专场音乐会了，你就要见到舅舅了。你很高兴，步履立即变得轻快了，好了，你走出去了，跟随人群往出口处走。你来到了地铁的东南口，但是那里已经有了一道警戒线，有警察和武警在把守，不许人从这个出口出去。为什么？你感到很困惑，难道我从这里出去都不行吗？一个警察很友好地告诉你，现在就是不能从这个出口出去，除非你有大剧院里音乐会的门票。你急了，我告诉你，警察同志，今天在国家大剧院演出的，就是我的舅舅，我就是去看他的！你的舅舅？那你一定有票了，没有票，你怎么说都不行，就是你亲妈在演奏都不行。这个出口封闭了，因为，我们有安全保卫和交通管制的任务，有领导人要参加国家大剧院的活动，附近的安全保卫升级了，因此，闲杂人员不能靠近大剧院，明白了吗小伙子？我已经给你泄露秘密了，警察耐心地告诉他，除了有音乐会门票的人，其他人一律从别的出口出去，比如，北面的两个出口。现在，请你走到北面的出口出去吧。警察很客气。北京的警察很好，不像一些小地方的警察，蛮横得很。你很着急，可是，我就是去找我的舅舅，他就是音乐家啊。好吧，我相信你有个舅舅是音乐家，但是你没有门票，就请往那边走。有门票的，可以从这个出口出去。你着急了，你决心突然冲过去。你猛地一弯腰，冲破了几个警察的封锁线，开始发力，跑上了地面。你看到了眼前突然浮现出来的一个巨大的、如同外星人的宇宙飞船一样的东西，周围还有水，水面也是这个巨蛋的倒影，还在微微地颤动。你感到了惊恐和害怕，这是什么东西？怎么这么奇怪？正在这个时候，两个武警跑过来，一边一个把你架起来就往地下通道里走，一言不发，一直把你送出了北出口，松开你，然后，他们才离开了。你傻眼了，站在马路的北面，你终于看清楚了，原来，那个巨大的蛋形建筑，可能就是国家大剧院，远看、近看都是很漂亮的。你的舅舅现在一定已经在里面了，他就要演出了，可是你就是没有办法靠近，因为安全保卫措施升级了，因为你本来就没有门票。

你绕了个圈子，从西单那边走过来，试图再度靠近大剧院，可后来你发现在各个出入口都有警察和武警，他们把守住很多要害的地方，没有门票，任何人不得随便出入。你根本就无法进入。最终，你灰心了，你感到无奈了。你距离舅舅那么近，你就是无法靠近他，只能眼睁睁地看着海报上的舅舅冲你微笑。因为，今天有重要人物要听你舅舅的这场音乐会，安保级别提高了，没有票是一定不能进入到大剧院里的。你傻眼了，你现在是望着剧院兴叹，你觉得很气馁，觉得灰心丧气了，因为距离你的目标那么近了，你就是无法进去，无法靠近他。你只好沿着长安街一路向东走，看到了一路公共汽车，你跳了上去，任凭公交车把你带走，带向了东边，带向距离你舅舅越来越远的地方，你也不知道应该到哪里去，在这个城市里你本来就是一片浮萍。

约翰·凯奇说:"我们也能够接受任何一种音高,不论它是西方或东方的任何一种平均音阶中的一部分。以前被看作不协调音的,现在被称作微分音。它们是现代音乐的重要组成部分。有些人仍然反对噪声。他们害怕损伤耳朵。一次,我有机会在一次 Zaj 的演出结尾处听到一阵非常大的噪声。我在头一天晚上,就去听过演出。我知道巨响何时出现。我走到播音的扬声器旁边,坐了一个小时,先把一只耳朵转向扬声器,然后再把另一只耳朵转向扬声器。噪声停止后,我的耳朵在耳鸣。耳鸣持续到午夜,持续到第二天,以及第二天的夜里。第三天一早,我预约去见一位耳科专家。在我去诊所的路上,耳鸣似乎减轻了一些。医生做了全面的检查,说我的耳朵很正常。失调只是暂时的。我对噪声的态度依然如故。我只要有机会还会听到噪声,但也许会保持适当的距离了。"

他的余光似乎扫到了台下第五排的贵宾座位上,坐着的领导人了。很多年来,他多次往返中国、北美、欧洲,这一次回来,活动的组织者就告诉他,领导人准备来听他专场音乐会了。好啊,那很好,我没有想到现在中国的领导人胸襟这么大,这么能接受现代音乐。他很高兴,因为,他知道,现在的中国人气魄都大,在文化上的胸襟越来越大,这一点,你看他们对代表国家形象的建筑方案的接受程度,就完全可以看出来。比如国家体育场建筑,那个"鸟巢",比如国家游泳馆的那个"水立方",比如库浩斯带有恶作剧风格设计的中央电视台新大楼,虽然被人戏说成"大裤衩",其实也是很好的建筑,还有法国人安德鲁设计的这个国家大剧院建筑,争论一直很大,但是说建就很快建好了。而且,他听说了中国的领导人里面有懂京剧的,有喜欢拉二胡的,还有喜欢篆刻和书法的,也有很懂得古典和现代音乐的。可是,如今他们中有人连他的后现代风格的音乐都能接受,那中国是了不起了。

现在,在台下第五排坐着的领导人,和他旁边的另外一位副总理,都是音乐的爱好者。他还知道,他们都写了欣赏音乐的书籍公开出版了,这一点很让他感到吃惊。儒雅的领导人为了国家的事情每天都那么忙,还有时间来听一场音乐会,尤其是他的专场音乐会,这使他感到非常高兴。他告诉工作人员,我的音乐会过去怎么举办,现在,我也怎么举办,我不会考虑到领导人在,我就改变了我的音乐风格了。我的作品不发声就是不发声,有噪音就是有噪音,那都是我的音乐,我必须要表达我的音乐观。工作人员告诉你,当然,人家就是来听你的音乐的,你的音乐本来是什么样,现在就可以是什么样。其实,无论是领导人,还是音乐爱好者,他们来听我的音乐会,不就是冲我这个在海外、在西方世界、在欧洲和美洲获得了无数荣誉,并进入到西方权威的音乐史著作里、成为人类音乐发展的最新一环里的符号价值来的吗?他们,观众们,不就是为了想听、想看我的音乐是什么样子的吗?好吧,你们来了,很好,大家请安静,请倾听你们内心的声音吧。我的专场音乐会开始了,朋友们,你们现在请安静,其实你们一直很安静,等待我的音乐以整体的面貌出现,或者,你们就是为了倾听你们自己内心的声音才来的。

你的爸爸叫王钢,可是他已经去世了,死于村边一家化工厂排泄的废水导致的不明疾病,过去,你爸爸的身体就像钢铁一样强壮,但你爸爸王钢得病之后,就再也不是一个铁骨铮铮的汉子了,就和钢铁一点关系都没有了。他得的病是一种骨头坏死,接着,身体里的其他器官也都开始损坏,然后就十分痛苦地死了。村子里好多人的病和你父亲的一样,几年中间,村里就死了几十个人。后来,你们才觉得,大家得的病可能和村子附近的那家化工厂有关系。于是,村民们开始上访,连村支书和村长家都死人了,看来,谁都逃脱不了今后得病死亡的命运了,于是,全村的人都开始上访,上访的人却被县里和市里不断地派人阻拦。最后还死了人,引发了全村的聚众闹事,结果,又惊动了省里,甚至是北京的中央领导,上级追究下来,层层下压,于是,那家化工厂被停工了。然后,村子里的地下水、井里的水的质量明显好转了。村子里死人的速度才慢了下来。

在农村,种地已经不缴纳任何税了,不像在1997年的时候,连院子里种一棵苹果树都要缴税,现在,农村里什么税收都没有了,种粮还有补贴,农村老人到了60多岁,每个月还能领到一点养老金,日子好多了。可是,花钱的地方就更多,孩子上学、女人看病、购买农药农机具都要钱,那怎么办?就要出去打工。于是,你就告别了母亲,前往广东去打工。你王强好歹也是高中毕业，你出了大山来到了外面的世界，你就来到了一个虎豹狼虫的世界，你下了火车，刚走出了广州火车站就被骗了，人家顺手就摸走了你带出来的最后一点钱。你背着行囊，漂泊在无边的人海里，四处没有着落，你感到自己真的是汪洋中的一条小船，大海中的一根生锈的针，是沙漠中的一粒沙子，你落到人群里就没有人能够再看见你，就没有人再去注意你了。当然，那些鸡鸣狗盗之徒还是可以盯上你，每个人都有每个人的地盘，你不许侵占别人的地盘。一旦你掉到了社会的底层，那就是一个魑魅魍魉的世界，就是一个看不见的世界，报纸、杂志和电视从来都不会报道的世界，弱肉强食，每一个人每一秒都在为生存而努力挣扎的世界。你来到了东莞，想在那里找一个工作。你找到了一个工作，是一家台湾人开办的企业，这是一家玩具厂，生产卖给外国人的各种玩具。为了制造那些玩具，年轻的少女和小伙子们则需要没日没夜地辛勤工作，一点都没有生产玩具的心情、感觉和兴趣。他们面对玩具，一点情趣都不能够激发出来，因为生产的玩具都是给外国人玩的。你觉得你也是一个玩具，一个被社会和台湾资本家玩的玩具。好吧，那就生产那些玩具吧。你每天坐在那些玩具中间，觉得这个世界是多么的滑稽。

有一天，发生了一件事情，一个工人要跳楼，让你觉得很震惊。这家玩具厂生产玩具，还不是最危险的工作，你知道你碰见过的一个老乡，曾经在一家专门拆解各种电器和电子废旧物的作坊工作，你去找他，发现眼前的电脑、电视和各种电子垃圾堆得像山一样高，那些电视、电脑、收音机都要被拆开来，进行废物回收和再利用。但是半年之后，你的这个老乡就得了肺病，很快就死了，据说死之后把他的肺解剖开来，肺里面全都是黑的。这还不算什么，你还听说，在另外一家工厂，经常发生工人致残的事件，据说，整个珠江三角洲一带的工厂里每年被机器轧断的手指头，连接起来可以环绕地球一周。这种说法也许很夸张，到底是不是真的，你并不清楚，你是听到一个工友这么说的，你还是感到了害怕，害怕自己的指头某一天也成为了连接那个环绕地球一周的指头的大花环的一小部分。于是，你才找了一家台湾人开的玩具工厂打工，因为，做玩具相对要安全一些，至少不会很容易地丢掉自己的手指头。但是，那天出的那件事情，还是让你非常的震惊。

起先，你并不知厂子里有这么一个人总是在找台湾老板要赔偿。等到你看到他站在楼顶想往下跳的时候，你才知道了他。你听工友说，他的右手被机器轧断了，也就是说，完全失去了右手。但是他才来这家工厂工作了一个星期，就发生了这个事故，真是倒霉。是一台冲床忽然失去了控制，把本来就经验不丰富的小伙子的手给轧坏了。这个人叫黄汉刘，是一个四川人，工友把他送到了医院，医院一看病情那么严重，就给他做了右手切除手术。后来，黄汉刘就被辞退了，同时，他也开始了向工厂的资本家要求赔偿的艰难过程。后来，你听说了事情的全部经过：黄汉刘有兄弟俩，他是家里的老大，父母亲都有慢性病，因此，小学五年级之后，黄汉刘就辍学在家，帮助父母亲干农活儿,有时候在附近帮工,每年还能挣个一两千块钱。他弟弟黄汉青也很懂事,学习成绩特别好,你想想,哥哥都辍学了,那么家里的希望都在弟弟身上,弟弟汉青自己也很争气,眼看着就要考上大学了。可就在这年的9月初的一天,黄汉刘的右手就被轧断了。一开始,台湾商人就摆出一副不想搭理他,也不想息事宁人的架势,口气和态度都很强硬。是啊,哪个资本家不是利用资本在榨取工人的血汗,哪个资本的毛孔里不流着工人的鲜血呢?资本家是一定要尽量减少成本,获取最大利润的,上学的时候书里都是这么写的。因此,你黄汉刘才给工厂干了一个星期,就自己倒霉地失去了右手,资本家还很生气呢,你什么剩余价值都没有创造,哪里会马上想到要给你赔偿?于是,赔偿就耽搁下来了。

这黄汉刘想得很简单,失去了右手,你工厂赔我十多万,我就回四川老家了,安心地务农,同时鼓励要高考的弟弟好好考,去上大学,学费也够了。但是,工厂主根本不理会黄汉刘,起先,还让他吃饭不要钱,后来也不管饭了。工伤鉴定出来了,达到了五级伤残,黄汉刘看到厂方根本就没有诚意补偿,在伤残三个半月之后,又提出了劳动仲裁,要求工厂支付伤残补助金、医疗补助金、假肢安装费等一共30万元。20天之后,劳动仲裁下来了,仲裁厂方给黄汉刘赔偿5.8万元。这距离黄汉刘的愿望很远,也距离律师的设想很远。于是,黄汉刘就决定上诉,一边继续交涉。最后,工厂主答应给9万块钱,还不包括已经借支的几千元前期的医疗费、伙食费等。黄汉刘上诉到法院,这年的3月份,法院的判决下来了,要求厂方一次性补偿黄汉刘17万8千元。厂方不服,也选择了上诉,而且,后来厂方通知保安,不许黄汉刘再进入工厂,否则要罚保安的钱。于是,就出现了黄汉刘挣脱保安的围追堵截,爬上高楼要往下面跳的那一幕。你当时刚好下班了,你看见一个很瘦小的人在大楼上,下面站着很多人在观看。忽然,警车呼啸着开来了。这下热闹了,警察来了,就有好戏可看了,很快,有人在地面上放了一个巨大的黄色充气垫,开始给垫子充气,这是防止他跳下来毙命的。你感到很兴奋,觉得眼前有好戏了。但是,工厂的管理人员开始驱散大家,要大家不要管闲事,驱赶你们,你只好往食堂方向走。你想象着在你身后,那个讨要补偿的工人,黄汉刘,他是如何勇敢地和警察对峙,并且如何勇敢地跳了下来,然后,扑通一下,掉在了那个黄色的大充气垫子上,在一片尖叫和惊呼中安然无恙。但是,你并没有看到这一幕,因为,他最终没有跳下来。

约翰·凯奇说:"我们的时间经验已经发生变化。我们已经能够注意到从前可能会使我们忽略的简短事件,而且,我们还能欣赏那些十五年前会被认为是长得不能忍受的、极长的事件。我们也不再介意一个音是如何开始、持续和结束的。在一次关于中华人民共和国钢琴音乐的讨论会上,周文中说,西方音乐家从前坚持认为,一个高音应当保持音高,从始至终不应颤抖。而中国的音乐家们,他说,则感受得到在高音过程中的某些变化,会使乐声更加生动，更加'悦耳'。如今，人们在倾听各种各样的声音，不论它们各自有何特点，是否多变或呆板。对于那些我们过去没有听过的声音，我们变得格外注意。我简直对勒贾仁·希勒的计划着了迷，他想利用计算机手段创造一个'巨大的乐队'，来合成无与伦比的声音，结束时又仿佛是弦乐。对于无声，我们也很宽容。无声不再像从前那样总是令人不安了。"

这个时候，吴音忽然想起来，前天，姐姐给他打电话，说是她的儿子、他的外甥，在广东打工，结果从工厂没有拿到工资，工厂出了事件，结果欠薪不给，外甥遇到了经济困难，跑到了北京，而她作为姐姐，在老家农村也没有办法，他从外国回来，请他见见这个外甥，看看能不能帮点忙。吴音答应了，现在，他的脑海里倏忽飘过了很多印象和画面，他看到了他的童年，他在山道弯弯的小路上走着，赶着家里的老黄牛，在田边吃草的情景。虽然他到国外很多年了，可是，每年都给自己的姐姐家寄钱，眼下外甥遇到了困难，他当然要帮忙了。他还给了姐姐自己的助手的电话，叮嘱她，叫外甥来了北京就立即打这个电话，因为他杂事很多，会让助手安排外甥的事情的。可是，外甥曾经和他的助手通过一次话，也和他说了几句，说已经买了来北京的火车票，然后就没有任何消息了。他想，这是为什么？是不是外甥的手机已经没有钱了？没有钱，那就连电话也打不通了，外甥的号码就是一个空号。那他就只好等待外甥来主动联系他。可是，一直等到音乐会开始，他也没有等到外甥前来找他,这是怎么回事?难道,他遇到了什么问题吗?他很担心。在他的眼前,来听音乐会的人大都表情安详、平静,他们都是中产阶层,和中产阶层以上的人群。只有他们是有闲和有钱的,能够来听他的音乐会的。这场专场音乐会已经策划了好长时间,因为,他不知道国内能不能接受他的音乐观念和作品,尽管他的很多音乐作品已经享誉全球。后来,演出公司告诉他,不仅北京的观众很希望他能够回国演出,而且可能有喜欢音乐的领导人会来听他的音乐会,他就觉得很兴奋。而且,这可是他的专场音乐会啊,他的最主要的作品都要在这场音乐会上演奏。比如,他写的那些要用夹木片的钢琴演奏的钢琴协奏曲,以及键盘浸泡在水中的独奏,还有带有湖南和贵州傩戏风格的大型交响乐,以及室内乐、歌剧和没有声音的禅乐。自然,他本人还要表演自己的精神导师、音乐家约翰·凯奇的代表作《4分33秒》,一是为了向西方的音乐大师致敬,二是为了让北京的观众一下子就能够进入到他的作品的氛围里,明白他的音乐为什么那么不规则、古怪而"不动听",明白了甚至没有声音也叫作音乐,这样的音乐为什么会在国际上那么吃香。

他想起来,在音乐学院里,自诩为天才的同学们,一个个都疯得那么彻底,那么的自以为是,那么的自我和超我,以最大可能性地来试验音乐的边界。现在,同学们流落在全世界各个地区,大都有不俗的表现,而他是其中最耀眼的一个。现在,他回来了,在国家大剧院里演出,似乎整个国家的力量都在托举他。现在,西方人都感到,中国真的强大了,中国在21世纪的头十年里,真的像一个巨人那样,迅速地崛起了。他每一次回国,短暂的停留,都可以发现很多城市的变化,交通设施的快捷和迅速,连他都感到吃惊。他想起来,很久以前,在北京,永远都是那么两条地铁,但是现在,新的地铁每年都在开通;从武汉到广州的高速铁路达到了每小时350公里,比多年以前他在日本坐新干线的时候的车速,快了接近一倍。日本人的速度都不行了,这是什么时候发生的?在中国,干什么事情都是那么的快速,效率比欧洲那些老牌的资本主义国家高多了。这是为什么?很简单,是托了邓小平的福,是他老人家高瞻远瞩,明白了一个道理,那就是,要韬光养晦,要跟着美国人建立的世界政治经济秩序走,不要和任何人搞对抗,尤其是搞意识形态的分类和斗争,要进入到美国这个超级大国确立的国际政治和经济的游戏规则里,韬光养晦地来发展自己,这一招很聪明,你看,我们买了那么多美国的国债,这就成了和美国经济上联系最紧密的国家了。对于这些西方国家来说,民主、自由这些概念,现在是对付那些他们攫取利益时受到了阻碍的国家时才真正管用的,可是,只有你的经济实力上去了,你才可以和他们平起平坐地说话。就在前一段时间,英国国籍的一个毒品贩子被中国新疆的法院判处死刑,并且很快执行死刑了。刚好,他那段时间在伦敦演出,看到了很多英国的报纸在愤怒地声讨中国政府的"不尊重人权",他哑然失笑了,接受采访也有人问他这个问题,他反问:"你这不是在问中国要值治外法权吗?你觉得这对于今天的中国来说,可能吗?贩毒,在任何国家都是严重的犯罪啊。"这让他想起来，在清朝的末期，林则徐在广东禁止英国人贩卖鸦片时的遭遇。时代不一样了，治外法权不存在了。主权大还是人权大？当然是主权大。这些老牌的、正在衰朽的国家，骨子里的傲慢是改不了的，去不掉的，让他们服气，你就要凭借自己的实力说话，否则，他们就祭出人权的大旗来压制你。狗屁！你在全世界来回走，你发现了世界的不平衡，你看到了新的体系在变化，但是，都是美国主导下的新的世界政治经济新秩序在变化。作为音乐家，你有你的角度、你的方式来表达对世界的看法。世界是平的，有人告诉你，那是因为有互联网了，所以，有人觉得世界有可能连接成一片了，信息技术革命将使世界变成平的。不，世界绝不可能是平的，你是知道的，世界是凸凹不平的，坑坑洼洼的，到处都是裂缝和陷阱，是丘陵和洼地，是雪峰和沙漠，是大河和海沟。世界怎么能是平的呢？世界一直是弱肉强食啊，世界怎么能是平的呢？不可能是平的，音乐也不是平的。穷人的世界，伊斯兰世界，新月一样的从北非到东南亚的狭长地带，非洲的中部，南美洲，和欧洲的东部，北美，东亚，区别很大。另外，美国一个学者福山说，历史终结了。历史果真终结了吗？扯淡，怎么可能呢？历史终结了的话，就不会有战争了，就不会有美国军队在阿富汗和伊拉克了。历史终结的另外一个意思是，人类自18、19、20世纪数百年的社会制度的实验和革命的历程，最终以确定了市场经济制度和资本主义制度为终结。这又扯淡了，且不说西欧和北欧的一些民主的福利国家多么像社会主义，中国走的路，也和他们大不一样啊。他每一次回到中国,都可以感觉到中国每天都在变化。这种变化令人兴奋,但也让人觉得心里有些不踏实。比如,我们是不是崽卖爷田不心疼啊?我们是不是在发子孙财啊?我们是不是搞的是破坏环境、以牺牲子孙利益和环境为代价在搞建设啊?他的心情很复杂。这些都是音乐之外的事情,但是,又都和音乐有关。比如,他就专门到三峡水电站,去采集了很多工程施工和居民点拆迁所造成的声音。音乐就在现实中。音乐就在生活中。音乐就在历史中。音乐就在心灵里回旋。音乐就是噪音。音乐又不是噪音。那么,音乐无处不在,音乐又难觅其踪。

他的脑子里翻江倒海,胡思乱想,他的意识流四下流淌,涕泗滂沱。可是,这些意识流动,是不是都是因为观众的座位上,坐着几个懂得音乐的领导人?是不是他们肩负着国家的重担,肩负国家发展的要务而使你有了如此丰富的联想?很可能就是这样。忽然,他又想起外甥要来和他会面的事情了。可是,为什么外甥没有和他联系?难道外甥没有如期抵达吗?他想起来自己可能疏忽了,因为,他再三嘱咐让助手给外甥留好票,可是助手却并没有告诉他外甥拿到票没有,只有这样,外甥才可以进来,可以听到他的全场音乐会,这个音乐会都是他这个舅舅的杰作。要不然,滴水不漏的安全保卫措施是任何人都无法进入到这个音乐厅的。国家大剧院因为有领导人来听音乐会,安全保卫措施肯定很严密。他想起来,前些年,美国总统小布什听了一场有他的作品的音乐会,那种安全保卫措施,他是见识了。不仅安全人员事先要勘察音乐厅的现场，要把所有可疑的地方都搜一个遍，而且，整个乐团的所有的乐器，都被检查了一遍。在音乐会开始之前，门内门外到处都有枪手埋伏，在音乐会表演的过程中，只要是有人有异动，那么隐藏起来的枪手，就会立即出现，果断地击毙刺客。那么，现在的他，是不是也在枪手的严密的安全保卫之下？光圈照着他，可是，他知道，真正的安全保卫的隐形的光圈，是在那些领导人的身上，是领导人在安全保卫的光圈里。今天，他的外甥说要来找他，但是，到现在还没有联系上他。他问助手好几次，助手都告诉他，你的外甥再没有和我们联系，我把我的电话给他了，可是，就是没有接到他的电话。那么，他为什么不和我的助手联系呢？他跑到哪里去了呢？

王强，你快走开！不许在这里待着！你还想看个究竟，希望看到那个人从高楼上，很精彩地、惊险地、在一片呼叫声中跳下来，掉到地面上摆放着的那个黄色的充气垫子上，然后安然无恙。但是，工友中的领班对你说，老板说了，谁在这里停留，到时候就开除谁！你当然很想看看黄汉刘这个人，到底要怎样从楼上跳下来。你知道，这些年，很多拿不到薪水的民工，都喜欢表演跳楼，这实际上是一种很容易把假戏做成了真戏的一种游戏，分寸很难掌握。因此，这个跳楼的行为就被一些人说成了"跳楼秀"。可是，要是那些老板、经理、包工头和地方政府把钱都给了民工，民工还会跳楼吗？民工除了跳楼，还有没有别的办法拿到属于自己的工钱呢？没有，基本上没有，那么，民工就只好跳楼，就像失去了右手的黄汉刘要跳楼一样，他只有以这种方式来引起你的注意，来让有关人士解决问题。于是，你走开了，你明白，所有的工厂主都不情愿你们看到有工人跳楼来逼迫他们掏钱这一幕的，资本家都是黑心的，人们一般都这么说，可是，资本家有钱就是为了再生钱出来，不黑一点，怎么可以赚到钱呢？其实，你很理解工厂主，你觉得，要是你当了工厂主，你一定比现在的工厂主还黑，还狠毒——不狠毒，我怎么可能赚到钱呢？你还想要挟我给你赔偿？好，我叫黑社会的人来再把你的腿打断，你想。当然，现在，你和跳楼者都是一个打工的，你的存在决定你的意识，那就是，你也意识到，早晚你也会和那个跳楼的人一样的命运。你走开了。后来，你听说了，警察上了楼顶，把黄汉刘劝了下来，他不跳了，因为，工厂主决定给钱了。工厂主是台湾人，按说，他们的心地要比大陆一些刚暴发起来的家伙好一些。可是，看到法院的判决书要给黄汉刘17万8，他们还是觉得心疼肉疼的。这么多钱，谁都会肉疼，可是，活该你是老板啊。黄汉刘只给你们干了一个星期就失去了右手，可是天理和人间的道理都在黄汉刘这边，因为，他是弱者，他是在你的工厂里把右手搞没了，你就必须赔偿。再说，劳动仲裁和法院接连都做出了仲裁和判决，怎么你们就不能按章办事呢？非要等到人家要跳楼了，你们就要给钱了，非要搞成这个样子不成吗？

  第二天一早，就开始下大雨了。你的心里莫名其妙地有些烦躁。你感觉似乎有什么事情要发生了。那天雨下得很大，跟瓢泼似的，从天而降。到了上午10点，雨小多了。你去上厕所,忽然看见一个穿着黄色雨衣的人和你擦肩而过。你看到这个人就是黄汉刘。他是去干什么?难道又没有要到赔偿?你看见工厂的两个保安在后面追他,推搡他,可是,身材矮小的黄汉刘很机灵,躲开了。忽然,一辆黑色轿车出来了,黄汉刘立即冲了过去,挡在了黑色轿车的前面。你知道,这辆车子是工厂总经理的,你看到总经理下来了,然后,黄汉刘和他吵了起来。你躲在了一边,悄悄地看着眼前这一幕。你看见公司的两个副总经理也从办公楼里闻讯出来了,他们上前挡住了黄汉刘,大个子副总追打黄汉刘,保安赶紧把总经理让进了保安室,其中一个个子比较高的保安索性把黄汉刘抱了起来,要把他丢到工厂的大门外。他冲出了工厂的大门,一把把黄汉刘丢下,另外一个个子小一点的副总经理跟上来,动手扇了黄汉刘的耳光。就在这个时候,你的眼皮开始跳了,你觉得要出大事情了,果然,你看见黄汉刘以迅雷不及掩耳之势,取出来藏在怀里的一把匕首,猛刺刚才打他的那个大个子副总经理,把他扎倒了,另外那个扇他耳光的小个子一看势头不好,拔腿就跑,但是,黄汉刘追了上去,对着他的后脖子猛地扎了几刀。你眼看着鲜血从那个副总经理的脖子上冒了出来,跟喷泉一样。这时,总经理听到了打斗声,拿着一根钢棍从保安室里出来了,上前迎面就给了黄汉刘一棍子,打在了他的脑袋上。你觉得自己的脑袋也嗡地一下子,可是,你发现黄汉刘一点反应都没有,他立即和总经理扭打在一起,并且用那把15厘米长的——你后来听说的——水果刀,接连刺向了总经理的脖子、胸部和腹部。总经理也倒在地上了,这时,雨水又开始落下来了，三个台商都躺在地上，血水和雨水混合起来，开始往大门外面流。你看到黄汉刘愣了一下，就往工厂外面跑去。就在这个时候，你忽然来了一个念头。你夺过了一个目瞪口呆、蠢笨如牛的胖保安手里拿着的一把钝刀，几步就追了上去，用刀背在黄汉刘的后脑上使劲砸了一下，你满意地、遗憾地看到了黄汉刘应声倒了下去，也趴在地上不动了。整整过了5分钟，警车的警笛才呼啸起来，并且离工厂越来越近。你知道警察来了，警察可以来处理一切情况了。

后来，你被警察叫去做询问笔录。你描述了自己看到的那一幕，你讲得很详细。你后来拿着的一把起到了关键作用的钝刀，作为物证也在派出所里。可为什么你会用那把钝刀去磕击黄汉刘的后脑袋，让他最终趴下了，连你自己都说不清楚。也许，这不过是一种本能？你害怕黄汉刘转身来杀你？警察问。不可能，他当时已经开始逃跑了。我就是见义勇为吧。你笑了，你给自己找这么一个理由，觉得很有说服力。黄汉刘把那三个人都刺倒了，现在，他一下杀了三个人。这是我们这个派出所五年来接到的最大的刑事命案了。因此，作为目击证人之一，你必须详细地给我们描述当时的情况。好的，我一定，我把我所记下来的全部告诉你们。我觉得，黄汉刘是被逼迫无奈的，根据我听说的情况，自从他伤残之后，就一直在为自己索要赔偿，但工厂的经理就是不和他沟通，即使是劳动仲裁和法院判决书接连下来了，工厂的老板们，那几个台湾人就是不愿意支付。当然，他们答应补偿的数字，只有不到9万块钱，这远远达不到黄汉刘的要求。而且，后来，工厂主对他很不耐烦,告诉保安说,如果再看见黄汉刘出现在工厂里,就扣他们一个月的工资。所以,只要黄汉刘出现在工厂里,保安就会驱赶他、推搡他,这样就进一步地激怒了他。实际上,这样反复地刺激他,使黄汉刘觉得自己索赔无望,最后才采取了这么一个极端行为。警察认真地听你说,认真地在电脑上敲打,最后,把你说的那些都打印出来,让你签字:"以上的记录都是我说的,我看过了。"然后,还用你的大拇指摁了红色的手印,分别印在自己的姓名上、"我"字上。这个时候,你感觉十分疲惫,就在派出所睡着了。

　　从派出所出来,你回到了工厂,发现工厂里一片死寂。工厂的三个经理都死了,厂子一下子就有些乱,管理者紧急开会,让大家放假两天。厂子里就没有人。这个时候,黄汉刘在老家的人也来了,他们找到了你,他们很生气,他们问你,为什么要把黄汉刘打死?你惊呆了,你没有想到你那一下子,竟然把黄汉刘也打死了。你害怕了,可是,警察没有抓我啊,我刚刚从派出所出来的啊,你说。后来,你发现,黄汉刘的家属不过是在威胁你,因为他们很生气,要不是你给黄汉刘那么一下子,兴许黄汉刘就跑掉了。他们后来告诉你,黄汉刘没有死,但是脑袋受了伤,现在在看守所里,经过了治疗,已经可以说话了,神志清楚。你向他们道歉,你觉得,你的确是不明白自己为什么要给他来那么一下子,你可能是觉得自己立功的时候到了,或者,你感觉要是不给他来一下子,你自己就说不清楚了。反正,后来的事情已经不是你所能控制的了,工厂出了这么大的事情,在各个方面都受到了影响,生产和销售全部受到了影响，几乎停顿了下来。很快，台湾的投资人家族也来了人，他们的意见是要关闭这个工厂。大家也都慌了，因为每个人马上要面临失业的问题。根据厂方的方案，所有的员工都会拿到多出一个月的工资。你觉得松了一口气，要不然，你想，大家都会上街去游行的。

但是，你把钱拿到手了，黄汉刘家的人找到了你，拿来了黄汉刘的医疗费的单据，说，这个费用应该你掏。因为，是你打的黄汉刘。你没有再说什么，而是把那两个月的工钱全部给了他们。你现在就几乎没有什么钱了。你情急之下，去找工厂主的台湾亲属，你找到了总经理的老婆，一个很胖的、脸上有一颗大痣的女人。她听说了是你拿钝刀砸伤了凶手，也并没有给你一个好脸。她反而在责备你，为什么不早一点动手？为什么要等到他已经杀了人，才制止他？你当时为什么不一开始就制止他？你还想来要钱，滚吧！人都死了，你还来要钱？这个胖女人向你咆哮。你感到受到了很大的侮辱，你仓皇地跑了，你跑得上气不接下气，你觉得很生气、很无奈，你觉得自己很憋闷，你跑到一个没有人的地方大哭了半天。后来，你到工厂的宿舍拿行李，你看到偌大的工厂的确是人去楼空，没有什么人了，机器也不轰鸣了，过去熙熙攘攘的人群，忽然一下子就都没有了。这个时候，你走投无路，才给你的妈妈打了电话。她给你的卡上汇了她手头仅有的一点钱，让你买火车票去北京，接着告诉你一个电话号码，说，这是你舅舅的助手的电话，你赶紧给他们打电话，他刚刚从美国回来，在北京有演出，你舅舅是一个大人物，他一定会帮助你。

去吧,到北京去找你的舅舅吧!

> 约翰·凯奇说:"许多音乐家不再创造音乐结构。他们代之以促进过程的开始。结构如同一件家具,过程则像天气。以桌子为例,整个的面、腿及各个部分都为人们所熟悉。以天气为例,虽然我们注意到了它的变化,却并不能清楚地掌握它的始与终。在一个既定的时刻,我们只是那时的我们,那个现在时刻。假如要给可能的音乐过程确定一个范围,就必须先发现范围之外的过程。由于过程包括目的(即与环境相似),我们看得出它是没有界限的。正因为如此,我已经有一阵子更喜欢过程而非目的了:过程不排斥目的,反过来却不尽然。当然,每一个目的都包含一个活跃的分子式过程在运作。不过如果我们想听到它,就必须将其置入一个特殊的房间里隔离起来。为了集中注意力,还必须摒弃所有其他的事物。"

他从来都没有感觉到自己是一个大人物,因为,艺术家在这个时代肯定不是最大的人物。最大的人物,是那些政治家和财阀们。他们每天都在聚光灯的光圈里,他们才是世界的主宰。当然,现今世界,一切都在矮化,连那些政治家也不如过去大了,都变小了。可是,财阀的财富却在增加,这个世界的金钱仍旧在向少数人手里聚集。但是,艺术家是最活跃的分子,艺术家是这个世界还有希望和梦想、有想象力和活力的明证。艺术家不存在了,世界就完蛋了。他满意地想,从这个层面上来说,艺术家还是重要的,世界需要艺术家。但是,世界需要什么样的艺术家?这就很复杂了。好吧,那我来说说现在的音乐吧。音乐在20世纪发生激变,是从"偶发音乐"开始的。在此之前的音乐,都是严整的、规则的、有秩序的、被控制的,无论是作曲还是演奏,都是这样。但是,一些作曲家开始感到不满意了,他们开始尝试在作曲和演奏的时候,加入一些不确定的东西,从而达到出人意料的效果。音乐可以说是最纯粹的艺术,比绘画还要单纯,因为,它只靠声音。当然,这声音称为音乐还需要乐器发出,需要乐器来配合。过去的作曲家从来都不考虑音乐的不确定性,因为他们把乐谱写完了,后来的任何人,只要按照乐谱来演奏就可以了,都是一样的。而约翰·凯奇让这一切发生了变化,比如,他把一首钢琴曲的乐谱写在几张纸上,然后把这些乐谱扔在地上,演奏者可以随意地捡起来重新组合,然后按照随意的顺序来演奏。这简直太疯狂了!这和法国的达达主义和超现实主义诗人们把自己随意写出的词汇,任意组合在一起成为一首诗的做法是一样的。他还干过这样的事情:把音符写在透明纸张上,而时值和乐谱的谱号则通过扔硬币来确定——正面是高音谱,反面则是低音谱!可能只有疯子和过于正常的人才可以这么想,这么干。约翰·凯奇就这么干了。他还把随机性放到音乐的演奏中,比如,他用12个收音机来实验音乐的蒙太奇效果,按照不同的时间,让人们把12个收音机按照不同的频道播放节目,然后按照一个用码表设定的时间表,来把它们打开或者关上,从而制造出一种奇特的混音效果。

说话声、歌曲、音乐等混合成当代人类社会的声音，那些看似杂沓、缭乱、纷繁，实则十分逼真而有趣的声音，从12台收音机里放出来的节目，各种片段混合剪辑在一起，你听到的，就是人类当代生活的声音，就是一种激进的当代音乐。

这就是约翰·凯奇的伟大之处。演奏者面对作曲家的乐谱时，第一次有了选择权，他可以按照心愿，随意来决定音乐可能的方向。别的作曲家也都纷纷进行这样的实验，比如，有一个德国作曲家，他就写了一首由19个片段组成的乐曲，演奏者可以随意地从任何一个他看到的片段开始演奏，而每一次演奏，都会有一部分不被演奏，它们被省略了，这样就把一首曲子变成了无限的曲子。这让他，吴音，想起来自己曾经看过的两本小说，一本是阿根廷作家科塔萨尔写的，叫作《跳房子》，那部小说既可以按照先后顺序来读，也可以按照里面给的一个章节顺序，跳跃式地读下去。还有一本小说，他记不得名字了，小说的形式就是一副塔罗扑克牌，你可以按照你抓到的任何一张牌的顺序那么读下去，而且都读得通，故事全部连得上。这样做都很疯狂，因为，当任何一条路都可以通往最后的结局的时候，你会发现这个世界隐藏着令人叫绝的逻辑——上帝的手也许真的存在。然后，"偶发音乐"就这么大行其道。

接着，电子音乐又开始了更为激进的实验。磁带录音机的出现，使噪音也有了音乐化的可能了。我们可以通过录音机来存放各种声音，比如，法国音乐家皮埃尔.费舍，就把火车的鸣笛、风声、雷声、鸟鸣声，进行重新的编排，变成了音乐。1954年，音乐家埃德加·瓦列斯创作了一首25分钟的乐曲，由两部分构成，一个部分是由铜管、木管、钢琴和打击乐器组成的，另一组则是由电子音响发出的噪音构成，两组声音穿插在一起，形成了奇特的效果。那些电子音响发出的噪音，有些像从宇宙中辐射出来的背景声音，类似一种白噪音，使人们听到了万事万物可能的声音。1958年，在布鲁塞尔举办的世界博览会上，埃德加·瓦列斯给法国菲利普馆写了一首叫作《电子音响诗》的曲子，这首曲子中那些声音是由各种世间的声音构成：钟声、汽车喇叭、鸣笛、机器的轰鸣和一些动物的叫声等，混合在一起。在长达半年的时间里，每天都有一万五千名观众从法国菲利普馆建筑跟前走过，这个时候他们所听到的，是来自四百个扬声器发出的音乐。同时，这些观众手里拿的是关于世界博览会的照片、油画摹本和其他资料，虽然埃德加·瓦列斯和那些图片的制作者并没有想使音乐和图片联系起来，使观众的视觉和听觉联系起来，但是，观众却很自觉地把他们看到的和听到的联系起来。于是，观众们迷惑了，观众们不明白这到底是什么意思，他们感到自己被耍了，他们愤怒了，他们也害怕了，观众们产生了对现代艺术的兴趣的同时，也感到了不知所措。这既是对音乐艺术的拓展，你也可以反过来说音乐家、这些现代音乐家在乱搞。此外，他想起来了，还有一个法国人，他写了一首曲子叫作《弹子球》，他把来自一台弹子球机的各种声音，比如弹子的滚动声、推拉杆声、铃声和撞击声以及由此引发的各种声音，全部都混合编排起来，让我们听到了十分复杂怪异的声音,这声音就是现代都市的声音,就是那些沉迷在弹子房里的当代人的精神世界的象征。

还要继续说说约翰·凯奇的音乐。其实,约翰·凯奇受到了很深的东方哲学,具体说,就是中国哲学的影响。1950年,他读到了英文版的《易经》,从此开始了注意偶然性因素在音乐里的表现。1952年,他写了一首叫作《想象的风景画》的曲子,竟然把43张爵士乐唱片上的音响分成了很多片段,然后把那些他偶然地分开的片段连续录制在磁带上,使爵士乐这种依靠即兴演奏来取胜的音乐,更加即兴和破碎。1958年,约翰·凯奇在意大利旅行,他所住的房子的房东是一个女人,名字叫作芳坦娜,于是,他根据在意大利旅行的印象,创作了《芳坦娜的混搅》,这首曲子完全由日常生活中的声音构成,比如,人们的说话声、咳嗽声,狗的叫声、笑声、打闹声,以及寂静。听上去,就像一个意大利人在不停地旋转收音机的旋钮,而他周围的声音都录制了进来。约翰·凯奇还把一支话筒挂在脖子上,然后他开始喝水,喝水的声音通过话筒被放大,听上去简直是一条河在发出咆哮和低语。另外一个人把话筒绑在一个人的脑袋上,然后,那话筒就把人的脑电波的声音播放了出来。1967年,约翰·凯奇走得更远了,他创作了《音乐之圈》,把爵士乐、摇滚乐、电子音乐、钢琴和声乐都放在一起,还以哑剧和舞蹈作为一种陪衬,在大银幕上还放映影片和幻灯片,把声音、视觉、舞蹈和戏剧都结合起来了,你会忽然觉得,约翰·凯奇可能不是一个搞音乐的,他简直就是一个天才、一个捣蛋鬼,一个可怕的亵渎上帝的人，一个真正具有革命性的巨匠和先驱，一个音乐史的真正弄潮儿，一个结束了 2000 年西方正统音乐逻辑思想寿命的可怕的弑君者。

这些都是后现代音乐、实验音乐或者说激进音乐的表现。而人们包括那些音乐评论家们对约翰·凯奇的激赏和猛烈抨击，从来都没有停止过。现代音乐家们摆脱了乐器的限制，也摆脱了旋律的控制，但是，他们真的就达到了音乐艺术的天堂吗？很难说。但是不管怎么样，人类的音乐进入到了噪音时代、电子音乐时代、偶发音乐时代，进入到可以乱搞和无所不用其极的时代，进入到声音就可以是音乐的时代，进入到音乐的主宰者上帝也死了的时代，进入到没有声音也是音乐的时代。最后，约翰·凯奇就搞出来了《4 分 33 秒》，让你来听你内心的声音，也许，那才是真正的音乐。

你就给你妈妈告诉你的一个手机号码打了电话，那边接电话的，是一个声音很甜的女孩子。你告诉她，你是吴音的外甥，你叫王强，你打算到北京去找他。她把电话接通到你舅舅的线上，你舅舅和蔼可亲的声音响了起来。一瞬间，你感到有了救星，你觉得有了希望，你捞到了救命稻草。你说，你想让舅舅给你找一个打工的地方，你的舅舅说，好啊，我一定会给你找一个工作的。只要你的要求不高，我可以在很多我熟悉的演出公司给你找一个工作，剧务，杂务，跑腿的，我看你都可以干。来吧，来找我吧。你很兴奋，挂了电话，就去火车站买了车票，离开了广东，因为，你几乎没有什么钱了。

你必须要去北京找舅舅。

现在,你感觉肚子很饿。今天的运动量有些大,你的肚子里只有一个刚才偷偷捡的橘子。你去找舅舅,但是你靠近了他,却无法见面。你没有别的办法联络他,你感到灰心丧气,你觉得有些生气,但是又不知道往哪里撒气。你站在公交车上,任凭汽车往东走。你看到了那些闪亮的、巨大的、金碧辉煌的建筑,在长安街的边上依次排列,十分威严、辉煌和华丽,这都是一些什么机构啊,里面都是一些什么人啊,你知道,你连它们的大门都不敢进。你不知道自己现在应该到哪里。你就任凭车子往东开,过了建国门,过了国贸桥,过了西大望路,过了四惠桥,然后,车子莫名其妙地到站了,你和很多表情和你一样茫然的人下了车,他们似乎人人都有目标,只有你没有目标,你不知道应该到哪里去。你忽然有些后悔坐到这里了,其实,你完全可以在天安门广场附近溜达,你应该等到你的舅舅的音乐会结束了,保安措施撤销了,你就可以和他见面了。你真是一个笨蛋,你想。但是,既然来到了这么一个地方,你就想应该找一个地方休息休息再说。

你顺着一些小巷道胡乱地走着,这里似乎是城乡接合部,店铺和低矮的房子拥挤在一起,各种味道也混淆在一起。你觉得你需要吃饭,需要休息,你感到你的小腿肚子很疼。你随便走着,你看到这条肮脏的小巷道里面店铺林立,你仔细一看,主要是小吃店和发廊,而那些发廊,准确地说,就是软性的色情场所。这不,你看,每个发廊的门口都安装了一个旋转个不停的灯,意思是注意我这里!请进来!到我这里！然后，你信步而走，你发现每家发廊里的灯光都是暧昧的，粉红色的，昏暗的，那简陋的沙发和椅子上，都坐着几个表情麻木但是目光很贼的女孩子，她们都穿着露出乳沟的上衣和短裙，拿眼睛瞄着屋子外面，只要你是一个男人，她就拿目光勾你，进来啊，大哥，有的就跑到了门口直接和你说，进来爽一下。可是不，你没有钱，哪里敢进去？你兜里还有几个钱啊？你都忘了，你是不能进去的。你不知道自己怎么走到这里来了，你觉得想回头，想走开，因为你每经过一家发廊的门口，那些把嘴唇涂抹得红扑扑的看上去很妖艳漂亮的女孩子，都倚靠在门口冲你招手。你知道，一旦你进去，她们就会把你领到里面一个小房子里，房子里面有一张很简陋的沙发或者床，她们会让你躺在那上面，给你"打飞机"，也就是帮助你手淫，或者，干脆就给你吹喇叭，或者，连裙子和外套都不脱，就骑在你的身上干你，让你射精。统共也许只需要五十到一百元，就全部搞定，这就是干这事的女人的价码。你愤愤地想，即使是这样，也比我的报酬要高。你往里面走，你觉得这条街道怎么那么长，似乎都没有尽头，或者，一直是那发廊门口的旋转灯在转，让你头晕恶心。你就那么走着，胡乱地走着，看到那一家家的小吃店和发廊排列过去，在肮脏的黑暗的小巷道里往更深处延伸。你走啊，走啊，感到虚弱了，你想休息一下，然后你看见，一家门口没有旋转灯的发廊，明确地写着"理发 美容"字样的发廊，从里面走出一个小姑娘。看上去，那个女孩子大概只有18岁，很小巧、很有灵气的样子，你突然觉得自己哪根神经兴奋了起来,你看到她出来往门口的沟渠里倒水,动作秀气而干脆,你被她吸引了,因为,她和其他发廊的那些很骚的姑娘完全不一样,她似乎不是干那个的,估计连打飞机都不会给顾客打,你也知道,只要发廊门口写了"理发",那就是真理发,而写了按摩,那就是有情况。你站住了,你想了想,你觉得自己的头发有些脏了,也许可以进去洗个头。

于是,你跟着她进去了,你看到她穿一件绿色的裙子,你感觉很好,你进来了,发廊里果然是一副理发的样子,她看见你进来了,笑了,这使你想起来在老家的山村里,你的表妹——你已经有些年头没有看见她了,听说她在江苏打工,后来在那里和一个男人结婚了,她笑了,问你,理发?洗头?洗头多少钱?你问她,你觉得有些紧张,不知道为什么,你的眼皮,左眼皮和右眼皮都胡乱地跳了一阵子,这使你不好判断到底是福还是祸。她笑了,10块钱。你放心了,因为你记得自己好像就剩下10块钱了,你觉得让她帮你洗个头,一定会非常好,感觉一定会非常的愉快,你坐下来,你说,好,那我洗个头吧。她招呼你坐下来,你就坐在那把椅子上,你安心地坐下来,等待她给你洗头。

约翰·凯奇说:"开放的音乐观念是颇有些道理的。首先,许多作曲家参与了活动,取得了胜利。仅仅在美国,比如艾夫斯、鲁格斯、考威尔和瓦雷兹的作品,就包含了这种开放的观念。考威尔经常讲鲁格斯在佛罗里达的和声学班上的故事。大家正在讨论从一个调到另一个'间隔遥远的'调之间的转换问题。一个小时后，老师问鲁格斯：你将如何解决这个问题？鲁格斯说：我不会使它成为一个问题，我会不间断地从一个调演奏到另一个调。第二，与音乐有关的技术方面的变换很大，由于有了录音机、合成器、音响系统和电脑，从情理上我们已经不可能仍旧把观念固定在上几个世纪的音乐上，尽管有许多音乐学院和音乐评论家还在这样做。第三，从前对各种文化的解释是孤立的，现在一般的大学都可以把世界上各种不同的音乐文化集中到一起。第四，我们的人越来越多了，而且联系的方式也更多了：电话、传媒、互联网、喷气飞机旅行等。如果我们大学里各种教授里，某个人没有办法去开启别人的头脑，另一个人总会有办法的。我们开始越来越清楚地意识到每一个个体的丰富性与独到之外，以及每个人去开启他人新潜力的天然能力。"

吴音，你也是一个后现代音乐家，你的音乐是最近 30 年我们听到的来自中国的最有意思的声音。美国加州大学圣克鲁兹分校的霍伊教授说："依照中国人的观点看，后现代主义是从西方传入中国的最近最新的思潮。而从西方的观点来看，则恰恰相反，中国常常被看作是后现代主义的来源。马丁·海德格尔是首先从后现代的方向反思现代性的先驱者之一。海德格尔认为，现代性的本质是去综合和控制一切，但是他指出，这种现代态度下由于很多现象的存在还存在被瓦解的可能，即现实太巨大了，以至于不能被完全地算计和把握。海德格尔认为，这一瓦解将可能开辟一个新时代。由于缺少一个比较好的命名，我们姑且用'后现代'来称呼它。虽然海德格尔没有提到中国，但是对于西方思想来说，中国通常就象征着不可把握和无比巨大。米歇尔·福柯所引的阿根廷作家博尔赫斯小说的一种描述就是一个极好的例子。博尔赫斯想象有一种中国的百科全书，是对西方古典的将所有事物安排分类一个系统的分类表的理想的瓦解和颠覆。在那部中国百科全书中，动物别区分为：（1）属于皇帝的；（2）以香油涂尸防腐的；（3）驯化的；（4）哺乳的；（5）土鳗两栖的；（6）传说中的；（7）迷途的狗；（8）包括在现行分类中的；（9）疯狂的；（10）数不清的；（11）拖着美丽的驼绒尾巴的；（12）等等；（13）刚刚打破水罐的；（14）来自远方看上去像苍蝇的。"对于福柯，这种"中国式的"百科全书作为具有异国情调的另外一种思想体系，同西方现代思想体系相对立，它映照出"我们自身思想体系的局限"。这一分类弄垮了一切为人们所熟悉的现代思想的界标，该范式完全挑战了现代人对秩序和权利的迷恋。他认为，霍伊教授指出了问题的关键所在。

那么好吧，我必须给你们进行后现代音乐的启蒙。他想，其实，很多人都是现代音乐的盲人，还生活在19世纪对音乐的观念里。除了偶发音乐和电子音乐的新发展，还出现了一些音乐家，他们对音响本身进行绝对化的追求，比如"唯音"作曲家乔治·里盖蒂，他为电影《2001年》写了一首配曲，叫作《大气层》，这是一首需要一个管弦乐队演奏的曲子，但是却没有定音鼓，每一个乐器单独演奏一个独立的声音，形成一个独立的声部。因此，是声音，尤其是那些单独的音调形成了曲子的主旋律。他还写了《音量》，也是强调了音色的重要，把音色当成了唯一重要的东西，就像是一些画家单独地强调颜色一样，取得了很好的效果。唯音派可能走得有些极端，但是另外一拨人，主要是一些美国音乐家，搞起来了"简约派音乐"，类似美国作家雷蒙德·卡佛的极简派短篇小说，或者，类似绘画里的基本视觉派。这个绘画流派把绘画艺术中的最低成分强调到最高，比如，画家阿德·莱因哈特就说："不要有结构，不要有笔法，不要有勾勒和轮廓线，不要有明暗层次，不要表现空间、时间，不要有活动态势，不要有客体、主体或者素材。"这样一来，绘画还剩下了什么？就基本没有什么了。在他的画笔下，整幅的画布上全是漆黑一片。我觉得，这就有些矫枉过正或者过于激进了。是不是？你只剩下了颜色倒还罢了，你剩下一团黑乎乎的东西，那还是绘画吗？那连狗屁都不是了，有人就这么骂。可是，艺术就是要在这种激进的、从绝路上寻找生路的方法来推进。于是，作曲家也搞起了类似的简约实验。特里·里雷写了一首曲子，叫作《C调》，由53个片段构成，这些旋律片段可以随时从任何一个片段开始，也可以在一个片段上反复演奏到令你厌烦透顶，就是为了传达给你一种简单的观念。斯蒂夫·雷奇写的《四架管风琴》则以一个不断打着拍子的沙锤作为基本节奏，然后有四架电子风琴演奏和弦，25分钟的时间里，和弦可以有着不断的休止，但沙锤声则始终如一。他的另外一首几乎等同于催眠曲的《显现》，则不断反复重复着一个句子，并将两个声道的播放扩大到四个、八个，如此不断地扩展和繁殖，把音乐最简约的部分强调成唯一的东西，让你体会到枯燥、厌恶和欣喜的复杂情绪。

在简约派音乐的实验走进大众视野的同时，还有环境音乐和概念音乐，将实验音乐继续往前推。所谓环境音乐，十分简单，顾名思义，就是这音乐不仅要听，还可以看，舞台上的灯光、美术、舞蹈等配合着音乐，使音乐不再是单纯的音乐，而是视觉、听觉和感觉的大联合，大混合，有时候，听众在听"环境音乐"的时候，不用坐在那里，而是可以在连接三个音乐厅的房间里来回走动，可以到处听、到处看，地板上还有供听众休息的床垫，墙壁上有影像作品在播放，还有人在你的身边活动着朗诵诗歌或者翩翩起舞。有的音乐家在纽约的高楼大厦之间播放自己的音乐作品，但是这音乐会受到高楼之间的峡谷风和天气的影响，而呈现出不同的效果。另外，汽车是美国人的第二个家，那么，音乐家就想到了把汽车的广播作为另外一个环境音乐的创作灵感，你只要是上车了，把广播调到了一个频道，那么，就有相对应的音乐被你收听。这就是现代音乐，这就是很有意思，又很疯狂的现代音乐，把古典音乐搞翻天了的现代音乐。

干洗还是湿洗？干洗。好的，干洗。你把眼睛闭上了，你感觉她的手指就像是美妙的小蛇，在你的头发间盘绕。你想起来你小的时候，经常在田野里抓到一些小的、黑色的、绿色的无毒蛇，你把蛇拿在手里，你感觉那蛇是凉的，但却非常的柔软，美妙，而且，那小蛇也很乖巧，根本就不咬人，只是在你的手上稍显不安地盘旋，就像姑娘她现在给你用手指头盘绕你的头发一样。你觉得你进来对了，你感觉她就是一个正经的女人，不干那些软性和硬性的性服务，她只洗头，或者理发。她刚才说，我需要先把水烧开，然后给你洗头。你和她有一搭、没一搭地说话，你知道她还有一个堂哥，就是这家店的理发师，她不过是才从湖南老家来给他帮忙的，主要就是给顾客洗头。她在老家就学会了给人洗头，因为她家里的女人的头发都很长，天生就会洗头，而她的堂哥，刚才出去买东西了，马上就会回来了。为什么你们这家店的客人不多呢？她又笑了，你还不明白吗？我们店是真理发啊，我们没有小姐。我不是小姐，我们就给客人理发，5块的，10块的，都理。我堂哥的理发手艺不怎么样，也就是附近的民工、老头和那些带着孩子的妈妈喜欢到我们这里来理发，因为便宜。不过，每天理发理得多了，加起来总有个几百块钱，也能对付房租了。这里的房租太贵了，北京什么都贵，可是，你看，什么人都想跑到北京来，以为在这里能够升官发财，可是，不一定，对不对？不是谁都可以升官发财的。她和你瞎聊，你也觉得开心，你们就那么胡乱说话，然后，她把水烧开了，就开始给你洗头了。

她先给你的头上喷了一点水，这样你的头发不至于过于干燥，然后，她快速地往你的头上倒了一点让你的头皮感到发麻的洗发液，那液体在你的发根泛滥，她的手就赶紧地开始揉搓你的头发,并巧妙地用手指头肚按摩你的头部皮肤,使你觉得十分舒服,受用,浮想联翩。当然,你没有胡思乱想,你想的都是美好的事情,美好的感觉,你发现,你记忆里最美好的事物,情节,都是你童年的时候在农村乡下里感觉到的,比如植物、动物、人、亲戚,比如流云、田野,等等,是那些事物让你觉得美好,带给了你最初的一些关于世界的印象和经验。可等到你成年了,就没有什么让你高兴的事情了,你就感觉到很疲乏和劳累了,因为你要生存,可是现在生存容易,要想活得好,就不那么容易了。你发现每个人都需要自己养活自己,男人还要养活更多的人,如果结婚了,那就更没有你的好日子过了,你要为在家里张着嘴准备吃饭的一家老小张罗。你忽然就觉得人生的颜色变了,变成不是那么的好看的颜色了。你感觉到她的手指在你的头发间盘绕,你感觉很美好,轻松,因为,她在哼歌,属于湖南乡下的山歌,听着那么的清新。你的头皮带给你一种麻酥酥的舒服感,这都是她那灵巧的手指头带给你的,她刚才说她叫小妹,小妹你的手真灵巧,我的头发有些长,不好洗。什么不好洗,我妈妈的头发有一米长,都是我给她洗的啊。为什么她要留那么长的头发?啊,因为,我爸爸在山西挖煤的时候死在煤井里了,我妈妈从此就不剪发了,她就开始留头发了。她说,她的头发有多长,她思念我爸爸就有多长。就这么,她的长头发散下来,就有一米长了。是啊,挖煤太危险了。可是危险的事情,挣的钱多啊。那边那些发廊,老有警察来抄,可是还是有小姐愿意干啊,因为,挣钱来得快。他感觉到她那灵巧的手把他的头发往起来捋，用双手捧着，把那些白色的洗发液的泡沫捧起来，然后丢到洗手池里，几下就捋干净了，然后，继续往你的头发上倒了另外一种感觉很清凉的洗发液。似乎是薄荷的洗发液，你的鼻子还闻到了一股清香。然后，像刚才那样，她那双宛如十条小蛇的手，在你的脑袋上，在你的头发间，又开始了新一轮的嬉闹和追逐，你的头皮，又经受了新的一番触摸，你感觉到很舒服，麻酥酥的感觉再次在你的身体中涌现。你不说话了，你就慢慢地、仔细地享受着这片刻的舒服，这种感觉对于你来说，太难得了，你已经好久都没有享受到这样的体验了，你需要把这种感觉放大、拉长，拉长到和你的生命一样长才好。你的眼睛闭着，但是，你可以感觉到，眼皮是一块幕布，在幕布上，颜色在不断地变化，赤橙黄绿青蓝紫，什么颜色都有。为什么心里的感觉会和眼皮上感觉到的颜色有关呢？你也不知道，你就那么感觉着，等到她第二次把那些洗发液一把把地捧到洗手池，然后，让你到洗手池那里，把脑袋埋到池子里，她把胶皮管子从上水桶那里拿过来，给你冲洗。这是热水冲洗，是最后的工序了，你感到有热水顺着你的头发流了下来，把刚才的麻酥和清凉感都洗掉了，把你的头发里的污垢、晦气和一切不舒服的感觉，都洗掉了。

然后，她让你重新坐到座位上，用毛巾擦你的头发，然后给你按摩头部。你再一次感觉到刚才的放松和惬意又回来了，你要充分地享受这一刻。你继续拉长这一刻，希望它直到永远。可是，10分钟，这种舒服就最后结束了。你的头发也基本干了，她给你梳了梳头发，镜子里，你看见了一个全新的自己。真的，一个全新的自己。她说，要不要给你的头发喷一点发胶？不用，那样你们就太亏了。你笑了笑，你说，多谢了小妹，你的洗头技术好得简直没有办法说了，你把手伸进裤兜去掏那10块钱，但是你忽然脸色一变，僵在那里了，因为，你分明记得你的右裤兜里有10块钱的，但是，现在，口袋里什么也没有了，真的，那10块钱不翼而飞了。你的脸绿了，怎么会这样呢？那10块钱到底到哪里了呢？你这下子真的傻了，像一个呆子那样站在那里，在几个口袋里到处翻找，急得像热锅上的蚂蚁一样，可是，你的口袋里一分钱都没有。

约翰·凯奇说："我开始对噪音发生兴趣，是因为噪音不受和声和对位规则的限制。联系到法律和黑人问题，法律是白人为反对黑人、保护自己而制定的，其中最主要的是保持黑人受白人奴役和使白人变得更有权力。现在，假如黑人变得和白人一样有权力，正如让噪音变成音乐一样。权力不是问题所在。那是指在和声和对位中，有好的、坏的东西，所以便制定规则。那正是白人对黑人所做的事情。我们需要的一种状况是我们没有规则，没有某些东西比其他东西更有权力的原则，是要使每样东西就是它自己。这种状况，我们在音乐里已经有了。"

当然，概念音乐走得更远，和传统音乐更加的疏离。概念音乐家们认为他们理想中的音乐就是没有任何声音，有一个音乐家,他的一首曲子其实是一首诗,内容如下:"弹奏一个音/继续弹奏它直到/你感到/你应该停下来为止",还有一个音乐家做了一首曲子,叫作《石头》,在整个曲子演奏的时候,就是以石头来碰石头,让石头自己发出声音,或者,用拉小提琴的弦子来拉那些石头,发出什么样的声音,那就任凭你自己去想象了。这也许已经把音乐搞成恶作剧了。有人会这么说。德国一个音乐家,名字叫作施托克豪森,他是一个大师,他还搞出来一种宇宙音乐,他认为,一切的震荡都会产生音乐,因此,小到夸克、中子、原子,大到可见的事物,一直到星球和宇宙那么大,都会发出音乐,而他相信,音乐和人类一样,不是地球自己诞生和进化的,而是来自宇宙深处的某个不知名的地方。于是,他就用新的作曲法来写他的宇宙音乐,他企图通过音乐来使地球上的居民和其他星球的居民之间建立关系。但是,正因为这一点,他的作品的专场音乐会,那些复杂的电子音乐竟然没有地球人听得懂。吴音想,我比较喜欢他的一首叫作《片刻》的曲子,这首曲子长50分钟,由一个女高音、四个合唱队和三十件乐器发出的主调构成了曲子的主体,一开始,你会听到观众鼓掌的声音,接着,呼噜声、呼喊声和人的脚步声,间隔着嘟囔、叽叽喳喳和孩子的哭闹声,都在曲子里出现,让你摸不着头脑,这是不是一场公众集会和大会的录音呢?

其实,走得最远的,是那些"危险音乐"家们。这些人,实际上把音乐当成了人生观的表达工具,甚至置观众于危险的境地,有时候演出现场会出现流血事件,比如,有一个音乐家的曲子叫作《狼人》，这是一首把噪音扩大到让听众的耳朵受不了、几乎要癫狂的作品，人人听了这首曲子都想发疯，都想杀人，或者想先杀掉那个音乐家。有的危险音乐家在现场喜欢和听众们开一些善意的玩笑，有的危险音乐本身是很政治化的，比如，有一个音乐家就在作品演奏的过程中，朗诵阵亡在越南战场中的美国士兵的名单。那么，音乐就是自由，就是没有边界的自由，只要是你有想象力，那么，就会有什么样的音乐产生。比如，还有一种音乐叫作"生物音乐"，音乐家把相关的仪器戴到自己的脑袋上，根据仪器画出来的脑电波来作曲，这就叫作"生物音乐"。生物包括了微生物和可见生物，包括了动物和植物，都是音乐家作曲的时候的灵感来源。有一个英国音乐家不知道从哪里搞到了座头鲸的声音，那是一些海洋生物学家在大海里和座头鲸接近的时候录制的，他来了一个大改造，把座头鲸的声音写成了曲子。有的音乐家打算从植物那里获得声音，他们长时间地和植物待在一起，观察花朵，观察植物，在树林里和花草间流连，去倾听植物的叶子、花朵发出的声音，加以录制和改造，就是上好的"生物音乐"了。

甚至，还有更绝的，有一个以色列音乐家，他的名字我忘了，他写了一首很有名的《臭虫曲》，在演奏中，让1只甲虫、1只蜈蚣和5只蚂蚁担任了作曲家和指挥，让它们在乐谱上自由地爬，爬出来墨迹，音乐家就写成曲子。这很有趣，也很搞笑，不过听众听到了这首曲子还是感到了满意，因为，他们发现那些甲虫、蚂蚁和蜈蚣的作曲与指挥的能力比人强。于是，

18世纪以来的古典音乐和现代音乐中,比如那些巴洛克音乐、巴赫的宗教神性音乐、浪漫派音乐、民族音乐、印象派音乐、新古典音乐、表现主义音乐和新浪漫派音乐,在后现代主义音乐面前,都遭到了破坏。于是,一种新的音乐,就在这些破坏者的手里诞生了出来。那么,它们是怪胎吗?它们是早产儿吗?它们是恶魔吗?它们是弱智吗?它们是反音乐吗?随便你怎么说吧,总之,这些音乐就这么出现了,人类的音乐史又往前走了一大步,这就是一个新的现实。他满意地想到了这里,好了,很好,现在,我要演奏约翰·凯奇的《4分33秒》了,这不是我的作品,但是,是我的精神导师的作品,我马上要演奏这个著名的作品了,中国人,你们还没有人听到、看到这首著名的作品的演出,现在,我,吴音,让你们骄傲的华人音乐家,来了,我来给你们表演这个著名的音乐作品了。

你傻眼了,你摸了半天自己的口袋,你暗自说,王强!你这个笨蛋,怎么关键的时刻,你就这么倒霉呢?你摸了半天,一个子儿都没有掏出来。小妹刚才的和颜悦色,忽然就变冷了,热脸就变成冷屁股了,怎么了?没有钱?没有钱洗什么头呢?我有的,我至少还有10块钱,难道,是刚才在公交车上被人偷了?奇怪了,我觉得奇怪了。你感到非常的窘迫,你恨不得找个地缝钻进去,但是地面很结实,根本就没有地缝可以让你来钻。正在这个时候,门帘一挑,进来一条壮汉,小妹一看见他,就喊:堂哥,你回来啦!是啊,怎么了?我看你不高兴啊。你看,堂哥,这个人,他洗头不给钱!什么?

不给钱？壮汉冲到了你的跟前，你小子洗头不给钱？不是不是，我本来有钱的，但是，不知道怎么丢了，我我我可能丢了，真的很不好意思。你结巴起来，但是，你已经结结实实地挨了一个嘴巴子，过来，我搜，你小子一看就是贼眉鼠眼的、想赖账的家伙！壮汉过来了，把手在你的口袋里乱搜一气，确实没有搜到钱。他想了想，你小子看来一向如此，你喊我一声爹就滚吧，好不好？快，喊一声爹，你就走，头白洗了，不要你的钱，你就可以滚了，好不好？壮汉得意地笑起来，小妹也很得意地笑了起来。就在这个时候，你的脑袋突然嗡的一声响。你感觉自己发怒了，你觉得自己的自尊心全部崩溃了，你感觉自己的头发都竖起来了，你感到头皮着火了，你猛然抓起在旁边桌子上搁着的一把水果刀，你一把把小妹拽了过来，用左胳膊搂住她，用右手拿着水果刀，你你再废话我就扎她！你闪开让我走！这一下子，陡然发生了变故，壮汉一下子没有反应过来，这时你就连拖带拽地把小妹往里屋拉。壮汉猛然扑过来，被你一刀扎中了前胸，他惨叫一声退开了，你挥舞着刀子，大叫，快点让开，让我走，否则，我就杀了她！小妹这个时候也尖叫了起来，但是壮汉退了出去，他一下子出去了，立即把门锁上了，他说，你他妈的，我才不放你呢，我告诉你，我报警，警察马上就来了！

你明白，现在你突然地处于一种十分不利的境地了。壮汉报警了。而你现在拿着一把刀，劫持了一个人质，就是刚才给你洗头的这个小妹。现在，小妹尿裤子了，你可以感觉到她的尿不仅弄湿了她的裤子，还把你的裤子搞湿了。小妹尖叫着，哭闹着，撕咬你的胳膊，你火了，拿刀柄猛地击打她的头，把她的太阳穴那里弄出了血。你威胁她，再叫，我杀了你！她害怕了，开始求你了，哥哥，求求你，把我放了吧，现在你把我放了，我堂哥一定会把你放了。但是你已经怒火中烧了，你感到你已经无法控制自己的火气了，你发现你的火很大，大到可以烧死很多东西，包括你自己，你感觉到，很久以来，你都憋着一口气，你发现，很多人都欺负你，村长、他的儿子、包工头、地霸、工厂主、列车员、保安，都在欺负你，你一直忍气吞声，最终，你弄得连口袋里的最后10块钱都不见了，你的自尊心没有了，你被别人一步步地搞到了这个地步，现在，你来了一个总爆发，你要撕破脸，不管是谁，现在都是你的敌人了。你听到了警车的警笛响，而且，警车不止一辆。警察来啦，好，来就来！你想，你忽然想起来了黄汉刘，那个右手残疾了的工友，现在，你终于明白了黄汉刘当时那种鱼死网破的感觉了，本来，谁都不想走这么一条路，但是不知道怎么回事，各种机缘巧合，就把你引到这条死路上来了，你感到你是死路一条！你把心横下来，随便吧，我就这样了！你听到了警车的声音靠近了，你听到小妹恐惧到极点的哭泣，你很厌烦眼前的这个女人了，都怪她，要不是她刚才的清纯甜美的感觉，你还不会进来洗这个该死的头，可是现在，一切都变了，忽然之间，你成了警察马上要抓的人，这个女人现在让你非常厌恶。好了，我完了，那么，等待我的是什么，我已经变成持刀劫持人质的罪犯了，你一直在告诫自己，头脑一定要保持冷静，你继续拿刀柄击打小妹的脑袋,让她感到你完全控制了局面,然后,你拖着她,把大门用一个桌子顶住了。在桌子上,你又放了一把椅子,你不想让警察冲进来把你立即抓住。你现在想的是如何能安全地逃跑,因为,警察来了,你的手里有一个人质,你拿着一把刀架在姑娘的脖子上,随时都有可能杀死她。你把门顶好,然后把屋子里的灯全部关上了,你又拖着小妹躲到了里屋的门口。你的情绪很激动,你感到已经失去了对自己的控制,你的大脑里一片空白,虽然你在不停地告诫自己说,要冷静,要冷静,可是这个时候你怎么可能冷静下来呢?不可能!因为,有一个人质在你的手里,你必须要讨还你的尊严。可是,你还有尊严吗?你的尊严早就像一块烂布一样,被丢掉了,你什么都没有了,你现在要面对的就是那些蜂拥而至的警察了。

　　约翰·凯奇说:"文艺复兴时代推崇的那种作曲家、演奏家与听众之间的差别,也不再在各地继续保持了。科学技术模糊了作曲家、演奏者和听众之间的差别。就像每个人都认为自己能够使用照相机拍照一样,现在和将来,会有更多的人认为、而且会越来越认为,自己能够使用录音或其他电子手段,将过去明确地由作曲家、演奏者和听众进行的活动,全部集中到自己一个人身上。不过,这种把数种活动集中于一身的做法,实际上取消了音乐的社会性。正是音乐的社会性、音乐在表演时所需要的分工不同的一群人来完成它的实践方式,使它有别于视觉艺术,将其带入剧院,使音乐与社会建立了联系。"

他想，我的第一部作品是钢琴协奏曲《天地人》，我让声音和人的表演一起出现在舞台上，我追随约翰·凯奇，我想走得比他更远。我要走得更远。他在1979年才22岁的时候，就天才般地写了第一部交响乐《李白》，他把鼓、箫和其他乐器，都运用到交响乐中，来了一个中西大合璧。接着，1982年，他推出了无法命名的音乐作品《天籁》，把自然界和人类，主要是中国人发出的各种声音都录制下来，然后编制成了音乐。那来自宇宙的、上天的、大自然和人类社会本身的声音，似乎传达出了禅的意境。他还自己制造乐器，包括打击乐、弦乐和钢琴。他把棉花和石头发出的声音混杂成作品，他在水里弹奏钢琴，他完全改变了中国民乐的感觉。我们每一次听新年民乐演奏会的时候，都会发现，我们的民乐是农业社会流传下来的，主题都是一种丰收后的喜悦，粮食归仓，大雪兆丰年，明年更有盼头，以至于年年有余的那种欢快感。但是，这种欢快感是肤浅的，苍白的，物质的，没有什么思想的，尤其没有自己的感觉，没有个体生命的那种沉思。全是农业社会丰收的喜悦感，这就是民乐。他感到不满，他用民乐演奏复杂、悲苦和一个人的灵魂的独语，他发展了民乐，也遭到了批判，那些保守的人说他是一个不肖子孙，说他搞的东西是艺术自由化，给他扣帽子，给他打棍子，于是，1986年，他负气跑到了美国波士顿的大学去学习音乐了。他在那里拿到了博士学位，开始在世界上崭露头角。很快，他找到了属于自己的路，因为，他搞的一套在美国和欧洲有更多的人喜欢，他们可以懂得他，不给他戴帽子，不给他打棍子，随便他怎么搞，都是音乐，因为，很简单，艺术就意味着，或者艺术本身就是自由。他如鱼得水，他感到在美国和欧洲，有他更多的知音，他发现艺术还可以胡搞，胡搞当然不是真正的胡搞，不是男女关系那样的胡搞，而是可以发挥他的想象力，来随便创造，只有在这样的情况下，艺术本身才可以不断地迸射出创造性的火花，艺术本身才不断获得前进。只有胡搞，艺术才可以发现自己的边界到底在哪里。

他还把剧场表演和乐队结合起来，把戏剧性元素放到音乐里，他还把中国本土的京剧，以及古代的楚国曾经流传的一些戏剧和文学、音乐元素，拿出来，糅合到一起。那些东西本来看上去很土，比如瓦罐、编钟、陶盆，以及笛子，这些东西。可越土就意味着越洋，他拿这些东西和约翰·凯奇的那一套想法结合起来，在每件作品中除了有后现代音乐的观念之外，总是有着中国的元素，中国的符号，中国的声音在里面。于是，他就和别的音乐家不一样了。他在独奏、室内乐、电影音乐、管弦乐、合唱、交响乐、音乐剧、歌剧、钢琴协奏曲等各种音乐体裁的创作中，都把他的观念注入其中，他不仅为西方音乐大师的纪念音乐会创作作品，比如纪念巴赫诞生260周年，他就创作了让西方人完全耳目一新的《受难曲》，他还为很多美国和中国的电影创作电影音乐，比如，他给《南京大屠杀》纪念馆创作的交响乐，听着就让人落泪，三个人，一个男人，一个女人，一个孩子，他们的声音高低起伏，在整个交响乐中成为陪衬音，最终成为人类的真实的呼告声，那声音是受难，也是哀告，是吁求，也是宽恕。后来，他又搞起了多媒体音乐，把声光电色都放到他的音乐作品里，他在音乐里搞拼贴，他在歌剧《秦始皇》里，塑造出一个让我们都觉得匪夷所思的秦始皇。2002 年，他为一部华人导演执导的电影所配的音乐，获得了美国奥斯卡电影节最佳原创音乐奖。现在，他沉迷于网络，他正在搞全球第一个网络协作乐团，他引领了世界潮流，他发现了国际互联网的魅力，他在网上公开招募音乐家、评委，共同来做一场自由的网络世界的音乐会。他把中国古代的金、木、水、火、土，这五大相克相生的元素、宇宙中的基本元素，拿来让它们复活，发出了不同于过去的声音，把《易经》那一套也拿来，让音乐变得更加有意思，变得更加多变。他还在纸上尝试奏乐，在陶器和石头上拉弦，发出来可以称之为音乐的声音。于是，他变成了当代最负盛名的华裔音乐家，华裔后现代派、前卫派、实验派音乐家。而且，2000 年之后，大陆国内也更加开放了，更多的人，甚至是一些懂得音乐的领导人，也懂得欣赏他的音乐了，也认为他给华人争光了，就请他回国演出了。于是，这场属于他的专场音乐会，就这么在巨蛋形国家大剧院的音乐厅里，在这个一到了晚上就显得如同梦幻般的地方，音乐艺术的最高殿堂，上演了。

王强，现在你可以听见警车的刹车声都聚集在门口了，警笛声熄灭了。你可以想象警察们荷枪实弹，包围了这间理发店。你透过窗户外面的一点灯光，可以感觉到外面已经是剑拔弩张了，因为，你已经完全被包围了。现在，你已经是插翅难逃了。你觉得需要按兵不动。你没有任何动静,你只是感觉到小妹她在你的臂弯里,变得身体僵硬了。你说,你不用害怕,只要他们不过分逼我,我不会杀你。小妹似乎又尿裤子了,他感到自己的腿上湿了一点。她说,哥哥,你要是放了我,我可以让你动我,你可以动我。你轻蔑地一笑,我才不动你呢,我现在要专心对付警察。我不会上当的。你这个女人,我也看错了,也不是好东西。你拿刀柄磕了一下她的脑袋,让她老实一点。

过了一阵子,你听见门外有人喊,我是医生,里面有没有人受伤?你觉得很奇怪,现在怎么会有医生呢?你笑了,你骗人!你是医生?里面没有人受伤!都好好的!你说。外面的人继续问,里面有几个人?你是谁?你回答,我是王强,里面一共有两个人,我和小妹。你想干什么,王强?你到底想干什么?现在你出来还来得及,你能出来吗?出来就可以从轻。你是不是谈判专家?你猜测,可能外面派来了谈判专家。你看过一个美国片,专门就是讲谈判专家的故事的。好了,这下子我真的牛了,一定有很多人现在在围观呢,也许,还有电视台的人也在拍摄我呢,外面有警察、谈判专家,还有狙击手,他们埋伏在我根本就看不见的地方,想着要打死我。你想到了这些的时候是因为你看过电影,是那些电影告诉你你现在的真实处境。你想,这下子,事情真的被我搞大了,所有的人都冲我来了,好,来吧,我根本就不怕,哪里有光脚的怕穿鞋的?哪里有要饭的害怕开饭店的?我不是谈判专家,我们是救援队的医护人员。那你找警察来,我要和他们说话。

过了一阵子,一个浑厚一些的声音在外面说,我是王警官,你说,你有什么要求。你对他喊,我是无辜的!我是迫不得已!我根本就不想伤害别人!我也没有办法!你忽然哭了,你觉得你的确是很冤枉,很倒霉,很失败,因此,你觉得现在你终于成了被别人瞩目和害怕的人了,你强大了。你还想安全脱身,你喊,你们给我准备一辆车子,让我到安全地带,我就放开她!她现在就是安全的!外面那个警官继续说,你让姑娘说话,让她自己说她还好,她没有问题。

小妹,你对外面喊,你是安全的,快,你喊!你对一直在你的左手臂里抱着的小妹说,这个时候,你发现小妹因为害怕已经变得有些痴呆了,你对她说,你快喊,你快喊!小妹有气无力地说,我在里面,我在里面,我好好的——她的声音不大,但是足够让外面的人听见了。好!外面的人说,那我们就给你准备好车子,送你走,到时候,你把人质放开,好不好?你听他这么说,想了一分钟,你答应了,好,这样可以!因为,我本来就不想劫持人质。那你可以出来了,我们早就有车子准备好了。你出来吧,出来吧!他大声喊。

你想,出来就出来,大不了,我就是烂命一条。你来了勇气和蛮力,你把那挡住门的桌子和椅子一脚踢开,然后把门打开,但是你的左胳膊照样死死地搂着小妹,她似乎已经有气无力了,她因为害怕,先前尿了两次裤子,现在已经有些麻木了,但是,恐惧和害怕,一直笼罩在她的脑海里,表现在她的脸上。你忽然又有些怜悯这个姑娘了,虽然她刚才要钱的时候,她的言语和表情也羞辱了你,虽然她刚才也为了逃脱，也想给你献身，让你觉得醒醍。但是，你现在真的想对她说一声道歉，虽然你觉得还不是时候，还真的无法说出口，可是，你觉得你这么一个大男人，劫持这么一个小姑娘，这不是在赌气吗？你抱着她，你把门打开，你走出了大门，你看到，周围有好几辆警车，警灯在无声地闪烁，你看不见他们，但是他们都可以看见你，因为，汽车的几束大灯都打了过来，都投射到你的脸上了。你大喊：把车灯灭了！否则，我就杀人质！哪辆车子是给我准备的？你这么喊，没有人立即回答你，这个时候，你明白你上当了，也许，你就应该待在屋子里不出来，或者，你就应该放弃人质，自己出来，那样的话你才有生路，然后你要等待的就是被审判，被判刑，去坐牢，如此而已，可是现在没，你想跑，你是跑不了了，因为，对面有警察喊：把刀放下！立即放开人质！你听到他们这么喊，你苦笑了一下，你后退了一步，你明白这个时候在黑暗中一定有很多枪在对准你，你明白你已经完了，你后退了一步，想重新回到屋子里，就在这个时候，你听到你的右边，有人开枪了，子弹像灼热的铁子儿一样钻入了你的脑袋，而同时，你仿佛是报复似的用右手用力地割着人质的、那个小妹的脖子。你和她一起倒在了地上。

约翰·凯奇说："我发现，我在回顾自己作品的时候，总会想到其他一些人。我在创作《为两架钢琴而写的音乐之书》时，脑子里是罗伯特·费茨代尔和阿瑟·戈尔德。为特调钢琴而写的《奏鸣曲和间奏曲》时，是一幅马罗·阿贾棉的画作。从《变化的音乐开始》,到《第六变奏曲》,这些音乐始终令人记起戴维.图多尔。我现在才发现,许多作曲家在创作的时候想到的不是某人,而是某地的环境。人们经常问我,我对音乐的定义是什么。这就是我的定义:音乐是工作。这就是我的结论。不过,就在我写这行字的时候,门铃响了。邮差送来了威廉·麦克诺顿给我的一份礼物:他编辑的一部《中国文学》。我翻到了121页,读到了下面这段他对《庄子》的译文:'人人知道用的用处,但是无人知道无用的用处。'这句话出自《庄子》第四章,它描述一棵树高大而遮阳,它十分古老,却未遭到砍伐,只因为人们认为它的木质派不上任何用场。那棵无用却能遮阳的大树,对艺术家来说是好消息。因为,艺术并不为物质的目的服务,它只与改变思想和精神有关。人的精神与思想正在改变,不仅在纽约,还在其他地方。变化不是破坏,它是快乐的。"

其实,最终,音乐这种最为纯粹的艺术,是没有国界的,是东方和西方都可以交流的,因为,只要是人类有耳朵,人类彼此之间就可以懂得对方的音乐,就比如约翰·凯奇的《4分33秒》,你们看,很简单,我坐在这里表演,他想,你们都可以看见我,聚光灯打在了我的身上,我什么都没有动。音乐厅里这个时候非常的安静,没有声音,大家以为我要演奏了,当然有些人知道这是一部什么样的作品,好了,我听到一点人的声音了,对,是人的咳嗽声,人走动带动了椅子发出的声音，低语，以及咕噜声。好了，4分33秒，你们看，就是这么一个作品，我什么都没有演奏，我就坐在钢琴的前面，你们大家都看着我，可是，这个时候，你们是不是可以听到自己内心的声音呢？你们看，我们没有弹奏钢琴，我什么都没有做，我只是坐在这里，你们现在可以听到你们内心的声音，你们可以听到周围发出的声音，你们还可以听到别的，只要你们有耳朵，只要你们现在在听，那么，你们听见了什么就是什么，这就是《4分33秒》要表达的意思，这就是这部作品的真实的含义。这就是约翰·凯奇从东方的智慧里，比如禅学那里获得的启发。好了，4分33秒到了，我该下台了，这场音乐会就这么结束了。谢谢大家，马上，就该我谢幕了。

现场响起了经久不息的、雷鸣般的掌声。

你感觉血脉贲张，你要发狂了，你想退回到屋子里，就是在这个时候，子弹来自你的右边，那子弹非常准，正中你右边的太阳穴，一定是训练有素的狙击手开的枪，你感到灼热的一个很小的东西，进入到了你的脑子里，你觉得很生气，他妈的，你们所有的人都在耍我，你的右手不自觉地、报复般地使劲喇了几下小妹的脖子，但你感觉右手迅速没有了力气。同时，你的大脑里，看到了一些绚丽的颜色。起初，你的脑袋里是一片空白，那完全是一张白色的幕布，上面什么都没有，是纯白的，后来，突然，有红色的血溅到了上面，一片洇红，那颜色慢慢地洇开，如同一朵血红的大丽花，你感到脑袋里很挤，别的东西按说已经进不来了，可是，有颗黑色的小东西,是瓜子吗?是甜枣吗?它进来了,把你那海绵一样的脑袋给钻了一个洞。你觉得喉咙干燥,但是你的右手还搂着小妹,你听见她发疯一样地喊叫,可是,你就是不松手,因为,他们都耍你,你不想再受欺骗了,你们就么倒在了地上,你感觉在你大脑的白色幕布上,洇开的颜色开始由红色逐渐地变黑,变得漆黑。与此同时,你似乎飘升了,你的灵魂飞起来了。别人告诉你,人死了是没有灵魂的,可是,你是有的,现在,你看见了你自己的灵魂,它飘起来了,像烟一样,无色无味,飘起来了,飘离了你的身体,你看见你的肉身躺在那里,小妹还被你牢牢地搂在胸前,她的脖子上有一道血痕,在往外流血,有更多的人围了上来,他们都是警察,他们夺下了你手中的刀子,他们把小妹抬走,他们发现你已经一动不动了。是的,你的烟一样的灵魂看见,你的肉身已经不动了,你正要高兴呢,你以为你的灵魂可以逃跑了,可是不,就在这个时候,你发现,你的灵魂也开始消散了,原来,灵魂是存在的,但是存在时间却是这么短呀。你的灵魂消散了,在消散之前,你看到一个警察从暗处走出来,对着对讲机说:报告首长,完成任务,4分33秒,结束战斗!

然后,你的灵魂就一下子也散开,彻底不存在了。

约翰·凯奇说:"我想讲一讲梭罗放火烧树林的故事。我认为这和当今的音乐有些关系。首先,梭罗并不想放火,他在烧烤他捕到的鱼,当火势失控后,他为了求救,白白跑了两英里,因为他一个人救不了火。他爬到费尔黑文悬崖的最高处，然后坐在石头上观察火势，景象壮观，而他是唯一一个看到的人。他在高处听到村子里响起了报警的钟声，村民赶来扑火，梭罗也参加了。几个小时之后，火被扑灭了，火烧掉了一百多英亩的林地。梭罗观察村民们都很兴奋，除了林地财产遭到毁坏的人家。后来，梭罗认识了一个穷苦的家伙，那家伙是个醉鬼，但是烧灌木的本领很强，观察醉鬼放火，加上自己的研究，梭罗后来制定了一套灭火的有效方案。他还倾听火在呼啸和爆裂时制造出的音乐：'有时，你在壁炉里的燃烧木头上能听到这样的音乐。'他在听到火创造的音乐之后，又和朋友讨论了他的灭火方式。他最后说，火并非全是坏的，火是大自然的扫把……因为此后，大概在两三年的时间里，一片越橘田会为鸟群和人类而再度出现。"

《新京华报》头版报道：

（记者汤正宇）昨天，在国家大剧院音乐厅，著名华裔音乐家吴音先生专场音乐会隆重上演，整个音乐会持续了3个小时，受到了首都观众的追捧。这场音乐会是1988年吴音作为中国音乐家在美国首次举办的专场音乐会之后，在国内第一次举办音乐会。3个小时的时间里，听众领略了吴音从1979年到2009年30年间创作的作品，有协奏曲、交响乐、管弦乐、歌剧选段、室内乐和独奏等代表性作品。吴音本人还表演了他的精神导师、美国后现代音乐巨匠约翰·凯奇的代表性作品《4分33秒》，受到了全场观众的热烈欢迎。

《新京华报》第16版社会新闻版报道：

（记者陈国华）昨天晚上，在通州和朝阳区交界的一条巷道内，一个歹徒闯入到一家理发店，劫持了一名理发店的女员工，警方接警后迅速赶到。歹徒要求安全离开理发店，没有获得允许。经过了4分33秒的紧张对峙，在警方判断歹徒在情绪激动中可能要危及人质生命的情况下，下令事先埋伏好的狙击手果断处置，开枪击毙了疯狂的歹徒。人质受重伤，经抢救之后已经脱险。事后调查发现，歹徒原系在广东打工人员，准备到北京投靠亲友，一念之差，成为了劫匪。而果断处置该劫持人质事件的警察，受到了市公安局的表彰。

注：本文"约翰·凯奇说……"部分，摘引自1996年广州博尔赫斯书店自印本《音乐的未来》，译者申慧辉

大鱼、小鱼和虾米

一 擂台

1

我流浪到徐州的时候,正好赶上那里的一个摆擂的黑拳比赛。

在徐州郊区一个很不起眼的地方,说不上是一个村镇,还是一个集市,总之,是有些闹哄哄的一个地方,一对从山东来的师徒两个人,跟着一个表演杂技的草台班子,前来摆擂台,可以接受任何人的挑战。

当然,他们除了卖门票,还有当地有势力、摆得平的人做庄家投注。这个时候我想起来,我曾经学过多年的那些格斗和拳击招数。

那个时候,我还有些懵懂,没有想好自己到底应该到哪里去,应该干什么。我特别想念我的女朋友,可是,我不能再回去找她。我在徐州给她打了一个电话,告诉她,一旦我安顿下来,我就让她过来,只是现在我还没有着落呢。

我过去在部队当了几年特种兵,转业的时候,因为和领导关系不好,找不到好的工作,只好到北京郊区的一个别墅社区当了保安。

我在那里干得很卖力,而且,我就是在那个社区里,认识了我的女朋友。她叫吴双玫瑰,这个名字有点奇怪,是不是?她19岁,比我小几岁,是从内蒙古额济纳旗来北京的,在社区的美容院当美容师,经常进出社区,路过我的岗位。一来二去,我们就认识了。我站岗的时候,就盼望她来社区美容院上班,后来,我们就好上了。

我问她为什么有这么一个古怪的名字,她说,这个名字是她妈妈给她起的,她是蒙古族,所以名字就比汉族人多一两个字,再说,叫玫瑰总是很好听的吧。

吴双玫瑰长着一张满月般的脸,她走路似乎稍微有些慢,人很丰满,可是,我看着她哪里都很好。

她租住在社区外面的一个村庄里的民房中,是那种红砖盖的平房。北京的郊区有很奇怪的现象,别墅区的旁边,往往就是农民的村落。

我们经常在一起了。我叫韩柱,她就叫我憨柱子。

在一起的时候,除了给我做饭吃,除了亲嘴,吴双玫瑰总是喜欢给我讲她家乡,额济纳旗下属的一个小地方。

她说,那个小地方风景特别美丽,有美丽的千年胡杨树、沙漠,也有很多传说和古怪的事情。比如,在城外的草原上有一条河,河水里出现过龙的影子,有人亲眼看见过的,还有,就是在晚上的时候,在郊区的坟场里,有很多鬼火在飘荡。

"那一定是萤火虫,或者,是磷火罢了。"我告诉她。

但是,在她讲述她美丽家乡的时候,我实在不忍心把她想念家乡的那种情绪,给破坏了——在这种情绪下,家乡什么样的风景,一定都是好的,是无可挑剔的。

另外吴双玫瑰喜欢跳舞,她过去一直是中学艺术团的团长,到哪里都表演漂亮的舞蹈。她也给我跳过,看她单独给我表演,我很沉醉。

不过,后来发生了一件事情,使得我不得不离开了那里,没有来得及给吴双玫瑰说一句话,我就逃跑了。

在那个社区当保安,是让我深受刺激的日子,因为住在那个地方的人,都是有钱人,他们出来进去都坐在车里,你很少有机会能够看见他们的脸。

但是,只有一点,我总是不习惯,就是这些家伙出来进去的,我总要给他们敬礼。我为什么要给他们敬礼?仅仅是因为他们有钱吗?他们的钱,有多少是脏钱?所以,我就是不喜欢给他们敬礼。过去,在部队的时候,给首长敬礼,我愿意,毕竟将来打仗的时候,要这些人带兵出生入死。可是,给这些大多为富不仁的家伙敬礼,凭什么?

一天，我值下午班的时候，结果，有一个很胖的家伙，头很大，特别像是一个胖头鱼，据说他原来是一个肉食批发商，做大了，现在是一个地产商，他从外面回来。我递给他一张出入卡的时候，他发现我没有向他敬礼，就摇开车窗对我说："给我敬礼，小伙子！"

我抱歉地一笑，没有理会他。回到了我的位置目视前方。

"给我敬礼！"他低声地咆哮着。

我现在笔直地站在那里，目视前方。

"你他妈的，你他妈的——"他摇起来奔驰车的车窗玻璃，走了。

我立即被物业管理公司警告了。物业管理公司的经理冲我大发雷霆，他认为我故意和业主为难。"告诉你，你们的薪水，都是要靠他们交纳物业管理费，才能发下来的！你这样不遵守门卫的规定，还对业主无礼，再发生一次，就会开除你！"

两天之后，又发生了一件蹊跷的事情。

我们是 24 小时值班的社区，保安都要轮流值夜班的。发生了我和那个胖头鱼地产商冲突之后的两天后，那天晚上是我值夜班。值夜班需要我在社区里按照值守的范围，连续不断地巡逻。

我一向很敬业，但是，那天晚上，也许因为我太敬业，也许这里面压根就是一个圈套，我因此惹了麻烦。

凌晨两点钟的时候，我巡逻到了一幢别墅的门口。可是，我发现别墅的门虚掩着，里面的大门也虚掩着。而房间没有一盏灯是亮着的。

我觉得有情况。因为社区里任何一幢别墅,从来都没有发生过大门和房门虚掩的情况,现在,我判断这套房子最大的可能就是失窃了。

要是失窃了,或者里面正有一个贼在偷东西,那我的责任就大了。可是,按照规定,我们保安绝对不允许没有明确打招呼,就走进业主的院子和房子。

我有些矛盾,也非常紧张。这个时候,一定是我最为难的时刻。我犹豫着,忽然听到了房间里,似乎有很轻微的走动声。

我说过我当过特种兵,受过几乎是非人的魔鬼训练,我的听觉是所有的感官感觉中最好的。我听到了房间里有人活动的声音。可是,假如是房主在自己的房间里活动,是应该开灯的,那么,现在正在活动的人,就一定是窃贼!

我立即冲了进去,小心快步跃上了台阶,先蹲在虚掩的门口,等着里面的动静,又听到了里面有动静。

我想,窃贼正在行窃,这是毫无疑问的了。我蹑手蹑脚地走进了房间,正要打开手电,可是,房间里的灯光忽然亮了,然后一个穿着轻纱睡衣的女人,大声地尖叫了起来,她发现了我,以为我是入侵的凶犯!

后来,怎么解释都不行,我立即被解雇了。按照规定,我们门卫,也就是我们这些看门狗,是一定不许进入业主的院子和房间的。

而且,后来,让我觉得奇怪的是,那个尖叫的女人,恰恰就是那个让我敬礼不成投诉我的胖头鱼地产商的老婆。可是,事发的时间,胖头鱼并不在家,他是第二天才回来的。

但是我越想,越觉得这里面有问题。我想,就是因为我不给一个开奔驰的家伙敬礼,这个家伙设了一个圈套来收拾我,我被物业管理公司解雇了?!

我的饭碗被砸了。是一个人不给我活路,不是我自己不仁义。我认定这一点了。于是,我决定在离开这个社区的时候杀了他。

起了这个可怕的念想之后,我就开始详细地谋划。我买了一把很好的刀,我看好了他家住的房子,我观察好了他的作息时间。

这个家伙总是在很晚的时候才回来,而且时间很不定。就在我要离开这里的那天晚上,我找到机会下手了。

翻进他家一楼的花园很容易,从开满了玫瑰花的小花园,再打开他家的后门,也很容易,因为有一棵很茂密的、开着好看的粉红色花朵的合欢树,遮蔽着整个花园。我得手了。我说过我当过兵,从来没有机会上战场,可是,我过去学过的各种招数,这次我都用上了。用不着仔细地讲述我是怎么进了他的房间。可是,当他跪在我面前的时候,我突然有些心软,下手就留了一些分寸,没有要他的命,我只是挑断了他的脚筋,让他残废了。

我确定给了他一个终生难忘的教训之后,就离开了那里。来不及带走我的吴双玫瑰,也来不及给她说什么,我就走了。

我连夜赶到河北承德,又乘坐长途汽车离开了那里,一路往南走。因为现在我多少已经有案在身了。

不过,好在不是命案,一旦出了这里到了外省,就没有人再来注意我了。

我就这样来到了徐州,碰上了摆擂台的师徒两人。

2

这师徒二人是从山东来的,跟着一个表演各种杂技的草台班子一起走江湖。师傅已经50开外了,名字叫梁壮,身形瘦长,操着十分浓重的胶东口音。过去我在部队的时候,有个同班的战士是胶东人,和梁师傅说话的腔调是一样的。所以,我先和梁师傅聊起来,和他们相识了。

徒弟叫黄连,好像是山西人,年龄接近三十岁,比我大一些。他身高马大,但长着一副很苦的脸相,怪不得叫黄连。

我和他们套近乎,很快我们就熟悉了。

黄连告诉我,他18岁从嵩山少林寺旁边的一个武术学校毕业,就跟着梁师傅走江湖,到处打黑拳,已经有快10年了。

"我打了三百多场比赛了,很少输。我的功夫是当年跟梁师傅的师傅学的,在江湖上,我的外号叫'苦瓜脸',很多人都知道我。"

"你打死过人吗?"我问。

"打死过一次,是打成了重伤,后来对手才死了。"

"警察会来吗?"

"这种时候,为了不叫警察介入进来,我先避开,藏起来,躲几天,等到死者的家属和我们的师傅一起商量个结果。

因为打黑拳,有一个规矩,就是打死了不能报警。这种时候,我赢的奖金就不能要了,要全部给死者的家属。"

我问,"那,要是你被——"

黄连看着我,坦然地说:"要是我被打死了,师傅就把我安葬了,再找一个徒弟,继续走江湖呗。"

我不说话了。

3

他们在那里摆擂台的时候,我买了门票进去看,门票最便宜的是10块钱一张,靠近前面的座位是100块钱一张。

大约有二百多个观众,我挤在最后面,观看他们演练。这样的擂台,无论拳击、武术、散打,或者摔跤,都是可以用上的。你只要是把对手打倒了,打死了,或者对手认输了,这场比赛就结束了。

梁师傅身穿长袍,先练了一套很飘逸的杨式太极拳,一看就知道很有功力。我在部队当了几年特种兵,谁在我面前练几手,一般一看就知道,你是有多大的本事,练了多少年的。

这个梁师傅的功夫,应该在30年以上了。

黄连表演的都是硬功夫,表演单掌劈砖、喉咙顶枪、飞脚碎石等等,还是有些功夫的。很快,这两个师徒,就开始接受挑战了。

"打死不偿命!打死不偿命!"梁师傅大声地喊着。我知道,这个擂台属于那种打黑拳的,就是挑战者和摆擂台的人谁被打死了,都可以不偿命的,都是可以私下了结,不需要警察介入的。这是规矩。

这就叫作黑拳。也就是,不是公开组织的地下黑拳比赛。很多道上的朋友,就是靠这个吃饭的。

一个当地的壮汉上来挑战了。黄连和对手一交手,我就可以看出来,黄连还是技高一筹。

上场的这个家伙,练的是南派的功夫,骑马蹲裆步,扫堂腿,主要攻击黄连的下三路。黄连躲闪了几下子,摸准了这个家伙的动作与速度,然后,猛然出了几个刺拳,都打在了壮汉的头上。

如果你可以用慢镜头来看,黄连是胜在身体的灵巧和速度上。我看见对手摇晃了几下,本来还要挣扎几下,结果倒在地上了。人群中发出了呼喊和尖叫,大家被如此刺激的场面给撩拨起来了。

黄连继续接受挑战。我看见他的师傅,梁师傅,正蹲在台子上的一边,抽着一杆旱烟。他没有吱声,显然对眼前的场面是司空见惯。后来又有几个人上来挑战,但是都被黄连给打败了。

这个时候,我忽然听到了血液里面的召唤,我知道我该出头了。

我跳上台子。黄连看到我,有些吃惊,因为昨天我们还聊了很多,已经算是朋友了,可是,现在轮到我来和他决战了。

"黄连大哥,我来挑战你!"我说。

"你这是真的来和我打?"他有些不相信。

"当然是真的,还能有假?"我笑了一下,他就相信了。他不太清楚我的底细,也不知道我的功夫到底如何。

黄连向我拱手相让,我点了一下头,摆出来拳击的架势。我左右跳动,寻找着出拳的最好时机。

多年以来,在特种部队里面,我都在练习散手和技击,全部都是实战训练。从来都是摸爬滚打,我最大的本事,是扛过对手前面凶狠的攻击而不倒,这样我一旦喘过气来立即还击,我就可以制胜。

黄连用重拳,左勾拳、右勾拳和快速的刺拳,对我展开了进攻。他的下部很稳当,看不出来什么破绽。

我连连被他打到,身体上到处都中了他的拳脚。可是,我是很能挨的。一般你要是不能挨,是肯定扛不住黄连这个久经沙场的老练家的拳头的。我感觉我的脸肿了起来,我的一只眼睛看不见东西了。

轮到我反击了。这个时候,我已经被打趴下了,有些要完蛋了。

黄连看着我的目光有些怜惜,他不忍心痛下狠手杀我,但是场子外面的观众已经疯掉了,在大喊大叫:"杀了他!杀了他!"

他犹豫了一阵子,突然出手直接打向了我的肋骨。与此同时,我使出了最为拿手的一个招数:撞拳,这是我自己练习的,要在短兵相接和对手近身互搏的时候使用,短促地猛力出击,震撼对手的心脏——我正是这样一拳就打在了黄连的左胸部,他的左胸部是有心脏跳动的地方,他闷声惨叫了一下,就立即倒在了地上,不动了。

当医生前来诊治的时候,黄连已经气若游丝了。嘴里开始流血。血流了不少,而医生也来得太晚。

我重伤了他,我知道我几乎震碎了他的心脏。可是,奇怪的是,黄连并没有立即就死去,他的命够大的,但是,不过多延长了几个小时。

我直觉觉得我应该跑掉,应该离开这个地方。在北京的时候,我已经陷身于一个麻烦里了,可是,我却惹来了更大的麻烦,这到底是怎么一回事?

但是,我没有跑,我也没有地方跑,开办擂台的草台班子班主说,我跑到哪里,他们会追到哪里。我必须等着他们商量一个结果。现在,我得罪了一个人——押赌注失败的当地一个有势力的人十分生气,因为我让他输了很多钱。

那天,我握着躺在那里垂死的黄连的手,有些遗憾,有些愧疚,也有些难过,但是说实话,还有些自得。我看得出来,他的目光在逐渐黯淡,但是,这好像是他准备已久的一个结局,一个命运,他认了,满意地叹了口气,很奇怪地仿佛有些欣慰他终于被打死了似的。

然后,他就昏迷不醒了。一天之后,黄连死了。

我决定把我赢得的 3 万块钱奖金都给黄连的家属,他们也从河北一个乡下赶来了。他们默默地拿到了那笔钱。

这个事情,从始至终,警察都不知道。也没有介入。

事情了了,我准备告辞,梁师傅沉默了好久,对我说,"你打死了我的徒弟,我要再去找一个徒弟了。"

"对不起梁师傅了。"

"那,你想当我的徒弟吗?再说,我听说北京方面有警察找你。"

我知道他知道我的身份了。我不清楚为什么他们什么都可以打听到。"我……我可以。"

"好,那你就当我的徒弟吧,跟我一起去打黑拳。不过,从今之后,就是你养我了。徒弟是要养师傅的,怎么样?"

我点了点头,成了他的新徒弟。

在被黄连打倒在地的时候,我的好胜心起来了,我觉得,也许我可以打遍天下无敌手的,我要吃黑拳这碗饭了。

黄连死了,押宝在黄连身上的当地人中间的头儿,十分不高兴。为了给当地那个有势力的人捞回来他的损失,我在徐州那个村镇又待了一个星期,接受别人的挑战。

黄连换成了我,我的外号叫"一招鲜"。

我打败了不少挑战者,拿到了不少钱,当地有势力的人要我们留下来一直打拳,而且放风说,假如我们不留下来,就不放我走,把我交给警察。他已经得知,我是北京警察通缉的一个刑事案件的犯罪嫌疑人。

我知道麻烦来了。

他们果然不会放过我。也许当初把那个家伙杀了,更干脆一些,否则我总要被报复。何况,毕竟,打死了黄连,我身上还有一条人命的。

梁师傅说,"别着急,我等一个朋友来,他来解决这个问题。"然后,我们等了三天,当地那些家伙看守着我们。

一个神秘的人从南方来了。他先找当地的家伙谈了,然后他来找梁师傅,两个人谈了一个下午。当地的团伙就不见了。

梁师傅说:"你跟我往南走吧,人家在找你呢。"

我说,"好,再说,我也没有其他选择了。"

晚上的时候,梁师傅带着我离开了徐州,坐火车向南走了。假如人是可以选择的动物,而我又没有别的选择,那么我就不是人了。我已经是一个只有肉体的鬼魂了。我觉得自己已经走上了一条不归路。

不知道为什么,我觉得黄连最后拉着我的手的感觉,现在还在我的手上,而他的灵魂和勇气也注入到了我的身体里,现在,我和黄连的灵魂在一起了。

二 渡海

1

梁师傅带着我,来到了广州,待了几天。这里并不是我们最终的目的地,我们从这里渡海到澳门去。

去澳门,梁师傅说,我要在那边的一个赌场里打拳。

于是,我们就渡海了。渡海的时候是在晚上,天色黑暗,根本就看不见大海的颜色。我从来没有见过大海,可是这一次,我可以闻到大海的潮湿咸腥的气味，但是我却无法看到大海的脸。

我要在澳门做一个职业黑拳手了。

来到澳门，我发现这里的赌场很多，有的是黑社会组织控制的。但是，很多赌场，似乎都和澳门一个赫赫有名的老大有关，很多年来，他就靠经营赌场，成了这里的富豪。梁师傅告诉我，前些年，他把赌场的经营权出让给了不少的帮派，结果帮派之间经常发生火拼。街头也经常发生枪战。这个老板在泰国、越南和其他东南亚一些国家的一些地下拳击馆也都有股份，势力很大。

现在，澳门收回来了，这个混乱的局面似乎好多了。但是，仍旧是那些赌场的后台老板控制着一切。他们是大鱼，而赌客们大都是小鱼，我，不过是一只虾米罢了。

来到了澳门，我就决定不要做一只小虾米。假如我是一只小虾米，无论大鱼还是小鱼，都是可以吃掉我的。

为此，我只有靠拳头来打天下了。

"当最好的黑拳手，是很难的，"梁师傅对我说，"你的基础特别好，可是仍旧需要对你进行严格的训练。有没有信心？"

"有信心。"我说。

"现在，有另外的师傅专门训练你打黑拳的技术，我们一起，还要教你一些中国功夫，你就好好练习吧。"

我开始了非常严格的训练。请来的师傅是一个香港师傅，姓白，所以我叫他白师傅。白师傅是专门训练黑拳手的。他人很瘦,但是身形却特别的灵巧。

他端详了我很久,最后满意地点了点头,说:"你是可造之才。俗话说,天有三宝,日、月、星,地有三宝,水、火、风,人有三宝,精、气、神。跟我学,你要外练身手眼,内练精气神。"

"明白。"

"你今后打拳,唯一的目的,就是快速地杀伤对方,让对手立即失去任何反击的能力,这是最重要的。"

"明白。"

"黑拳手强调一击必成,一击必杀,强调拳脚的力度和速度。"

"明白。"

我开始了训练。每天,我要像举重运动员一样,进行深蹲训练,深蹲的重量在三四百公斤才合格。每天,我还要进行各种有氧训练,各种短跑、快速和慢速变速跑、长跑,以及蛙跳、爬楼梯等,训练出强度很高的体能。因为一旦你上场打黑拳,必须达到高强度对抗对手至少在20分钟以上的水平。

我知道,虽然黑拳手比赛的时候,一般时间很短,但是,需要进行的训练,却远远大于国内的很多竞技项目。再说,黑拳手上场的频率很高,有时候一个晚上,要连续进行两三场比赛,没有很过硬的体能,是一定会被淘汰,甚至立即丧命于对手的拳下的。

我每天早晨训练四个小时,晚上训练四个小时。白师傅教我,最好在任何时间里、通过任何方式,随时进行训练。

梁师傅负责给我教习静功,和禅修。他给了我一本讲各种技击大师的书,里面收录的,全部都是高手们的故事。

比如,有一个韩国跆拳道高手,每天要踢各种硬物,在任何时候、任何地方都进行训练,把自己的腿练成了铁腿。在一次比赛中,对手扫向他的腿的腿,立即断了。

而泰拳是技击中最为凶狠的功夫,泰拳手们从小就进行的训练,完全达到了人体所能承受的极限,和人的潜能发挥出来的极限。

有一个很有名的泰国拳手,从小就踢石头、表皮很硬的棕榈树,后来,他的腿部硬到了任何木头和他的腿相撞击,木头立即断裂。

还有日本空手道中的一个有名的流派"极真会"的创始人大山倍达,一个人隐居在大山里苦苦训练,他每天所干的事情,就是用拳头拳击岩石。而且,在雪地里裸体进行负重训练几个小时,使自己的身体达到了某种无法超越的状态。后来,他巡回表演的时候,可以让观众用铁锤击打他的手掌,手掌却不受伤。他可以一掌砍断一个玻璃瓶子,使这个瓶子成为整齐的两个部分。

"你的下盘功夫不行,所以要从扎马步开始,开始是3分钟,最后一扎就要在10分钟以上。"白师傅教导我,"马步桩是中国武术中的基本功,可以通上下气脉,提升丹田阳气。下盘功夫练好了,就是半条腿金鸡独立站在悬崖上,有人推你都推不下去的。"

经过了两个月的训练,我的下盘功夫练好了,梁师傅和白师傅一起,开始对我进行中国功夫中最为高超的特殊训练:

梅花桩功。就是在梅花桩在木头桩子上来回跳跃、行走与格斗。这个项目训练的是人身体的轻灵与反应能力。

沙包功。当你同时打八个沙包的时候,你就知道敌人是四面八方的了。这是练习躲闪的。

排打功。这是练习身体各个部位的抗击打能力的,要用木头和铁条,拍打身体的各个部位,并且用专用的药水浸泡。

翻腾功。这是专门练习身体的柔韧程度的,就是在绳索上来回翻跟头。

拈花功。这是练习指头的捻力的——我要用手指随时捻碎一些黄豆,后来,就要捻碎一些小石头块儿了。

打水功。练习这个功法,需要每天用手掌空击一盆水。刚开始我觉得这个功夫没有什么用,可是,据白师傅说,两年之后,我可以在水面击打出涟漪,而 5 年之后,就可以击人于 10 步之外了。

轻功。这个功法是最难学的。刚开始的时候,我要在七个装满了水的大缸缸沿上行走,这叫作跑缸边,背上背着装满了铁砂的布袋,然后逐渐地把大缸中的水去掉,身上的铁砂布袋却要不断增加重量。一个月之后,就要在 7 个装满了沙子的大簸箕边缘上行走了,然后逐渐地减少簸箕中的沙子,一直到剩下了空的簸箕。

白师傅讲,"你要是仍旧能够在它的边缘上行走,就接着练习下一步:用一尺厚的沙子铺成一条道路,在这条道路上铺上几层宣纸，刚开始从上面走过去的时候，还可以看见脚印，经过长时间的训练，脚印就渐渐地没有了。"

龙爪功，是练习擒拿所需要的指头上的力量的。

最后，我还要训练空手入白刃的功夫。这个空手入白刃，是专门练习眼法和身法的。练习眼法的时候，需要凝视各种东西，以最快的速度，数出固定物体的数量，然后再练习数各种活物。

而且在大街上和商店里，要以最快的速度数出来你一眼看到的人群中的数量。眼法练习完毕，还要练习身法，要在密集的竹竿搭成的竹林里快速地穿行，而不许身体和竹竿有任何的碰触。

练习这些功夫的时候，梁师傅专门给我配置了中药，每天浸泡和清洗练功的部位，使我的肢体恢复状态。

渐渐地，我感到了我的身体痛感在消失，我正在由一个血肉之躯变成了一个钢铁或者是橡皮的躯体。

然后，我就正式出师，可以参加比赛了。

2

我开始在这家赌场里专门打黑拳，我需要一场场地打，我的"一招鲜"的外号，已经改成了"小旋风"。

这是我的艺名，即使是虾米，也应该有自己的一个好听的名字。

是我亲手打死了黄连，因此，从那以后，我自己就随时准备好了去死,在擂台上被打死。这种状态,使我打起拳来,特别的冷漠和凶狠。每一次上台打拳,我都抱着必死的决心,这样我就所向披靡。

我每打一场,一般可以得到几万港币的酬金。这是一个小虾米的血汗钱啊。

说实话,我不知道我是怎么走上这条路的,似乎有一种无形的力量逼迫我走上了这样一条不归路。你看,我仅仅因为不向一个家伙敬礼,结果,我就有了这样一个更大的结果。

有时候,我非常想念我的吴双玫瑰,我给她的手机发短信,可是,我却得不到她的任何消息。

她现在还在那个社区美容院里吗?她现在怎么看我?她还喜欢我吗?是不是,她又喜欢上了别的人?

或者,她一时糊涂,当了小姐,开始胡混了?确实,在正规的美容院里挣钱少的女孩,是很容易下水的。她要是下水了,我怎么办?我要杀掉所有和她上过床的男人吗?我杀得过来吗?我需要去干这种事情吗?

一旦真的是这样,我不会去干这样的事情。这样一想,我忽然觉得,我不用那么想念吴双玫瑰了。

昨天白天,我没有事情,在赌场里转悠,看见了一个"北姑"——澳门称呼大陆来的小姐,赢了一大笔钱。

那个钱的数目,是一个天文数字。中午的时候,她拿到了所有的现金,然后,按照她的要求,被直升机直接护送到香港了。

我看到了她因为被这么大的好运当头照所激动得脸色

煞白的样子。换谁，换我，换吴双玫瑰，一定都是这个样子。那些钱多么多啊，多得几乎可以干任何事情了。而且，她甚至可以按照双倍的钱，把过去所有嫖过她的男人们反过来嫖一次，也才花掉一个很小的零头吧。

有时候，我也很想赌一赌，这里很多大陆来的各种赌客都在赌，我的心有时候有些痒痒了。

但是，梁师傅特地给我下了一个死命令，就是一旦我赌一次，就立即让我回去，回大陆，再也不管我了。

那我就不赌博了，看别人赌钱赌我，赌我的输赢，而我专门赌生死吧。

和我在一起的一共有好几个拳手，都是这家赌场从内地招来打黑拳的。大家都是刚刚入道的，其中一个叫小榔头，他在广东沿海一带打了三年黑拳，参加了80场比赛，我们很快就特别谈得来。

"小旋风，你才入道，不知道这个行当的究竟。"

"有什么究竟啊？"我问他。

"什么究竟？告诉你，3年前我认识的20个打拳的，10个死了，4个残废了，还有8个永远退出比赛了，你想想，这死亡率有多高吧。"

"我看你的样子，好像受过伤。"

"对呀，你看，我的脾脏都被打碎了，做过手术，肋骨也断了五六次呢。"

"那你还要打拳？"

"没有办法,挣钱呗,告诉你,过两天,咱们赌场来了一个厉害的角色,名字叫夏侯杰,我要挑战他。"

"你挑战他干什么?"

"傻瓜,要是总待在咱们这个最低的级别里比赛,不挑战更高水平的拳手,就不能发财啊,我打拳,一场最多也就一两万,很快就花完了,这次,我要挑战夏侯杰,赢了,我就挣50万,可以回家休息了。"

果然,两天后,那个叫夏侯杰的中级黑拳手来了。

我没有任何他的资料,只是小榔头挑战他的时候,我也在场。那场比赛速度快得惊人,一共只进行了4分钟,夏侯杰就已经把小榔头给打倒了,小榔头因此瘫痪了。小榔头50万没有挣到,却被打瘫痪了,被送到了医院,要在那里待一辈子了。

这么快一个活生生的小伙子,就成了大鱼嘴里的小鱼,被吃掉了,真是叫我浑身出冷汗。

我知道,假如小榔头不想去挣那50万奖金的话,那他还可以再打几年,因为,在初级黑拳手这个级别里待着,你有两条路可以走:第一,假如你不主动地挑战更高级别的拳手,那么你基本很安全,能够保存自己的生存,可是,也挣不来大钱;第二,假如你想去挑战更高更强大的对手,那就会得到更多的钱,可是却因此甚至会赔上性命。关键看你自己的抉择了。

那天晚上,我自己决定,要向夏侯杰挑战了。

3

梁师傅和白师傅支持我的这个想法。他们看出来了我的那种可怕的火焰,在我的眼睛里燃烧的模样。假如不让我上场,那么我眼睛中的火焰会把我自己烧死的。

再说,那天,当我看到,仅仅是上场几分钟之后,我的伙伴小榔头就被抬出了比赛场地,再也不会回来了,我是很难过的,也是很想复仇的。我觉得,我的两个朋友,黄连和小榔头,他们一死一伤,现在,他们的勇气和魂魄,都聚集在我的身体里了,我确信自己能够赢。

但是,没有人包括我的师傅,也觉得我一定能赢。

我很快就迎来了一场艰难的比赛。对手夏侯杰的资料出来了,他是一个参赛58场,打死对手6个,而自己从来没有被打败过的拳手。

夏侯杰是福建泉州人。他4岁的时候,就跟着祖父学习南派的拳法,像咏春拳、梅花拳、地龙拳、南少林五祖拳、鹤拳、虎形拳等各路南派武术拳法,10来岁,就开始在泉州的一些民间械斗中脱颖而出。而福建地下赌场中,也经常举办各种黑拳比赛,夏侯杰就是在这样的比赛中,积累了很多声名。后来,他还专门在武警部队当过几年的教练,非常厉害。

前些年,一个被武警部队保护的政府重要官员,一天晚上,因为发现了警卫在偷窃自己的东西,阻止了这个警卫之后,竟然被自己的警卫所杀,所以,很多担任护卫的武警人员都被整肃了，他也连带被从部队里清理了。再后来，不知道怎么样，他就专门在沿海一带打黑拳了，现在，他来澳门，和我相遇了。

我和夏侯杰的比赛，被梁师傅看成是我的最关键的一场比赛。我到底是虾米，还是一条小鱼，很快要见出分晓了。

而我也知道，今后，我能不能真正获得大赌注，就看这场比赛了。

我知道赌客们都不看好我，他们给我下的赌注很低，都押夏侯杰胜利。也难怪，在中级拳手里面，夏侯杰的名气太大了，我"小旋风"又算什么呀。

可是，我准备垂死一战、背水一战了。我知道他已经打死6个对手了。我不想成为第7个。我才不想死呢，但是我要垂死挣扎。

在晚上，我和他在擂台上见面了。夏侯杰也是比较壮实的，不过就是稍微有些矮了点。但是，从他的目光中，我可以看出来，他是志在必得的。他似乎有些谨慎，因为他根本就不知道我的来历，而且，我看上去也有些瘦，并不是那种特别需要从庞伟的体形上重视的对手。

我们互相观察，周围的赌徒们在喊叫，场面开始激昂了起来。这种时候，一定需要冷静再冷静，我对自己说，现在，你要注意他的眼睛。

我看着他的眼睛，就知道他出手的动作和方向。我知道，他的底盘功夫一定很好，因为从小就练南派拳法，比如咏春拳的人，底盘功夫简直好得没有办法说了。他的破绽，或者那些胡说八道的武侠小说里经常说的命门，都在他的上半身。可是，这个命门，具体在什么位置呢？我没有找到。

而且，对付夏侯杰，必须以最快的动作制伏他。这对于我是十分困难的，我必须一招制胜。

忽然，我看见他脖子上的青筋动了几下，我知道他来情绪了，血流加快了，要不然，他的脖子上的血管不会鼓起来。

他先来了一个骑马蹲裆步，然后做了一个请拳的动作。我围绕他小心地转圈，我们的目光在互相纠缠着，较量着。

我忽然看出来了，他要袭击我的腿部。谁都知道，他的地龙拳是非常厉害的，只要叫他扫到，我就腿断筋折。我刚刚想到这里，他就已经出腿了，就是扫向我的腿，一股冷风使我的小腿立即感到了寒冷。

但是，一瞬间，我侧身飞起来，然后以迅雷不及掩耳之势，横扫他的颈部，他扫向我腿部的腿轮空，我踢向他颈部的脚横扫正中。

这个瞬间是极其快速的，他已经飞了出去，我也因为无法控制平衡而倒在了地上。但是，我迅速地翻身起来，却看见他，夏侯杰，已经再也起不来了。

就在他的颈部的青筋大暴露的时候，我就知道，我必须攻击他的颈部，那里正是他的命门。我得手了。

我们开始交手的时间，一共不超过 40 秒，出腿的时候，只有 1 秒钟。夏侯杰昏迷了两天之后，死了。

我赢了。

三 赌命

1

赌命赌来了一笔巨款,50万,我心里很踏实。不过,我还要养我的师傅,梁师傅,是他带我出来的。

我把赢来的钱给了梁师傅一半,梁师傅又给了白师傅一半,这样,大家都有些钱了。我现在也成了梁师傅的摇钱树了。

不过,我也才刚刚迈入了中级拳手的大门,在我的前面,有更多的机会和金钱,当然也是更可怕的命运在等着我。我似乎不能停下来了。

这个时候,我加倍地想念我的吴双玫瑰,也不知道她到底怎么样了?我试着给她写了一封信。

没有过多久,我收到了吴双玫瑰过去的一个朋友,现在还在那个社区美容院工作的小荔写来的一封信。

信上说,自从我挑断了那个地产商的脚筋一走了之后,警察上门来调查了吴双玫瑰好一阵子,结果发现她根本就不知情,就没有找她的麻烦。可是,美发店老板阿汤觉得她惹了麻烦,把她给辞退了。没有过多久,吴双玫瑰就离开了社区,听说到南方的城市深圳去了。

我立即觉得十分愧疚,我没有想到,最终,我的事情,还会连累到了我心爱的女人。而她离开北京到达南方的消息,让我心乱如麻,我可以想象到她到了深圳,在那里举目无亲,会是一个什么样的状态,很难不走上卖身的道路。

所以，虽然我赢得了这场比赛，拿到了巨额的奖金，但是，一想到吴双玫瑰在离我不远的城市里，以可能是最坏的方式在生活着，我心情就很坏。

我给小荔写了回信，告诉她我的联系方法，包括地址和电话，说假如吴双玫瑰一和她联系，就立即告诉她我的联系方法，我好去和她碰面，或者去接她来澳门。发出去这封信，我的心情仍旧十分忐忑不安。

我打败了夏侯杰，在这家赌场算是扬名立万了，我知道，从此，我将不会再过安宁的生活，那些我不知名的挑战者，正在从四面八方，赶来向我挑战，我隐约看到的，就是这样的场景。

其实，我并不是害怕挑战者，但是，当我被挑战者盯上的命运被确定之后，我就很难受了。

俗话说，"山外有山，天外有天"，谁也不知道你最终会鹿死谁手。就像黄连和夏侯杰，他们怎么知道，最后会死在我的手里？

因为现在我是没有选择权了，只要我的对手的庄家要支付和我决斗的出场费，我就必须要迎战了。

我忽然有了过去所没有的那种胆怯感。

这种宿命的感觉笼罩了我之后，我到手的钱就忽然地变成了冥币，这使我感到了一种前所未有的恐惧。

我害怕得到这些钱，于是，我要疯狂地把它花出去。很简单也很便利，我就在赌场准备花掉或者说赌掉这些钱。我先玩角子机，发现输得太慢。好吧，那我玩21点。可是，他妈的，我总是押对了点，我又赢了很多钱。那天，我茫然地在赌场中来回转，尝试各种办法，可是奇迹诞生了，我总是赢，总是赢，有时候虽然一开始输了，可是马上又开始赢钱了。

最后，我还是赢钱了。

我不知道这是怎么一回事，事情变得复杂了，变得令我惶惑和害怕了。

我难道真的遇到了特别好的运气？或者，我是大祸临头了？怎么我要去输钱都输不掉呢？总是我赢。但是我完全知道，总有一天，我会输得一塌糊涂。

梁师傅发现我在赌场乱赌，就非常生气，把我叫去臭骂了一顿。可是，我仍旧无法排遣内心的苦闷。

2

赌场是一个巨大的销金窟，赌场是人生喜剧和悲剧每天上映的场所，白天，不训练的时候，我就在赌场里面转，看到了太多的欢喜和空欢喜。

可是，当我打败了夏侯杰，我自己现在也成了很多赌客眼中的筹码。我也是我师傅的筹码，就是这样的，当我用手仔细地玩弄那圆圆的、不带任何感情色彩的筹码，我觉得我就是这样一个东西。

现在，我已经属于这个赌场专门的黑拳手了。我要离开这里，必须要付给赌场一笔钱，才能离开这里。

这家赌场附带经营一家武馆，所有的黑拳比赛，都是通过赌博来实现的。

我理解打黑拳的时候，所有赌客的心理，他们花钱就是为了看一个刺激的。比赛越是激动人心，说明赌客们下注的钱越多。而短兵相接、直取性命的黑拳比赛，很难有人不在现场下注的，而且，下的都是大注，输赢就特别的可怕了。

在黑拳比赛的时候，观众赌博一般分互相赌和庄家赌两种。观众互相赌，都是在特别熟悉的人之间，而数额不高，真正赌得高的，是庄家的赌博。

一般在黑拳比赛之前，比赛双方的庄家就推出来一个大庄家，这个庄家叫作定庄，由定庄来支付黑拳手的出场费。

现在，我的名气大了，我总是在出场之前，就拿到了一半的出场费，等到比赛结束了，我就从定庄那里，拿到另外的一半。

我必须在这个赌场里等候着挑战。

我现在成了这个赌场中坐镇的黑拳手了。不过，还有另外四个拳手和我在一起，我们5个都是这个赌场的黑拳手。

我有时候也去捞些外快，就是按照师傅和赌场老板的安排，去别的赌场、健身房和娱乐城打拳。只要是有人找上门来，和师傅谈好了一个出场费的标准，我就偷偷地出了赌场去打这场黑拳。而组织这样拳赛的人，他们往往是这个俱乐部或者健身房的老板，尽管组织了很多人投注，也是为了赚一个吃喝，所以，我们比赛的时候，要尽量地渲染气氛，而不是像真正的比赛那样，一上来就要置人于死地，因此，这样的比赛是十分轻松的，钱自然也赚得少些。

自从打完了夏侯杰那场比赛，我就由一个名不见经传的拳手，变成了一个很有前途的中级拳手了，我现在每场黑拳比赛的出场费，一般都不少于10万港币的。就这样，半年过去了。

在中级黑拳手这个层次里，我觉得自己变成了一条更大的鱼。但是，我还不是那种特别大的鱼，最大的鱼是不打拳的，他们只是坐收金钱。

我从来看不见他们的脸。

3

我遇到了一个挑战者，这个挑战者过去我没有听说过，只是知道他在缅甸和越南的赌场里面打过拳。

自从我打败夏侯杰之后，找我挑战的拳手就开始出现了，他们指名道姓，就是为了和我决战。他们大都是初级黑拳手，而一旦把我打败，他们就将获得和我从夏侯杰失败中获得的一样多的奖金。

但是，我可不是好惹的。我轻而易举地就击败了不少的挑战者，因为我一直在加紧练功，从来都不敢懈怠。

一般当我面对对手的时候，我从对方的眼睛里是可以看出来他想要什么呢。是想要赢得比赛，还是想获得挑战的刺激？是想拼命，还是想打一场两方面商量好的假拳？当然，打假拳在黑拳比赛里也在所难免，这一切都由老板和师傅安排好了的。

而这个对手,外号叫"霹雳腿",我和他互相对视了很长时间。从他的目光中,我可以看出来,他是想要我的命的。

我们对视了一阵子,他先发制人,上来就是当空一个"劈山救母",从我的头顶竖着向下一劈,呼呼生风,吓了我一跳。

来这样的动作,有些很不礼貌。我觉得他有些不把我放在眼睛里。不过,这个"霹雳腿"看来确实还有两下子。

我想说,打黑拳是没有任何规则限制的,只要你打败了对手就行了,这是一个只是需要简单结果的行当,所以,既然简单,一切都好办。

我的腿和他的腿在半空中相遇了,我感觉我像是碰到了一块木头。我的拳头打在他的身上了,但是,拳头仿佛是陷到了海绵里。我觉得他的身体,在肚子部位似乎还有某种吸力,竟然使我的拳头发挥不出来威力。

我有些慌乱,难道我刚刚上升到了中级拳手的位置,就要栽到这个家伙的手里?而且,这个家伙的腿法确实非常厉害,上下左右,我的眼前都是他的腿的影子,忽然,我的胸口正中,就中了他一腿,我一下子觉得肺都要炸了。

这个时候,我向后倒了下去。

观看的人群,那些下注的人群,立即开始沸腾了,"杀死他!杀死他!"他们吼叫着。他们要见血!这些该死的看客,我咳嗽了一下,喷出来一些鲜血,我的肺部受伤了。而我的眼前,都是"霹雳腿"的腿影在摇动。

一瞬间我都有些绝望了，因为，我看到了黄连、小榔头和夏侯杰的命运，那些看客和赌客们，都在狂乱地呼喊，他们是这样疯狂地要占上风的人取弱者的性命，大鱼一定要吃掉小鱼，这是一个永恒的规律。我是一条小鱼，但是我不想被吃掉。

而这个时候，我忽然看见梁师傅示意我要镇定，我在很短的时间里，躲闪了他几次致命的狠腿，但是，我的拈花功和龙爪功没有白练，我以迅雷不及掩耳的动作，在眼前捕捉到了他的腿的影子，在他的小腿迎面骨上奋力一捻——

我听到了"咔嚓"一声响，对手忽然惨叫了一声，倒在了我的面前。要知道，人的小腿迎面骨是非常脆弱的，我就是在这样的时刻，攻击他最为薄弱的地方，我获得了最终的胜利，赢得了性命。

他的两条小腿的迎面骨都被我弄坏了，需要休养很长时间。而我的肺部受了震荡，也在医院养了半个月。

我赢了。

四　来信

1

我休养了半个月之后，肺部所受到的震动伤害，基本上痊愈了。又过了一个月，赢了不少场次的比赛之后，我收到了吴双玫瑰的一封信,这封信使我又得了心病。

就像我所想象的那样,吴双玫瑰在深圳果然做了小姐,她被一个卖淫团伙所控制了。我怎么可能不心急如焚呢?

憨柱子:

从小荔那里得到了你在澳门的消息,我知道了咱们相隔并不遥远,心里总算是有些安慰。

你打伤了社区里的那个胖子,跑了之后,警察讯问了我好几天,发现我并不知道你的事情和行踪,才放了我。可是社区美容店的老板阿汤,就把我给解雇了。

我没有更好的办法,就听一个在歌厅混的女老乡的劝告,和她一起来到了深圳,在一家美容美发城里面干。在美容美发城干很辛苦,每天要给无数人洗头洗脚,我的手都皴了,很难看了。

你知道我喜欢跳舞,后来,我看到有个俱乐部招聘舞蹈演员,我就去应聘了。我被招录了。结果,这个俱乐部的老板是个坏人,他招来的女服务员都是要跳脱衣舞的,而且,客人要做什么就必须要做什么。我不愿意,要离开,他就强行叫人给我'开了苞',然后逼着我接客。

现在我在这里已经半年了。在这个俱乐部,我们分为坐台和出台,又叫平台或者高台。所谓坐台或者平台,就是陪客人喝酒、聊天、唱歌,一般是一小时小费100元左右。碰到大方的客人,给小费每小时在200到500元,妈咪抽头百分之三十。高台或者出台,就是陪客人睡觉了。

这个价钱，在这个俱乐部比较高，价钱是从800到2000元不等，要是处女，第一次给得还要多，一般是5000块。有时'妈咪'还要在中间抽三分之一。

柱子，我现在有些放任自流了。也不知道能不能再见到你。现在，我的身上伤痕累累。我告诉你，我的左胳膊上有个刀伤，还有其他的伤口。当客人用刀片在我胳膊上划过，用烟头在我身上留下永远的烙印，你会怎么想？你会不会帮我报仇？不过，人家给我钱了，一条伤痕200元钱，我认了。他们的心理很平衡，我却永远很屈辱。

你一定很吃惊吧？像这样的事情，在我接客的过程中，经常会发生。我经常碰到一些心理变态的人，或者有虐待心理的客人，对我拳打脚踢，或者又掐又拧，直到看见我遍体鳞伤才心满意足。我们一些姐妹都受过这样的折磨。唯一能够心理平衡的是，他们给钱，这就是让我觉得能够忍受的原因。

比如昨天晚上，我接了一个汕头的暴发户，他就提出来，在我的胸口和乳房上烫烟头，一个烟头500元，我表面上装作不在乎的样子，就让他烫了。他后来很满足。看着那暗红的2个烟头，到现在，连我自己也很难过，有时候控制不住，就在我的胳膊上用刀片割，来惩罚堕落消沉的我自己。

这个时候，我多么想你，想你能够帮我逃离这里。这是我画的俱乐部的地图，在哪条大街你是可以找到的。

我等你来救我。

又及：我被看得很严。昨天，我接了一个看上去像是个官员的客人，人很和善，我央求他，帮助我发这封信给你，我不知道你能不能收到这封信。

吴双玫瑰

看完了这封信，我还有什么话可以说的？我首先把这个事情告诉给了梁师傅。而梁师傅正在和从河内来的一个黑拳手的经纪人，在商量一场很重要的比赛。

梁师傅听我说完了，就点了点头，"这个事情，咱们尽力想办法。不过，柱子，现在，她已经是一个小姐了，你还会喜欢她吗？这个，你要想明白。"

我沉吟了一下，说："我还喜欢她。"

梁师傅说，"那好，我让白师傅先想办法，你现在需要去河内打一场拳赛。你的对手是出场费200万港币的高手，这场比赛很艰难，你一定要赢，赢了这场比赛，你就有可能回深圳，去找你的这个女朋友。"

我说，"好，我打。"

我不得不迎战，因为我还有什么选择？过去，我读过一本书，书上说什么是人？人就是可以选择的动物，可是，我现在一步步的，根本就没有办法选择。都是别人在选择我。我是无法选择的小鱼，即使我打败了无数个对手，可是，在那些我看不见的地方，总是有更大的鱼，在等着吃我。

2

我们到达了河内,也是在一家赌场。河内乱糟糟的,像很多国内南方的小城市。这个城市还有一种燥热的气息,让我特别的难受。而且,空气中总是有一种水果腐烂的气味,让我倒胃口。

我的对手是一个华人,他的绰号是"追魂手",据说,他出手特别快,你打出去一拳,他已经打过来五拳了。一些美国职业拳击赛的拳击手和他比过出拳的速度,据说都赶不上他。

梁师傅告诉我,我的对手29岁,身高1米82,体重88公斤,比我魁梧。他的资料上显示,他深蹲460公斤,握推195公斤,他的战绩是133胜0负,66次击毙对手。

所有的数据,都显示我处于下风。至少,我没有打死过几个对手,而这个家伙,已经打死66个对手了。看见了这样的记录,不知道你会不会胆寒。

"你要是赢了他,你就成了最高级别的拳手了,你的出场费,就和他一样多了。你现在感觉怎么样?"

我说:"我?我感觉不好,你闻闻这个城市的味道,真臭。"

梁师傅笑了,"你还好,还能闻见臭味,我就根本闻不见呢。好好打吧。明天晚上,看你的了。"

我点点头。现在,我也已经是一个体重85公斤的壮汉了。在迎战的前一天晚上,我拿着一张吴双玫瑰的照片,亲了好长时间。

然后,我写好了遗书。

在和高手进行挑战比赛,或者高手之间比赛,按照规矩,比赛双方的拳手,都是要先写好遗书的,因为观看比赛的人都是有钱人,那些真正的大鱼,他们可不是光来看看热闹,也不光是来看我们流点血的,他们是要看人死在眼前的。只有这样,他们才获得了真正的刺激和利益。在这样的比赛当中,一般有百分之五十的人会当场丧命。

我一边写,一边想念我的吴双玫瑰,我想,那些在她身上拿烟头烫的人的心理,和这些花钱看别人丧命的大鱼的心理,是没有多少区别的。

我站在台子上,觉得心里很紧张,越南人的尺寸什么都小,连拳击台也这么小,小了整整一号。而我的对手,"追魂手"高大林,比我高半个头,他正在冷静地盯着我看。在他的手下,已经被击毙了66个对手。66条人命啊。不过,看不出来这些人是怎么成了他的拳下之鬼。

我和他开始小心翼翼地接近,我们的步伐都非常灵活快速。

有时候,我们像是为了一种默契,也是为了给下注的观众一点娱乐化的刺激,半真半假地在空中对脚。

这个对脚,主要是给别人看的,就是为了发出噼啪的声音。观众果然情绪高涨了。我不知道今天我的赔率是多少,但是,我知道,他们一定都是赌"追魂手"赢。往往这个时候,我就特别能够沉住气。

刚才还在轰响的音乐忽然停下来了,这个时候非常安静,安静得有些不真实,因为有那么多双眼睛在看着我们。

我出手了,而他的手确实快,他看见我出手就已经出手了,然后,我的肩膀和胸部被他打着了。

不过,即使练过多年的铁布衫和排打功,他的重手落在了我的身上,我也感到了一丝刺痛。

我的拳头打在他的身上,发出的声音,像是铁锤击打在铁树树干上发出的那样,声音又脆又响。这样的声音是很奇怪的,很可能,他的身上涂了一种防止受伤的油膏,这样的油膏,能够保护他。

我们交手的速度很快,5分钟后,完全没有分出来高下。我发现自己中拳多一些,这个家伙,确实是个"追魂手",简直是在追着我跑。有时候,在几十秒的时间里,我的眼前全部都是他的手的影子,我屏住呼吸认真应对,才没有出意外。

但是,我发现他的体力肯定比我差一些,只要是能够消耗他10分钟以上,他就有破绽给我了。

"追魂手"高大林有些着急了,看来他没有想到我那么能挨,那么的灵巧,即使很多次已经中了他的"追魂手",我也安然无恙。实际上,假如我不能发现他的破绽,我就只有死路一条。也许,我真的很快成为毙命于他的手下的第67个鬼魂了。但是,我想,哀兵必胜,当我感到了悲哀的时候,机会就自己走向我了。

果然,10分钟之后,"追魂手"的速度就慢下来了。而且,他防护自己的上半身的能力大为衰弱,这个时候,我发现,他明白我在想什么,我在想他的上盘防护不够,于是,他立即开始用密不透风的腿法攻击我。

这是少林连环腿,加上韩国跆拳道的混合腿法,非常具有杀伤力。我几次中腿,情况忽然向坏的方向发展了。

难道我真的要命丧河内么?在这个充满了女人潮湿的胳肢窝气息,以及腐烂的热带水果气息的城市,我就要像一条老狗那样,被大家和师傅遗弃吗?这样的命运,是我根本就无法想象的。

"以其人之道,还其人之身!"忽然,我听到了梁师傅的喊声。他看出来我在下风了,他这是要告诉我,我也必须要出腿了。

那么好吧,我也出腿,我突然精神抖擞了,我在他出腿的同时出腿,我们都是同样的高侧踢。

这个时候,别人看我们就像是两个不规矩的弹簧一样,同时出腿侧踢,第一下、第二下、第三下,对了,就是这一下,我这一腿的高侧踢,角度极其刁钻,在他踢向我的同时,我的腿擦着他的腿,踢向了他的脖子。

然后,"追魂手"像一条麻袋那样飞了出去。

我赢了,他死了。

事情有时候就这样简单。

3

我威名大震了,回到了澳门,我所在的赌场老板专门给我接风了。可是,我的心情总是不好。

我现在击毙了在河内和缅甸打拳5年都没有对手的"追魂手"高大林，成为黑拳拳手中高级拳手之一了，也是目前东南亚最被看好的黑拳手之一了。

可是，我却觉得，这没有什么高兴的。再说，我的吴双玫瑰，还在深圳那个俱乐部里面困着、天天接客呢。

在我去河内打拳期间，白师傅专门去了一趟深圳，找到了吴双玫瑰所在的俱乐部的老板。对方不放人。最后，白师傅不得不亮出来底牌，人家也亮出来了底牌。双方都是有势力的人物和大的帮派，事情有些骑虎难下了。

梁师傅明白我的处境，他又问了我一次："你真的对那个女孩这么上心？你真的对她当了小姐，毫不在乎，还是愿意和她在一起？"

我说，"是的，师傅，我就是这样想的。"

"你的想法有时候很怪。"

"难道就不能通知警察，把她解救出来？"我焦急地说。

梁师傅说："可不能那样。开办俱乐部的那些家伙，都是心黑手狠的人，你要是想通过警察来找他们，你找到的，很可能就是吴双玫瑰的尸体了。"

我非常着急："那，那怎么办？"

梁师傅沉吟了一会儿，说："那好，我亲自跑一趟，看看他们有什么话说。"

我很感激地看着我的师傅。

五 回家

1

梁师傅去深圳了,三天后,他回来了,告诉我:"柱子,他们同意交人,不过,他们要我组织一场比赛,而且,要你必须赢,这样,他们就放了吴双玫瑰。"

我站了起来,"好啊,没有问题。"

梁师傅还说:"到时候,他们会让吴双玫瑰在场看着你打拳,你赢了,他们立即放人,你就和她会合了。"

我立刻欢天喜地了,"那我一定要赢这场比赛。"

梁师傅还说:"而且,你赢了,这个赌场也可以放你走了,因为大家都押你赢。咱们就可以回国打拳去了。"

我高兴了,"那当然好了,我要回家!"

梁师傅看着我:"可是,你知道,你要和谁交手吗?"

我有些不在乎,"和谁?和谁我都不怕。"

梁师傅有些阴郁的地眼睛向下看,"一个泰国职业泰拳手,绰号叫'灰象'。"

我问:"怎么了,师傅,难道我赢不了他?"

梁师傅说,"这个'灰象'还从来没有输过呢。而且,根据我们过去的经验,和职业泰拳手对阵,非死即伤,你要做好准备啊。"

我说,"没事,只要他们放了吴双玫瑰,在现场,只要让我看见吴双玫瑰,我就一定赢了这场比赛。"

梁师傅还是有些不放心,"我再给你配一些药,你要坚持喝,等到了那天比赛,会给你增加元气。"

师傅对我的担心是很有道理的,因为泰拳手从小练功,只有几岁大的时候,就开始用腿脚踢撞各种硬物,像椰子树干等,头、膝盖和腿脚都是非常坚硬的,几乎可以和最硬的木头媲美。长期的练习,使泰拳手已经丧失了基本的痛感,所以他们比赛起来是凶狠异常,而且,泰拳手的寿命一般都不大,很多人能够活到三四十岁,就已经很不错了。

"所以,你要加紧练习铁砂掌。泰拳手可是铜头铁膝钢腿石头脚,浑身上下就是一个'硬'字,只有肚子相比来说,是最柔软的,是最可能攻击的地方。你要是以掌化刀,可以在互相靠近的时候迅速攻击他的腹部,就有可能占上风。"白师傅也对我说。

"明白,师傅,我要以掌化刀。"我说。

白师傅叫我继续练习铁砂掌,我就开始天天用双手掌猛力插那滚烫的铁砂。必须要把手掌练习成能够像刀锋一样迅猛和锐利。

当你凝神定气的时候,把全身的元气都凝聚到手掌上,就有可能把手掌真正变成一把砍刀。

几天之后,梁师傅带着我,从海上坐船,来到了深圳市郊区的一个地方。就是在这个地方,我要进行一场营救我的女人的关键比赛。

深夜,我和师傅坐船从深圳上了岸。这是很久以来,我第一次上岸,重新回到了大陆上的城市,我的心情很好。

这是一种回家的感觉,这种感觉非常的奇妙。而且,想到了要和吴双玫瑰会面,那种兴奋,就更加的令我骚动。

我们在一家旅店里先美美地睡了一觉。

第二天,也不需要我打拳。泰拳手"灰象"还没有到来,我可以喘息一下。但是这一觉,我睡得特别的不安稳,总是做噩梦,梦见各种各样的野兽在围着我转。

醒来之后,天已经亮了,我到街上转了转。

深圳是一座令人乏味的城市,无非到处是那些细长的高楼和追求金钱的麻木的人群。这样的高楼景色,现在在全世界任何一个城市都有。我置身于很多人中间,发现街上的人大约只有两种人,一种是职业白领和小老板,另外的一种,就是农村打工仔,这个城市永远都是这两种人。

我厌恶这个城市的另外一个原因,自然是我的吴双玫瑰在这里被毁坏了。我觉得城市有巨大的腐蚀人的酸性液体,当你来到这里的时候,就会不知不觉地被侵蚀,变成了另外一种自私自利的动物。

那些逼迫吴双玫瑰变成小姐的人,原来一定都是善良的人,可是,他们来到了城市,就被城市的酸性液体给从血液里腐蚀了,他们就转过来压迫其他人。

在街上漫步,不知道怎么的,忽然间,我觉得仿佛在海底行走,我身边的所有人等,都变成了大大小小的鱼,大鱼和小鱼,还有各种各样的小虾米,在盲目地来回游动,出于本能在呼吸，在追求基本的生存。可是，大鱼最后总要吃掉小鱼的，小鱼也是要吃虾米的。鱼的影子，在幕墙玻璃上倒映出各种各样的图案，变形的夸张的，甚至是死亡的图案。

但是不管怎样，我来到了这里，我要见到我的女人了，这都使我感到了欣慰。

2

等待泰拳手的到来是一件十分痛苦的事情。这样的感觉，使我的睡眠非常不好。只要是有时间，我就和梁师傅一起，观看这个泰拳手"灰象"的录像带资料，观看他的技术动作。

从录像上看，"灰象"十分不起眼，是一个精瘦的家伙，但是，这个家伙天生长着一双长腿大脚，他的腿法十分精湛，可以在空中连续不断地攻击对手达20腿以上。

我观看的一个片段，就是"灰象"击败东北一个著名黑拳手"风火轮"的录像。一开始，泰拳手"灰象"就显现了巨大的实力，他就像是螳螂一样单腿独立，跳着用另外一条腿，挑衅般不断地向"风火轮"发出攻击。刚开始30秒的时间里，"风火轮"还可以用风火轮般的防御，抵挡住对手的弹踢，但是后来速度已经不如对方快了，然后忽然，就像是触及了高压电一样，"风火轮"中腿了，弹出去3米多远，倒在地上不动了。整个比赛只持续了40秒的时间。

所以，我想，击败这个对手，就是靠近他，然后攻击他的腹部。

"但是，这可是致命的一搏，靠近他，成了你就赢了，不成，你就完了。"梁师傅很明确地告诉我。

我淡然地一笑，"我死了，你就再找个徒弟带吧。"

梁师傅忽然大发雷霆，"胡说，我已经死了4个徒弟了，我不想再死一个徒弟了！"他摔门走了。

我忽然哭了，我知道了梁师傅和我的感情已经很深了。

这天晚上，按照那封信上吴双玫瑰给我的图示，我悄悄地来到了那家俱乐部的门口。表面上看，这个俱乐部，像这个城市里所有其他灯红酒绿的俱乐部一样，没有更为特别的地方。但是我进去之后，就发现在里面到处是监视我的人，和摄像镜头。

我在舞厅和一些包间里寻找我的吴双玫瑰，那里到处都是实际上已经在腐烂的男女们的扭动的躯体，在声光电色中变形。我感到了恐惧和恶心。我没有发现我的吴双玫瑰，我抓住了一个妈咪模样的女人，大声问她，知道吴双玫瑰在哪里？她说不知道我在说什么，这里从来没有这个人。

而且，这个俱乐部最为隐秘的区域，完全是会员制的，我不能再往更里面走了，他们拦住了我，希望我出示贵宾会员卡。

而在那样的区域，可以想象，来的是一些什么样的人，进行的是一些什么样的、可以满足人的各种卑鄙无耻下流欲望的活动。

我一个人是打不开这个俱乐部的铁幕的。我只好离开了那里。

那么,我确实没有其他的选择,我只有按照规则来,打败泰拳手"灰象",然后,用我赢来的钱,把我们两个都赎出来,从这个俱乐部和那个赌场出来,找一个世外桃源——假如真的有这么个地方的话,我们就在那里安静地过一辈子。

3

决战的时候到了。"灰象"现在就站在我的面前,他甚至比录像上还显得瘦弱,而且眼睛里也没有神采。

这已经是我来到深圳第四天之后的那个晚上。我们两个谁赢,谁就得到150万人民币,而且,我的附带条件是还可以带走我的女人吴双玫瑰。

那些我看不见、也永远不会认识的大鱼们,都在等着观看一场嗜血的比赛,他们就像是鲨鱼,必须见到血腥,才能够获得满足,才能够舒服。

我们久久地没有出手,只是在观望对方。

奇怪的是,"灰象"看上去多少有些厌倦,他似乎厌倦了这样的争斗。

我在比赛之前听说,"灰象"是这个俱乐部养的拳手,现在查出来得了一种很快要死的病,他们要抛弃他了,所以,庄家们就想了这个办法,除掉他,而又赢一大笔钱。这是大鱼的法则啊!怪不得,我觉得"灰象"很没有神采呢。

假如我们两个都是困兽,都是古代罗马竞技场上的奴隶,那么,我们再努力,都是没有用的,都是摆脱不了我们的命运的。

我们最终的命运,仍旧是一样的,就是死在拳台上。

我要求必须在比赛之前让我看到我的吴双玫瑰。我刚才看到了,她就坐在观众中间,身边有两个穿黑色衣服的壮汉围着。一束光打了过去,然后我看见了她。

她已经不是过去朴素无华的她,她浓妆艳抹,她已经成了一个欢场女人。她的表情有些木然,她也只知道了我的企图,刚才,她托人带话给我,叫我不要进行这场比赛,叫我远走高飞,不要管她了。

可是,这怎么可能?

现在,我出手了,我的手和他的腿相遇,彼此都很吃惊。

几招过后,我们知道了,我们是棋逢对手,将遇良才,我们是旗鼓相当七上八下,我们是你来我往不分高下,我们是哀兵必胜困兽犹斗,我们是两条一样大小的鱼,一时间,很难吃掉对方。

4分钟之后,我们再次弹开,继续进入对峙。我们都在喘气。刚才的较量,无法分出胜负。

观众们已经疯掉了,他们在疯狂地下注,在吼叫,在喧嚣,在准备嗜血。而这里面肯定只有一个人,是一动不动地看着我的,她就是我的吴双玫瑰。

"灰象"很疲惫,但是他突然继续攻击了,他一个侧踢,然后紧接着,闪电般地靠近了我,膝盖像铁饼一样,砸在了我的右太阳穴上,我听到了太阳穴粉碎的声音。

但是,别慌,我的手掌热了,因为我以掌化刀,手掌像一把菜刀一样,切入了他的腹部。

假如瞬间就是永恒,那么,可以看见我们这两个绝望的困兽胶合在了一起,在拳台上,这一瞬间几乎长过一年。

忽然,我看见我倒了下去,我看见我和他都倒了下去,但是,我脱离了我自己的身体,在比赛场里面飞了起来。

我飘到了吴双玫瑰的跟前,我很轻,因此她根本就无从察觉,我大声地喊她的名字,她也听不见,张大了嘴巴,瞪大了眼睛,继续看着拳台上的另外一个我,可是,现在,我在你的身边的呀。

我不在那里,我在这里,我的话你怎么听不见?吴双玫瑰,吴双玫瑰,我在这里,我要吻你,我要吻你。

我吻了一下她的额头。

她仍旧发现不了身边的我。可能我的确太轻了,就是一股烟。我转身,也看见有几个人上了拳台,把"灰象"和我抬下去了。人群在叹息,在吼叫,那么,今天到底谁赢了呢?大鱼们满意吗?我已经不知道了。

这个时候,我觉得自己很轻,越来越轻,像是空气和烟雾一样,要散开了,要飞升了,我离开了吴双玫瑰,我飞起来了,再也看不见任何东西了。

只有我嘴上残存的吴双玫瑰额头上一点点的味道,宛如冰糖一样美好的味道,还在轻轻地缭绕,慢慢地消散。

囂鼠人

一

城市，你观察它一般有几个角度。你可以站在地面上去观察它，你还可以飞到高空中去观察它，这时候它完全是大地之上的地衣，漫无边际地向四周蔓延。此外你还可以从地下看它，如果你有一双透视一切的眼睛，你会透过城市的水泥和沥青地表，从而发现它的秘密。向下看去，城市的地下有着数不清的管道和隧道，有着蛛网一样错杂的地下电缆和地铁系统。站在一座城市中，你向上、平视以及向下看去，将看到完全不同的景观。

我就很少看到一座城市的下面，我一直没有获取这样的机会。在城市中，我一般总是平视和向上看。平视我一般是为了看人，看行走在城市中的人和迎面而来的车辆。如果是向上看，那么我一定是对一座摩天大楼发生兴趣了。不知道你注意到没有，那些擦拭摩天大厦的幕墙玻璃的清洁工（我称之为蜘蛛人）总是城市之中一道十分亮丽的风景，我一般向上看绝不是为了看天空中的白云，我就是为了看蜘蛛人的，我担心他们会从升降机上或者是悬索上掉下来摔死。从那么高的地方掉下来摔死一般连骨头都会给摔碎了，这样人看上去就像是一张煎饼，你去抬起他的时候他软软的，瞪着悲哀而混浊的眼睛无力地看着你。我一般看到正在工作的蜘蛛人时总是想象到这些。

但是你平视的时候，你经常就会变得心烦意乱。因为很多人，他们比你高或者是比你矮，他们像潮水一样地向你涌来，他们总是充满了你的视线让你无从躲避，他们不停地涌动着，只要你走在大街上，你的目光就将被他们完全占据。

我获取了一个观察城市地下的机会是源于一次爆炸。那次爆炸很可怕，它几乎将一条小街道都给掀翻了。这次爆炸的原因是地下煤气管线漏气，因而发生了爆炸，这次爆炸简直就像是给一条街剖开了肚子，露出了城市肚腹的秘密。我经过那里的时候那里仍旧十分危险，破裂的煤气管道嘶嘶地喷着煤气，消防人员在紧张地疏散着人群，我逆着人群惊慌的狂乱水流挤到了爆炸现场。在我的面前一片狼藉，沥青路面被从下面剖开了有四十多米长，各种管线都暴露了出来，地下排水系统也被炸坏了，从而使排水不畅，污水急骤地开始聚集，使我目睹了人类污水的全景图。它的各种内容在水的聚集中上下翻腾，令人恶心不已，而且一刹那间我还看见一个不足月的灰白的死婴在污水中盘旋，恶臭在蔓延，我后来仓皇地逃离了那里。

一座城市的地下有着城市的另一种秘密，我以为。比如在污水中翻腾的死婴，它的产生和被抛弃有着什么样的传奇？再比如污水中的各种人类的排泄物，它们都是在什么样的情景下产生、经由什么样的渠道，最后都汇聚到污水管中的？人为什么要把它们都深深地排到地下去，从而让它们在黑暗中渗透与消失？自从触目惊心地看到了城市地下的复杂面貌的一角之后，我总是做一个噩梦：我就像是那个死婴，从马桶开始，进入了黑暗的地下污水之中的漂流。整个过程无比漫长，我从一条细小的管道开始，继而进入稍大一些的管道，与其他的污水中的各种污物相汇合，然后汇入更为巨大的排水管，就像是在地下暗河之上漂流一样，在黑暗的污水中浮沉，并毫无目的地向前浮动。

二

我是一家报纸的记者，这个职业总是使我得以了解到最新发生的事件的真相。但是今天发生了一件让我感到奇怪的事情，我收到了一封信。这封信是用左手写的，它没有贴邮票，但它准确无误地躺在了我的桌子上。信封是用一种再生纸自制的，没有厂标和印量。我一开始以为是同事的留言，但我打开来才发现不是。这封信似乎就是一个陌生人给我写来的。

你好!

　　收到这样一封信,你会感到奇怪的吧?连我也会感到奇怪,为什么会给你写信。但我从报纸上知道,你是一个非常关心城市命运的记者和作家,你对城市、对人类当代生活的这样一个大沤粪池非常感兴趣。我也对城市感兴趣,但我认为人们为了满足自己的欲望,在大地上建立的这种巨型积木正在毁灭我们自己。别的不说,你说一座城市每天要制造出多少垃圾?要耗掉多少度电?要涌来多少人群?要使多少人死于空气污染?对城市,我同你的看法不同,宝贝儿。而且说实话,首先我就对地铁感到厌烦,因为它吵着我了,它让我觉得吵,它干扰我了。我就想告诉你这个。此外我还有很多其他的想法要一点点地和你交流。交流总是有乐趣的。我缺乏交流,但我总是对的。

这封信既没有开头对我的称呼,后面也没有具名。字写得歪歪扭扭,可以看出它就是用左手写的。但我发现,信纸竟是这座城市于1973年生产的!因为那种双行红线格的信纸格式今天已很少见了。而且墨水的颜色也比较奇怪,它既不是碳素墨水的那种黑色,也不是纯蓝、蓝黑和红色墨水,而是一种紫黑色,像是一种血液凝固后形成的那种颜色。我用鼻子闻了一下,一股奇特的臭气向我扑了过来。

在这样一个空气新鲜、阳光灿烂的早晨，我心情愉快地翻检信报，我收到了这样一封信。我皱起了眉头。我把脑袋探出小隔间，环视四周。同事们都在忙碌地走来走去，一排排电脑非常整齐，一些电脑开着，有的人在打字拼版，这一切和过去每一天都一样，没有什么十分特别的感觉，但我却多少觉得有些不对劲儿。

这种不对劲儿就是这封信带来的，它有些奇怪，甚至还散发着奇特的味道。它朴素、古老、僵硬，但还有一种咄咄逼人的警告。我一开始把它想象为是一个同事的恶作剧，但是，这封信却并没有明显的圈套让我来往里钻，那么，它是什么呢？

重要的是它是如何躺在了我的桌子上。当然，信封上写着我的名字，可没有贴邮票，没有邮戳，没有写信日期，也没有署名。一个精神病患者的来信。就是这样的。但它又是怎么躺到我的桌子上的呢？

我去询问了信件投递者。这是一个年轻人，他拿起信封看了一下，准确无误地说："这封信是我放在你的桌子上的，连同其他的东西一起。这封信一大早就放在门内的大桌子上，它不是通过邮局寄来的，它是某个人放在我分发信件的桌子上，叫我直接投给你的。"

我回到了我的工作间，我决定不再去想这封信。毕竟，它说了一些不着边际的废话。我立即开始忙碌起来。在城市中，信息的聚集与发散也是它的功能之一，我就不幸生活在各种信息的洪流中。在这种意义上讲，我就每天得面对信息的大海。我打开电脑,看着我收到的电子邮件,我进入国际互联网,在网上漫游了一会儿,我又打开新华社和中新社的稿库,看了看新发来的消息。我还查看了深沪两地股市的交易情况,抛掉了一只上涨的股票,我又给在美国哥伦比亚大学读书的女友发去了一封电子邮件。最后,我开始调用各地的记者站发来的新闻,开始做第二天的报纸版面。

这种工作是紧张而又愉快的。我很快就干了一个上午,中午吃饭时间到了,我去三楼餐厅去吃工作餐。我端着我的托盘走向几个同事,坐下来聊天,一边吃饭一边谈论起最新的经济走势。我吃到一半的时候,我的寻呼机响了起来,我打开来一看,这是一条新闻短信息。我们每一个要闻版记者都有一台这种寻呼机,上面有一条让我震惊的消息:

> 地铁系统中午11时8分突然瘫痪　供电系统出了故障　发生一死五伤事故

我愣住了。我放下了筷子,猛然想起了上午我收到的那封信,我站起来就向楼下跑去。

三整座城市的地铁系统瘫痪了一天一夜,但仅这一天一夜已经使A城的旅客运输发生了严重的运力紧张。几乎所有的公共汽车、大巴和小巴中坐着的都是人。我是在事件发生后不久,也就是在我的新闻寻呼机告诉了我消息后的20分钟,赶到了最近的地铁站。在那里,很多面色苍白的人像是刚刚从地狱中爬出来一样,神情紧张地走出了地面。我拦住了一位中年妇女进行采访。

"突然之间,地铁列车车厢内的灯就全灭了,列车也一下子停在了黑暗的隧道中。连列车司机也不知道发生了什么事,他们15分钟后才告诉我们真实情况,是地铁的动力系统发生了故障,也就是说,停电了。他们正在与地面联系,叫我们不要慌。但是在一片黑暗之中,有谁会不慌呢?一些男人用打火机照亮,一闪一闪的,车厢内人非常多,门打不开,空气越来越闷。我忽然觉得,这一刻我就像被装进了一口棺材里,根本没办法从里面出来。那种惊慌人人都有,慢慢地大家都受不了了,开始咒骂列车人员。有人用肩膀撞门,门不开,30分钟过去了,没有任何动静。车厢内的空气更加沉闷了,忽然,'哇'的一声,传来了婴儿的啼哭声。我一听就知道,有一个婴儿在车厢里出生了。上车的时候我就注意到有一个孕妇,她人很瘦,但眼睛奇大,又漂亮,肚子很高,像是个要生儿子的,安静地坐在那里,但这个事故发生后,她可能是出于紧张,一下子把孩子生了出来!婴儿啼哭的声音太过突然,大家都愣住了。有大夫吗?我高声喊,有大夫吗?有人生孩子了。没有人应答。但有人开始砸门,因为车里太闷了。这时,门突然开了,列车广播告诉大家,请大家不要惊慌,下车后沿着铁轨走,不要去碰触铁轨,步行出去。人群更加骚动了,咱们把孩子母亲抬出去!有个男人喊。……后面的事我都记不太清了,总之我非常害怕,我们一个接一个地在黑暗的隧道中向前走去,前面一点儿光亮也没有。我们照明就靠打火机点燃的报纸。地铁司乘人员走在最前面,他们大声地叫人向后一个个地传话,说不要慌。可谁会不慌呢?我就感到慌乱极了,我们尽量不太出声,一直沿着铁轨向前走。这真的就像是走在地狱里一样,我们在黑暗的地铁隧道中走了一公里,才到达一座站台,整个被困在地下的时间大约有1个小时,这一个小时是最难熬的了。不过,一路上都有那个婴儿在茁壮地啼哭着,声音非常响亮,就是这个婴儿的愤怒啼哭让大家有了勇气,得到了安慰,我们才得以从地下爬出来。"这个中年妇女神色稍稍缓和了一些。

"那个母亲和她的婴儿呢?"我问她。

"刚才已被站台的工作人员送到医院去了。那个母亲失血过多,又受了惊吓,也不知有没有危险。"

我谢了那个中年妇女,继续向地铁站内走去。站里仍旧有人不停地向外边冒出来,就仿佛地下突然开始生产人类了,他们层出不穷地向外涌现。这使我想起来美国诗人庞德有关地铁车站的那首诗:"人群中许多面孔的突然闪现/一个枝条上许多湿漉漉的花瓣"。是的,这一刻我逆着人群的水流向前走,我看到了很多张脸、各种各样的脸,他们真的像是一个枝条上许多湿漉漉的花瓣,而且是一些极度惊慌和恐惧的花瓣。

我又采访了一些人,我想我的报道一定要引述很多亲身经历者的目击感受。后来我找到了地铁总指挥部,他们正在进行紧张的疏散人群工作。"就是地铁动力系统出了故障,也就是说,电源被切断了。我们正在查找事故发生的原因。我们会尽力尽快地恢复秩序的。"地铁抢险总指挥告诉我。

"请告诉我伤亡的情况。"我问。

"有两个人死了,受伤达十七人。两个死者一个死于推搡拥挤,他的大脑撞在了铁轨上。另一个死者是个产妇,她大出血,刚刚死在救护车里,这个消息是刚刚传来的。受伤的十几个人都不重,都是在地铁隧道中向外走时受的伤。"

"为什么非要叫大家向外走,而不抢先将动力系统修好?"我问。

"因为我们找了半个小时的事故原因,也没有查出来为什么断电了。"总工程师十分沮丧,"也许是这座城市的地下管线太多、太复杂了。我们还在继续查找。"

第二天上午,我又收到了一条新闻讯息,说是地铁系统又正常运营了。我打电话采访那个头发花白的老工程师。"……说实话,是地铁系统自动恢复了动力系统,也就是突然地,电又来了。地铁又可以开动了。我想……想不出这是为什么。这个你们不能报道,无论如何,地铁停运24小时,又再次开通了。这就够了,对不对?"

挂断电话,我望着桌上那封没有署名的信。我相信了这个人的话了。这个写信来的人肯定不是疯子,他是一个极其聪明的人。也许还是个女人?总之,他只是做了一个警告,向城市进行了一次小小的示威。他是有这个能力的。这是一个极其可怕的人吗?仅仅因为地铁吵,就要破坏地铁,造成两死十七伤吗?要不要向公安局报案呢?我苦苦地思索着。我隐隐约约地觉得,这个人还会和我联系的。也许他还会干出其他惊天动地的事来,但他一定会和我联系的。因为他说他"缺乏交流",可见他比较孤独,他有想法,但也许正在孤独和疯狂的边缘徘徊。我期待着他和我联系。

三

第三天早晨,我来到了办公室。打开电脑,上面有电子邮件发来的指示灯在闪烁。我打开电子邮件,只有一句话:"请看你的抽屉。"

我打开了抽屉,一眼就看见里面又有一封信。信封和上一次一样,我按捺住狂跳不已的心情,撕开信封,把信纸——这次是1968年生产的一种黄色信纸,我读了开来:

你好!

  我让地铁系统瘫痪了一天,这样我就睡了一个好觉。因为我总是觉得吵。在我身边,到处都是声音。那些声音搅得我不得安生。那些声音有盖大楼时的打桩声、地铁飞驰而过的呼啸,还有其他各种声音。城市就是发出各种声音的集中场所,它总是吵我。于是它惹怒了我,我就让地铁系统瘫痪一天。我是有能力的,对不对?我有不少想法想和你交流,比如我认为现在的医院实际上是一个假性屠宰场,我看到了医院的下水道系统排出的污水,里面的内容是非常丰富的,甚至还有人被割下来的各种废弃的器官,它们大多数都有问题,人们不再需要它们，可为什么都要通过污水排到地下？它们太多了，它们也太脏了。医院就是一个屠宰场。另外，你对中关村刚刚举办的高科技国际周怎么看？有那么多的电脑和高科技专家都汇聚在那里，向人们展示出了最新的高科技产品。我也去看过，见过他们，并索要了他们的地址。你猜我对这些家伙们怎么看？他们都是疯子，正在把人类引导向更为疯狂的地步。电脑，一种多么可怕的东西！它像监视器一样爬进了每一个人的家庭，然后向你们散布信息垃圾，电脑把人带入了一种速度，这种速度太快了，不适合人类。我准备惩罚他们。我听说有一个美国人惩罚过他们。但这个美国人被判了刑，并给关了起来，人们都说这个叫卡辛斯基的人是个疯子，实际上他最清醒。人类已进入水火煎熬之中，这是毫无疑问的。我们被电脑、航空航天工业和生物技术带入了一片可怕的境地。我要惩罚这些人。不过，到时候我恐怕还要请你帮忙呢，因为借你的笔和版面，你可以把我有关人类目前处境的思考都表达出来，但是现在不，现在我只是和你进行一点儿交流。我现在还不能给你发表你言论的机会，因为时机不成熟。我不能和你见面，但我会经常和你联系的。我静静思考了五年，现在，我决定出山了。

这封信照旧没有署名，墨迹很浓，像一种油漆漆上去似的，我闻了闻，闻出了那种类似淤泥一样的臭味儿。但是这封信是如何到我的抽屉里的呢？我仍旧无法想通。我又面对电脑，想要查看一下电子邮件是从何处发来的，但是电脑屏幕上显示出发信人并不想让我知道从何处发来的讯息。我查不到它是从哪里发来的。我在苦苦思索着。毫无疑问，这个向我写信的人是城市中的一个偏执狂，一个冥想者，他躲在这座城市的某个角落里向我写信。他说他"思考了五年，现在终于决定出山了"是什么意思？这句话的意思难道不是他要制造一些耸人听闻的事件吗？他要惩罚那些电脑专家，他会如何去惩罚他们？他会像卡辛斯基那样向他们寄邮包炸弹吗？想到这儿，我不禁有些紧张。我们的高科技产业才刚刚起步，我们的电脑专家还非常稀少，他会对他们怎么样？从他制造的这起地铁瘫痪事件来看，他已经是一个罪犯了。

我希望我能够和他取得联系。但是看来他现在还不想和我联系，因为他给我发来了电子邮件，但并不想让我知道他的网址。我又去问了一下信件收发员，他告诉我他这一次没有见过这样一封信；也没有向我的抽屉里放过信。那么，看来这封信是他亲自送到我的办公室里来了。想到了这一点，我不禁有些毛骨悚然。

在我们报社的编辑中心电脑工作平台里，一百多台电脑分成了十几排。现在，这些电脑都打开了，很多记者在电脑前忙碌着。但我就是觉得有些不对劲儿。是的，是有些不对劲儿。有人已经给我发来了两封信，但我还不知道这个人是谁。毫无疑问，他已经开始了他周密计划的一部分，他已经先走了一步。已经死了两个人了，他还会让多少人死去？在整个事件中，我在扮演什么样的角色？我又有什么作为？他为什么只选择了我作为他的对话者?这对我有危险吗?我会遇到什么样的危险?生命危险吗?

我坐在电脑前开始给他写信:

不知名的朋友:

首先感谢你对我的信任,是的,你是信任我的,要不然,你不会给我写信,告诉我你的所思所想。我看了你的信,觉得有必要给你写一封回信。我同意你的部分观点,比如城市,尤其是大城市都有城市病,全世界所有的大城市都有环境污染、交通堵塞、吸毒卖淫等病症。但是,正如再健康的肌体都会有病症,城市也不例外。城市化与城市生活是我们走向现代社会的必由之路。另外,高科技是加快了我们生活的步伐,加速了信息甚至是信息垃圾的传播,但它使我们进入了一个人类文明共享的信息世纪。这是人类的美梦!它正在变成现实。在今天,发达的交通与信息高速公路、商业外贸流通和金融、服务业使我们很快地享用到了人类在今天创造的各种文明成果,虽然这种高速度的发展也有很多负面的东西,但发展仍是人类的主题。我想电脑专家们干的正是为了人类更好地发展的事业,他们是这个时代的弄潮儿。

我认为您已经犯下了破坏公共设施罪,因为,你使地铁系统瘫痪,造成了两死十七伤,其中还有一位刚刚生下了孩子的妈妈,您这是犯罪。我想,您为什么不去向公安局自首呢?这可能会使您获得宽大处理。我同时不希望您"惩罚那些家伙",否则,您会走得太远的。我们为什么不找个机会坐到一起,一边喝咖啡一边好好聊聊?也许那样我们会交流得更好,因为交流毕竟是双向的,在您向我表明态度和看法的同时,我也应该向您表明我的看法,这样我们的交流才会有效果。

此外,我对您是如何将信送到我的办公室的一直持有浓厚的疑问,因为我们的办公室白天大家都在忙,到了晚上又有保安值班,您是怎么样把信放到我的抽屉里的?不知您可以告诉我吗?

你的朋友 ×××

我写完了这封信,把它打印出来,装进一个信封,上面写"不知名的朋友收"。我把它放到了我的抽屉里。我希望他能取走它。但是接连几天,它都在那里,而且什么事也没有发生。一周后的某一天,我又来到办公室,打开抽屉,发现那封信不见了!

四

是的,我写给那个人的那封信不见了。看来是他拿走了那封信,是他亲手拿走了那封信,可是,他是如何来到了我的办公室的?他又是怎样消失的?而且,他也没有给我留下只言片语。在那封信消失的日子里,我希望他不久就给我回信。我也忽然从内心深处产生了一种交流的渴望，我想和他谈话，和他见面。我发现我的内心之中已经产生了一种恐惧，就是我忘不了他在信中告诉我的，他要惩罚电脑和电子专家来。但是，大约过了一个月的时间，我既没有收到他给我写的信，也没有任何关于电脑专家遇害的消息。我开始密切地注意这方面的动态。在报社，我已变成了一个心怀秘密的人，我现在还无法将我所遇到的事告诉同事，我必须独自去面对他，面对这个人。

我甚至还担心我给他写的信中的措辞他不能接受，比如我认为他在制造地铁瘫痪事件中已经犯了罪，他会承认吗？毕竟有死有伤，这一切又都是他造成的。他又会如何报复我呢？毕竟，从平时看到的很多西方电影上我们知道在现代文明生活中变得疯狂和危险的人是非常多的，但当他有一天出现在中国的大地上，出现在我的身边时，我多少还是感到了吃惊。

我每天翻阅《法制晚报》，有一种直觉迫使我经常去翻阅它，我要从每天发生的凶案上去发现蛛丝马迹。又过了10天，我终于从这张报纸上读到了我所关心的消息：

著名电脑专家何梁尸体被发现

（本报讯）记者姚小娜今日上午10时报道，已失踪22天的电脑专家何梁的尸体在通恩河的入口处被发现。经尸检后法医认为，尸体距死亡时间已超过20天，尸体已高度腐烂。何梁是我国著名的电脑高科技专家，由他领导开发研制的电脑软件已占领了我国电脑软件市场的28%,他生前担任河海集团公司的执行董事和科技部总经理。何梁现年42岁,有一个女儿还在念高中。法医认为,何梁一向有忧郁症,不排除有自杀的可能性。但是他死时肺部没有任何藻状泡沫,说明他在死亡时尚没有入水,尸体发现的地点并不是案发地点,他杀可能性更大。何梁之死是本市高科技产业一重大损失。通恩河目前正在治理,而何梁的尸体是在一个废水排污管道口发现的,详情有待记者进一步报道。

我拿住这张报纸愣住了。我猜想这一定是他干的。他不给我回信,但他仍要干他想干的事。当然,这仍需要进一步确认。我有些发呆,我想我正在一步步地陷入一个麻烦。我正在发呆之际,我的电脑屏幕上又在闪现有电子邮件发来了。我赶紧收看它。

    你的信我收到了,但我目前还不想和你见面。时机并不成熟。不过,我已经出山了,我要干的事谁也拦不住。我准备送你一个礼物,一个礼物。

我立即查阅这封电子邮件是由哪里发来的,但是查不到,发信人不想让我知道。他说要给我一个礼物?给我一个什么礼物?是死亡吗?我笑了一下,这我不怕。我很小的时候就见过死,我6岁的时候父亲死于一次车祸,他血肉模糊的尸体我除了感到亲切,当时并没有强烈的感受。死不是生的对立面,死是与生共生的。不过我可能是想得太多了。眼下我要做的选择是,我是否应该到公安局去提供这一线索?我这样做的话,会把我置于何种危险地步?我算是一个告密者还是有功的举报者?

"你是说这都是由一个疯子干的?"马文利探长看完了我交给他的两封信说。我来到了警察局,把那两封信交给了他。这座城市的刑警制度刚刚进行了改革,已实行了警长制和探长制。马文利就是接手调查何梁之死的探长,他的助手是一个非常漂亮但却冷冰冰的女警察。"那次地铁瘫痪的原因后来查明与一个司机撞倒了一处高压变电器有关。而这何梁之死,没有证据表明他确实是他杀,他还可能是自杀。"马文利对我说。

"但每一次都是我先收到了他的信后,这些事件随后就发生了。想想美国电影中的一些疯子吧。他就是这样一个人!"我有些激动地大声说。

"你提供了非常重要的线索,我们要密切注意这个人的动向,我们要找笔迹专家去查证这个人的笔迹,我们要去找指纹专家确认信纸上的指纹,再从户口档案中查检就可以找出这个人。年轻人,谢谢你!"马文利站了起来。

"那我接下来应该干些什么呢?"我有些拿不准地问他。

"以静制动,在没有证明这些事件都与他有关系之前,你应仍和他保持联系。要有紧急情况,立即拨这个号码,我们会很快赶到的。"马文利拍了拍我的肩膀。

回到大街上已经是夜晚时分了,城市夜晚的繁华让我觉得亲切。毕竟,这是我所生活的背景之一。我一边浏览着街头广告,一边向家中走去。可这时,我忽然决定到报社去看看,我想去看看那个人带给了我一件什么样的礼物。我就来到了报社的写字大楼。这是一幢5层高的大楼,我向门卫打了个招呼,乘电梯缓缓上楼。在我们的编辑记者中心,门口仍有一个勤杂工在工作。我说我要赶发一个急稿,叫他打开门,我走了进去。里面是黑的,但我立即听到里面有动静。我打开灯,电灯一排排亮了,我看见有一个人穿着一身黑,影子一闪就从距我40米外的另一个出口出去了。也许正是他!我赶紧追了上去,在楼层上上下下找了几遍,也没有发现有人。

我沮丧地又回到了我的小隔间,我的目光触及的东西让我吓了一跳。有一个玻璃缸放在了我的桌子上,里面有一个不足月的死婴正在里面漂浮着!

我立即明白了这就是他送给我的礼物。他送给了我一个死婴!还有一封信,是的,桌子上还有一封信。一样的信封,一样的字迹,但送信人却像鬼影子一样消失了。我拿起了那封信。但这个时候,那个勤杂工走了进来,他看到了我桌子上放着的那个死婴标本,惊得目瞪口呆。

"把它赶紧扔掉,这事儿你不要对任何一个人说,一定要替我保密。"我叮嘱那个勤杂工。他用力点了点头。我收起那封信,起身走了。

五

……收到这样一件礼物,你是觉得吃惊,还是觉得好玩儿?但是我想,你应该喜欢它。它是一对男女在激情中的产物,它被抛弃了,它没有足月就死了,但它是美丽的,我这种说法不知道你能不能够接受?你仔细地看看它,它有着我们人全部的优点和缺点,它就是你和我小时候的模样。它现在一动不动了,但它多美呀!我是在一条污水沟中发现它的,当时它正在漂浮。没有一个人看见它,我看见了它,因为它正在顺流而下,流向更黑暗的地方,流到城市地底下那五花八门而又曲径通幽的管道中去腐烂。但是我发现了它,我截取了它,我对它非常怜惜,我认为也许可以把它制成美丽的东西,把它装在酒精溶液里拿给你做礼物。我很难给你别的礼物,我于是就给了你这件礼物,请别见怪。

你在上一封信中谈到了电脑时代和信息世纪。是的,人类正在被技术的不断进步强有力地塑造着。汽车、电视、电灯、微波炉、化纤产品、高速公路、飞机……这些东西把我们带向了一个新时代。但是有些东西没有变多少,比如人性,成年人还是那么的贪婪。我们改变世界的速度总是快过改变我们自己。我们这个时代,电脑专家成了时代英雄,但他们要把我们带到何处,连他们也不知道。我们把这些人称为是时代英雄有多么可怕!而我也懂电脑,大学时代我学习的就是计算机,我对这玩意儿太了解了。它是一种工具，它不是可以带领我们真正走向幸福的通道。我不喜欢电脑专家们，我决定……惩罚他们。如何惩罚你就不要管了。

你称我已经犯了罪，对于这一点我并不能苟同。是的，我使城市地铁系统瘫痪了，并且使两个人死了。但他们的死，真的与我有关系吗？如果没有地铁瘫痪，他们也会死于别的意外，同样会死于产床和死于磕碰跌跤（我也看报纸，不过我一般要晚几天才能看到报纸）。他们总会死的。我这样说并不是蔑视生命，我是尊重生命的。可大多数人都蔑视生命，比如这个死婴，它难道不是蔑视生命的结果吗？现在的社会被一些互相勾结的政客与企业精英控制，全人类的精神被扭曲，我们正处于一种大混乱当中。我希望有一天我要正式发言，促使人们对这种混乱进行思考，从而使我们进入一种新的自然状态。我已经开始行动了，我要让所有的人知道我的想法！

我把这封信读完了，我确信何梁是他杀的。我有这样一种敏感和直觉。而且，他还会再去干掉别的一些电脑专家。我想我应该向马文利探长发出警告。我来到了报社，正要给马文利打电话，我发现我的电脑上有电子邮件，一个大大的"E"字在闪动，我接收了它。

喜欢我的礼物吗　　老K

我立即查了一下网址，这次他有网址，我们可以进行网上交谈了，我立即打了几个字：

不太喜欢，因为有一次下水管道被煤气爆炸掀开了，我曾经见过一个死婴

是这一个吗

不，不是，也许是，你这是恶作剧。我想直截了当地问你，何梁先生是你杀的吗

是我杀的，因为他是一个顽固的家伙，我本想约他谈谈，可他不同意我的观点，我就杀了他，我说过我要惩罚这些家伙

你的下一个目标会是谁

我知道你已经告诉警察了，你一定把我写给你的信拿给他们看了，不过我不怕，因为他们抓不到我的，我在暗处，他们在明处

你有些疯了，能不能停止你的行动

不，不可能。因为我要把他们好好惩罚一下，他们是工业社会的精英，也是人类邪恶力量的罪人

他们不是罪人，他们正在用高科技术使祖国经济振兴，你已经在犯罪的路上走出去好远了从更远的历史来看，这些精英与政客联手，让人们变得疯狂

你在哪里　我能见你吗

不，不行，还不到时候

你不信任我

但也谈不上不信任你,我说过我缺乏交流,我需要和你交流,但现在不行

难道你要把你想杀的人都杀光才要和我交流吗,你必须停下来。我承认我已给警方提供了你的信件,他们已开始搜寻你了

他们找不到我

为什么因为我不是你们世界中的人

我们交谈到这时,他突然中止了谈话,消失了。我记录下了当时的谈话,我把它们打印了出来,立即去公安局找马文利探长。

六

"你说得对,他是重大犯罪嫌疑人。我们立即去查证一下那个电脑网址!"马文利看完了我提供给他的打印件,高兴得跳了起来。我们立即在警局的电脑中心查出了这个网址的主人,是一家房地产开发商的网址。这家公司正在参与本市地铁三号线的建设。

马文利经过调查,发现这个网址在公司中并没有被人用过。该房地产公司在那个时间中并没有开启这个电脑网络。线索又中断了。

"这是一个十分狡猾的家伙。"回到警察局,马文利沉思着,

"他不会傻到把自己的网址提供给我们,他盗用了这个网址,用了一个声东击西。你看,你们的交谈中有一句十分重要的话:'他们找不到我 因为我不是你们世界中的人' 你说,这句话是什么意思?"马文利问我。

"也许他的意思是他生活在坟墓里,像是一个死人?这不过是一种比喻。"我说。

"看来在户口档案上可能都查不到他。他有充分的自信认为我们抓不到他,你说,他的自信依靠的是什么?"马文利似乎想到了什么。

"他可能在另一座城市?"我问。

"不,他肯定在这座城市。你看,这里有几个疑点,我是从他信中找出来的。第一个疑点,他认为地铁很吵,你说地铁为什么会吵呢?说明他就在地下活动,所以才觉得地铁吵。第二,他送你死婴做礼物,这个死婴是有人丢进排水管道的,他在地下才找得到这东西。第三,何梁的尸体发现时也是在一个污水排水管道的出口处,法医说何梁在污水中浮了好久了,他嘴里有污水中的各种细菌,说明他是在城市下水道中被杀的。因此,他是一个生活在这座城市地下的人!"

"一个鼹鼠人?"我说,"你说得非常有道理。因为我们报社的门卫非常严,很难有人不从门口出入,而我却在我的桌子上发现了他写来的几封信,和那个玻璃罐装的死婴,而且那次我还看见了他穿着的黑色衣服的背影,但他一晃就不见了,后来我在楼上楼下找了半天,都没有发现他,现在看来,他一定是从下水道溜走了。"我有些恍然大悟。

"可你说一个人天天都生活在地下,这可能吗?生活在地下排水管里?那种臭气不把他熏死才怪呢!"

"也不是没有这种可能的。我们从哪里才能调到地下管道的资料?"

"从市公用局。我看我们……"马文利说到这儿,他的那个漂亮的女助手走了进来,她的脸色不太好,"探长,出了一件爆炸案,刚发生半个小时。"

"是怎么回事?"马文利和我都站了起来,"走,咱们立即到现场去看一看!"

我和马文利探长一起赶到了爆炸案的现场。案发地点是一所大学内的一家经济研究中心,这个研究中心是几个从哈佛大学毕业的经济学博士创办的,汇集了二十几位欧美一些名牌大学毕业的经济学硕士和博士生,他们专门从事中国经济发展的宏观和微观研究,定期以白皮书报告的形式发布各种对中国经济的预测和分析,是经济学界一个非常有名的研究所。我们赶到现场,发现有一具尸体倒在一个电脑平台面前,他朝下趴着,血流了一地。一个女人捂住了脸,正在向做笔录的警察哭诉:

> "……我当时在外屋,黄博士说他收到了一个邮包,问我要一把剪刀为了去打开它,我就给他找了一把,我又走到外屋,几分钟后,我就听见里屋的爆炸声。那种爆炸声并不大,但是很脆,很响,我吓了一大跳,立即站起来向里屋看,我就看见他已经倒在了地上,四周

一片烟雾弥漫，我叫了一声：'黄博士！黄博士？'他一动不动，我一下子慌了，连忙给学校派出所打了个电话，很快他们就来人了，还带来了一个医生，检查了一下，说黄博士已经死了…

……后来他们又给你们打了电话，你们就来了……那个邮件本来是该由我来拆的，平时他们的信归他们，各种寄来的邮件和印刷品，都是由我登记拆开的，可这一次黄博士他自己非要拆，就发生了这样的事……"那个女秘书哭了起来。

马文利立即侦查了现场。我嗅了嗅，闻到了空气中那种十分浓烈的火药味儿。

"是一个邮件炸弹，自制的邮件炸弹。"马文利站起来对我说，"那个邮件已完全炸碎了，只剩下了这些包装盒的残片。"他递给了我一块包装盒的残片。

我把那块残片接了过来，这是一种胶版硬纸做的包装盒，是手工包装的，是通过邮局寄出的。我拿到鼻子上闻了闻，又闻到了那种类似于他给我写信时用的墨水的那种淤泥一样的臭味，毫无疑问，现在我可以判断，它是一种城市下水道里才有的独特气味儿。"是他干的，"我肯定地对马文利探长说，"我闻到了唯有他才有的那种气味儿。"

马文利拿过来，也闻了闻。"这个家伙，我一定要抓到他！"

黄一木博士是著名的青年经济学家之一，他对我国经济发展的几次过热和实施软着陆，有着精到的研究。近期他又主持了中国经济的可持续发展的研究报告,对如何启动住宅消费和汽车消费做了比较研究,从而使国家行政人员下决心加快住宅的市场化进程。他的最新成果是一本关于东南亚经济危机可能给中国经济带来的影响的书,才出版一周,即成为了畅销书。

这样一个人,"他"为什么要杀死他呢?我十分悲愤,现在,我觉得这个仇恨现代社会的鼹鼠人是一个不折不扣的罪犯,我不想再和他交流了,我希望他早一点儿落入法网,我恨这个凶犯,他就像所有的偏执狂型罪犯一样令人厌恶,我想尽快看到他落入法网。

七

是的,我梦见我曾经见过他,见过那个炸弹杀手,那个在这座城市地下生活的人。我就是那个弃婴,只不过我还没有死,我浑身发白,我的大脑中还留有意识,我就在那复杂的地下水道系统中漂浮,人们把我扔了,一对激情男女,制造我的人把我抛入了这深涧中。我在黑暗的管道中漂浮,我从一条较小的管道进入了一条更大的管道,很多泡沫、垃圾和废水包围着我,我就在他们中间浮游,我上下沉浮,这是一个黑暗的世界,没有亮光,没有植物的气息,没有雨的气息,只有一种发霉发臭的气息,这种气味使我窒息。我看不见太多的东西,我想哭但我哭不出来,因为我的嘴里弥漫的都是泡沫和碎木屑。我像一个孤独的漂流者,在纵横交错的地下排水系统中漂浮。

有一阵儿我被挡在了一面很大的过滤网边上,在泛着泡沫的水中旋转,和其他不能通过过滤网的废物一起旋转。我有一些绝望,因为我想继续漂流,我憎恶黑暗的世界,这座城市的地下世界是如此复杂和可怕,它是噩梦一样的世界,我想尽力逃离这个世界,重新见到光明。与漂浮在地下污水管中相比,我宁愿漂浮在引水渠中、大运河中或者是水库里,哪怕有惊慌的人看见了我,用手指指点点,大叫"死婴!死婴!"我也会很开心的,毕竟有人关心我,因为我缺乏爱,我在没有得到爱的情况下就被抛弃了,然后不停地在废水泡沫和各种废物中打转。

我在水中旋转时看到了四周的管壁上生长着非常多的鲜艳的东西,那是颜色古怪的苔藓,以及一些湿地里才长的毒蘑菇。它们密密麻麻地长在管壁缝里,一群群硕大的长尾老鼠在管道和管道之间来回奔窜,它们吱吱叫着,瞪着小而亮的眼睛注视着我。我担心它们朝我扑过来咬噬我,但是没有,它们只是注视着我,只是在吱吱叫。后来有一股非常强劲的水流冲了过来,我被冲得荡了起来,然后又沉入了一个旋涡,我又能继续在地底下漂浮了。

这的确是漫长的旅程,一个兴许是没有终点的漂流。我就这样沿着地下管线向前漂浮。水中自有一种向前涌动的力量。我就感到好像有一双大手在后面推着我向前走似的,那种感觉非常舒服,但有时候这种力量显得有些大了,它把我推得在水中上下翻滚起来，如果我还能呼吸，那么我一定会被呛着，我沉沉浮浮，自我旋转，只是觉得有些害怕，有些孤独，毕竟在这黑暗的管道中只有我一个算是人的东西在漂浮。这原本不属于人的世界，我只是偶然才到这里，我可能永远也走不出去了，我也可能再也回不到这里了，我会被掩埋、被焚烧、被泥沙吞没。这就是我的命运吗？

在向前的漂流中，我非常渴望见到光亮，我知道，任何光亮都是通向另一个世界、一个鲜活的地上世界的机会。有时候在我经过的地方，仿佛是一束雨从天上落下来，地面管道的某一个缝隙渗下来一束光，它打在了我身上，我在经过它时想多留一会儿，但这不可能，水立即把我带走了，在经过那一束光的时候我睁着眼睛，我想看看外面的世界，但我一阵炫目，只看到白花花的一片光在晃动。另一次，我的眼睛看见了一片天空，那是在流经一个下水道的汇聚口时，一个巨大的井盖被掀开了，那一瞬间我看见了天空，是的，是那种蔚蓝蔚蓝的天空，不过有一朵云正在飘过它，它正在经过天空，然后，我又被污水重新带入了黑暗。

我后来看见了他，那是在污水汇合之处，那里仿佛有一道大堤，水就浸在大堤的边上，我看见了他。

这是一个穿着黑衣服的人，他的头发很长，就像是一个幽灵一样坐在那里。他注视着污水在发呆。他的手中拿着一支鹅毛笔，他蹲在那里写东西，往一张纸上写东西。他写几句就将鹅毛笔探入洞壁蘸几下，然后接着写。忽然，水中发出了一声响，那也许是一条鱼弄出的响声，这把他吓了一跳，他一下子跳了起来,像一只敏捷的猴子那样,几步就攀上了洞壁,双手抠住了洞壁向下看。

这是一处开阔的地方,水流到这里变得平缓了,再向前,这些城市污水将沿着三个孔道分别流向一条排水沟、污水处理厂和引水渠。我不知道我会沿着哪一条孔道向前漂浮,这得取决于水流的速度和我的运气。但这时,我知道他看见了我。

他看见了我,他从洞壁上跳了下来,他大叫了一声,他扑了过来,用一支木杆把我挡住,一点点地把我从水中捞了上来。从这种举动上来讲,我应该在内心之中对他充满感激才对。他用手一把抓住了我,又在水中荡了几下,将我身上的脏物冲干净。他凝视着我,脸上露出了一丝爱怜。他端详着我,他自言自语道:"他们怎么能把你扔了呢?多么美丽的孩子呀!我得把你放进一个玻璃瓶子里,送给他做礼物!"

……我醒了,这个噩梦太长了,我的口中很涩,仿佛真的被污水泡浸过。我吓坏了,为这个梦,为这个在我生活中突然出现的可怕的鼹鼠人。

八

"你看,这是公用局给我提供的这座城市下水道和地下各种涵洞、隧道的资料。在这座城市下面,那些管线加起来有七百多公里长,而且错综复杂,曲径通幽,要想在这下面抓到他,还真不容易呐!"马文利探长递给了我一大叠资料。

我接过来翻阅着,这些资料确实非常多,它显示了这座城市下部的复杂格局。而那个鼹鼠人就藏身其中,在某个地方隐居着。他已经开始了他的行动,他是有力量的。我们在明处,他在暗处。

"是不是叫地下水道工带一些警察,一队队地分区域进行搜捕?"我说。

"那工程太大了,你想想看,几百公里长,得耗费我们多少警力啊,而且我们不可能一下子把所有的管道都搜遍,总得一个区域一个区域地来,这样,他就有机会逃脱了,从一个区域逃向另一个刚搜完的区域,更何况,进下水道还得会游泳,还要穿潜水衣和防毒面具,地下的情况太复杂了。"

"能不能派猎犬进去?或者用某种你们警方已经掌握的声纳仪器?"我又问。

"警犬是必须要有人跟着才有用,而且一旦遇到水,狗就闻不出什么了,况且这个家伙很有力量,他会把那些狗都给杀了。说实话,要不是他给你写信,又给你发电子邮件,使我们掌握了证据,这些案子直到今天我们也没有线索的。所以,我看最好的办法就是引蛇出洞,让他到地面上来。"

"他能出来吗?"

"可以。我仔细分析了他给你写的信,以及发来的电子邮件,我发现他非常信任你,和你有一种交流的愿望。他的确太孤独了,看来他在地下待了很久了。他可能有时候也到地面上来,因为他不可能一直吃那些污物、喝脏水吧。"

"他经常到地面上来买菜吗?"

"他除了买食品,他还买报纸,他在信中说了。不过,也许他只捡旧报纸看。"

"那他哪里来的钱呢?他又不工作,又没有生活来源。"

"也许他过去就有一笔积蓄?也许他有国外某机构的资助?也许他靠偷?也许,他只是从污水里一捞,钱就有了。"马文利笑了一下。

"我只有等他和我联系,我没办法和他主动联系啊!"我说。

"咱们不能这样被动,咱们得好好想一想。他现在的情况是已经开始行动了,他为此准备了好长时间,甚至是准备了好几年,他正在严格按自己的计划行事。他首先要杀一些他仇恨的精英人物,其次他可能要破坏这座城市的基础设施,然后他还有可能劫持人质。不过,他可能还要公开发表一份声明。"马文利一边想,一边说。

"他在给我的信中也表露了这个意思。他说他要发言。"我说。

"对,他是要发言。而你是记者,他找到你交流,就是为了将来能够通过你发言。"

"看来我暂时没有什么生命危险喽!"我自我解嘲地说。

"你现在对他来讲还很有用,所以,即使他知道你把那些信件和电子邮件交给了我们,也没有生气。这表明了两个意思,一是他非常自信,他自信我们抓不住他,或者抓住了也无所谓;二是他还要和你接触。"

"因此,我应该主动与他联系,对不对?也许我应该一个人钻到下水道里,冲着那脏水河大声地喊他,叫他出来,他就出来了。我可不喜欢他再给我送一个死婴。他就是一个病人,我不愿再和他有接触了。我和他没什么好谈的,我和他的所有想法刚好相反,我喜欢的正是他仇恨和讨厌的,这完全是一个古怪的、偏执的、没有人性的家伙,我不愿意再与他接触。"我生气地说,"再说,他已经有很长时间没同我联系了。"

马文利想了想:"咱们得把高科技专家都保护好。我有一种预感,他就要和你取得联系了,你就等着吧。"

九

但是鼹鼠人并没有和我取得联系,连着几天,一大早赶到单位,我都希望能在办公桌上见到他那质地独特的来信,以及电子邮件,但是没有,什么也没有。我感觉有些不妙,我想鼹鼠人也许对我开始有戒备了,或者,也许他还会对我下手?因为我知道了太多的事情,我又是他唯一在这座城市联系过的人,我还把他写给我的信作为证据提供给了警方,提供给了马文利探长,我想他要对我下手也许只是早晚的事。

但我的确十分迫切地想和他见一次面,和他面对面交谈一下。我想知道他到底是一个什么样的人,他的生活状况,他的年龄,他的精神世界。即使他是一个疯子,他也已经形成了他固定的逻辑,这对于我来说是非常迫切地需要了解的。

在这座广大的城市中，人就像是飘浮在城市上空的微尘。而鼹鼠人他一个人生活在地下的世界中，他会是一种什么样的状态与感觉？他在那到处都是伸手不见五指的黑暗中，内心之中有着什么样可供他照明的火焰？

我一直期待着他和我联系，但他却并没有和我联系，仿佛已经遗忘了我，也忘了他自己要惩罚别人的诺言。他再没有什么动静了，直到有一天马文利给我打电话："赶快到警局，他又行动了！"

我们赶到现场时，发现那里已经得到了控制，但那种悲恸和恐惧的情绪还在弥漫。那是一个电脑主机板生产的流水线，这家叫作虹采电脑公司产生的电脑主机占全国市场份额的百分之二十，也就是一年他们可以卖近50万台的个人电脑。该公司的董事长被誉为是电脑民族工业的开拓者，最近有关他创业的两种传记和一本叫作"我要做得绝对好"的他的经营理念，尤其是后一本狂销50多万册，被誉为是"知识经济"时代来临的最佳阐释。这个人就是我国电脑工业的代表人物之一欧阳贵。发现他的尸体的是第一个来公司上班的女工，她一进车间就发现那整个电脑主机生产的流水线已经被开动了，但里面却没有一个人，然后很快她就发现在流水线上循环带动的传送带上躺着一个人，那个人正是他们的董事长欧阳贵，他身着白衣白裤，但这白衣白裤却已经被鲜血染红了，她大叫了一声就跑了出去。我们赶到现场的时候，这个生产线已经停了下来，但欧阳贵的尸体还没有从那条传送带上取下来。那种场面非常的残酷，几乎是血淋淋的：在欧阳贵的身上，流水线上的机器在他的各个部位都安上了电子原件，从而使他看上去像是贴上了很多花花绿绿的标签。或者说你也可以把他看作从很远的地方邮寄来的，他的身上贴着各国海关的标识、证签和印戳。毫无疑问，这是非常悲惨的一幕。凶手——一定是那个鼹鼠人，他杀人的手段之残酷和独特令我震惊。一个电脑生产者身上钉满了他自己生产出来的电子元件，从而使他看上去像是一件工业制成品，这是多么残酷的事！

"妈的，我们这次真的该行动了。"马文利探长皱着眉头，他用手将一面白布单盖在了欧阳贵的尸体上。

"他还没有和我联系，我不知道他什么时候会和我联系，我们……"我说到这儿，他打断了我的话："我们用笨办法，我们派管道工和猎狗进行地下大搜捕，我们必须得行动了。"他的表情非常沉重。

我知道他承受着巨大的压力，实际上，尽管他掌握了不少线索和证据，但他并没有采取直接行动，这一点，他的顶头上司也一定不会满意，一定会责怪他办案不力，而且他的顶头上司一定又承受着来自市政府首脑的巨大压力，这种压力从上到下完全可以把他压扁。

"不是已经采取了对电脑专家的保护措施了吗？为什么这么不得力？"我问他。

"因为对手是一个有超常想象力和智力的疯子。"他瞪着眼睛看着我，"我们的保安人员斗不过他。我得尽快行动了。"

"你是说依靠那些下水道工人以及那些见到水就不知所

措的猎狗,真的能行吗?"我问他。

欧阳贵的追悼会在几天后举行了,马文利探长和我都参加了。追悼会的气氛是非常悲壮的。我注意到来的全都是一些政府和高科技界的精英人士,他们的表情凝重,衣着庄严。悼词是一位死者多年合作的伙伴、H大学的高科技集团总裁、著名院士何光年先生。他在悼词中回忆了欧阳贵的生平、生活与贡献,在悼词的结尾,他还谴责了凶手:"……是的,在今天这样一个技术发达的时代,夺去一个人的生命就显得更为容易,也更为简单。因为残暴一直是人类的一部分本性,它在我们今天这个信息社会中的成人世界里,显得更加容易暴露,也更加容易被渲染,也许这种残暴甚至还是一种时尚:在文化不断地异化着人类自身的时候,这种动物性是一些标榜生命力的人的理由。但是,最为简单的道理是:人与人在生命与生存的权力上是平等的,任何人无权剥夺他人的生命。但是,今天,躺在我们身边的欧阳先生,他的生命就是这样被剥夺了。被一种不义的力量,被一个或几个暴徒,剥夺了。如果有复仇之火的话,那么这火焰最好在今天能够点燃,因为欧阳的生命之被剥夺,不仅仅是我国电脑业的重大损失,它同时也是对人的尊严的漠视。正因为它发生在一个非常重要的高科技精英身上,这复仇的火焰应燃烧得更旺。愿他的灵魂得到安息,愿凶手早日得到惩罚!"

我在听这激昂慷慨的悼词,忽然注意到旁边肃立的人群中有一个人在看着我。这是我凭余光发现的。我转过脸去,看到了在人群当中，有一个留长发、胡子拉碴的戴墨镜的人，就是这个人刚才看了我一眼。我把视线又转到了前方，前面正有人在进行回忆欧阳先生的发言。

后来我觉得有些不对劲儿，是的，我觉得有些不对劲儿。那个人给了我一种十分奇特的信息。而且，我似乎在哪儿见过他。我一边看着前方，一边在大脑中快速地搜索着有关这个人的形象记忆，但是不行，我怎么也想不起来。我又将脸向左转去，再一看却已然不见他的踪影了。是的，刚才他还在那里，但现在不在了。

我走到马文利探长跟前，在他耳边悄声说："我刚才看见了一个人，这个人让我觉得非常奇怪，我觉得他……"

"你觉得他怎么了？他就是那个鼹鼠人？"马文利偏头问我。

"有这种感觉，但不能完全确定……"我有些迟疑。

"那咱们快找一下！"马文利几乎要跳起来了。他下意识地摸了摸腰间的枪，跟着我开始在人群中搜索。但是怎么找都没有找到刚才我看见的那个人。他消失了。这更增加了我的猜测和疑虑。

我觉得我在哪儿见过他，我也许真的还认识他。

十

由马文利派出的四个搜索队开始进入城市的下水道系统

进行搜寻，这种搜索队以熟悉地下排水系统的构造的管道工人带队，还有一些颇通水性的警察组成，他们都戴着防毒面具，穿着潜水衣，此外大批狼狗和他们一起行动。两天过后，这种搜捕以毫无结果告终。

"城市地下的管道完全是一座迷宫。"马文利对我说，"这次搜索队下水后，按照市公用局提供的资料进行搜索，结果发现那些资料有很多不对的地方，而且，很多地下管道的走向和布局是这些资料所无法标出的。这么多年，城建工人像开膛破肚般把这座城市的地下搞得面目全非了。我们派去的管道工、警察在地下被熏得都快不行了。连那些狼狗都被臭气熏得什么也闻不出来了。"

"那我们就只好再等他再一次露头了？我们总是不能主动出击吗？"我问。

马文利看着我，忽然他问，"你说在欧阳贵的追悼会上见到一个人，你判断那个人就是那个鼹鼠人，你是根据什么做出的判断？"

我想了想，"可能就是凭一种感觉，我觉得他在那里与旁边的气氛不太协调，他似乎是来看热闹的。而且，他有几分钟一直在注意我，我转脸看他，他又在看前方。我隐约觉得他的样子有些熟悉，但怎么想就是想不起来。"

"他有多大年纪？"

"从他的头发和胡子，以及侧影判断，他大约有40几岁。"

"40多岁的人……也许是上山下乡过的那一代人？关键是他为什么会仇恨现代社会？是不是时代的变化让他的理想

都破灭了？我一直在想这个人的动机。"

"动机，"我说，"就是一种面对现代社会的脆弱感。也许他是一个失败者，因此他才会疯狂到只做一个在地下生活的人。一定要保护好那些专家，不能叫他们再被鼹鼠人加害了。"

"我们已对一百多位有可能遭到袭击的重要专家进行了24小时严密保护。这一次我想会万无一失的。"马文利很有信心地说。

但是事态的发展证明马文利过于乐观了。著名生物学家、归国的普林斯顿大学生物学博士胡守常被发现死于一片小麦试验田。胡守常并不在马文利要保护的名单中，原因是胡守常去日本讲学半年，还没有回来。他是在刚回国后第三天就遭此毒手的。胡守常的贡献在于他通过遗传技术使小麦可以抵抗多种先天性基因病，从而获得比过去多一倍的产量。

我们赶到现场时，那里已经有一些警察了，掀开白布单下的尸体，我们可以看见他正趴在那里。他是被绑架到这里后勒死的。脖子上有非常严重的瘀痕，在他的嘴里还塞有一把绿油油的麦子。六月的天空下，这里的麦田一望无际，是这座城市专门开辟给胡守常所在的大学进行农田试验的，不远处，四面都是高楼环抱，只有这一片是绿油油的麦田。我摘了一个麦穗下来，发现这个麦穗的确硕大无比，比一般的麦穗都要大一倍以上，绿油油的闪现着一种生机。

但是培育出这种东西的科学家死了，他的嘴里还塞满了这些饱含着汁液的麦穗。我觉得我们面对的这个鼹鼠人有着超常的忍耐力和残忍劲儿。看来这一切都是他所计划好的，他只是按照他的计划，在一步步地干着他打算干的事。他不是疯子，他有着他的信念、他的逻辑、他的手段和他的思想。

"我们面对的不是一个一般的家伙，"马文利沉痛地说，"他是一个非常冷静、沉着又狡猾、残忍的家伙。我真的没想到这一次轮到了胡守常，因为他一直在国外。看来，我们得更鬼些了。不过，又死了一个人，我这次面对的压力就更大了。市政府会会同所有的专家，专门组成一个专案组，对此案进行侦破的。"

的确像马文利所说的那样。胡守常的死使政府机构的机器运转了起来，市公安局立即组织最为精干的刑侦力量，把这个案子定为"鼹鼠人杀人案"，而且我也被列为专案组成员之一，因为我是可以和他联系的唯一的人，这使我陡然增加了一份责任，也多了一份荣誉。

但是从我的内心深处也涌上来一种沉重的压力，这种压力是一种被恐惧和欢欣所包围的力量。我想，我正在面对一桩事件，这桩事件让我有一种兴奋感。

有一天我路过一条马路，我发现那里有一条下水道的井盖打开了，我突然产生出了一种冲动，我就顺着一面梯子爬了下去。

奇怪的是我并没有看见下面正在作业的工人。下面一个人也没有。这是一条非常旧的管道，它非常宽阔，有三米高，我走在这条管道中可以听见自己走路的脚步声，脚步声非常的空旷、清晰。慢慢地，我走到了一片黑暗的地带，我回头看去，可以看见在我下到管道里来的梯子上，倾泻下来一条光柱，而其余的地方则全都是一片黑暗。我开始往前走，我的胆子很大，我不知道我向前走了多久，渐渐地我听到了一阵水流声，这水流声越来越大，在黑暗的地下发出了暗河一样的轰鸣，而且，一股腥臭气息扑面而来。我再回头，发现那里的光柱已经如同一根细细的小线了，我整个地被黑暗包围了。一种恐惧感从脚底一下子升了起来。我大声喊："鼹鼠人！你出来！我要和你交谈！鼹鼠人！你在哪里？你为什么不出来见我？你来杀我吧！你出来呀！你出来呀！"

没有人回答我，只有城市暗河那种滔滔的巨大流水声，和包裹我的无尽的黑暗。

十一

　　我听到了你的呼喊，你的声音传遍了整个地下，把我的耳朵都吵聋了。我认为我应该和你见一面。

这是这天早晨我接收到鼹鼠人发给我的电子邮件的第一句话。

　　但是你不能通知警方，我知道他们已经严阵以待，已经成立了由本市最好的刑侦专家组成的专案组，而且你也是成员之一。我决定要见你是因为我想和你交流，这一直是我的一个朴素的愿望，因此，我希望你一个人来，和我谈一谈。你就从东边街区的第1201号井盖处，掀开井盖下来，时间是明天下午3时，我会在那里接你。等着和你的会面，你的朋友。

我阅读完电子邮件，陷入了思索。屏幕上一再提示我是否存盘，我按了不存盘的方框，让上面那封电子邮件消失了。我突然觉得，鼹鼠人一直是信任我的，尽管他已经沦为一个杀人凶犯，但他似乎十分信任我。而且今天我收到的这封电子邮件的下端，他署名是"你的朋友"，这又说明了什么呢？说明了我是他的朋友吗？他对我没有敌意吗？或者，也许这是诱使我上当的一个圈套？但是，我下决心了，不管怎么样，我打算赴约了。

我找到了1201号井盖，这是一条种满了银杏树的人行道，非常静谧，人不多，我掀开了井盖，沿着井壁下去了。

我握着铁梯，一步步向下走。这座井好像特别深。一般在城市下水道的井盖之下，很少有这么深的。我就一步步地向下走，抬起头，发现那井口已经像一枚银币那么大小了。我有些胆怯。但是，我还是一直向下，最后，我感到我着地了。

我打亮了手电筒，发现有一条隧道贯穿南北。里面很静，向两个方向无际地伸展开去，但是没有人。他不是说他会接我的吗？

忽然，我听见头顶上遥远地传来了一声"哐当"响，我抬头一看，那井盖被关上了，然后有一个人从上面急速地爬了下来，很快，他就来到了我面前。

"跟我来！"他说。他穿一身黑衣服，手里也拿着一把手电筒，在前面带路。他走路的样子非常快，我几乎都跟不上他。我记不得我在地底下的管道中走了多久，大约走了有二十几分钟，其间拐了好几个弯，跨过了三条轰隆作响的下水道，然后，我们来到了一片开阔之处。

他一拍巴掌，被声音控制的电灯亮了。我简直惊呆了，这里的情景与我有一次做梦梦见的一样，宽阔的污水水流，一个大水泥平台，四周有好几处通道。他揭去了面罩，我愣了一下，我认出了他，他是我的大学同学韩非人。我们是一级的，他学的是计算机专业，而我学的是新闻专业。我们都是学校"青骑士"剧社的成员，在我们排练的戏剧《最后的晚餐》中，他扮演犹大。我清晰地记得这是他自愿扮演的，他非扮演这个角色不可，为此差点儿跟另一个也想扮演犹大的同学打起来。大学毕业后我们一同来到了这座城市工作，他在一家计算机公司做软件设计。一年以后，他考取了去美国杜克大学留学的机会，我记得我还参加了他去美国之前的临别小晚宴。那是七年前的事了。

"没想到是我吧？我根本就没有去美国，而是来到了这座城市的地下，这个美丽的世界里。"他对我笑了笑。他看上去还很年轻，皮肤白皙，看来他真的在地下生活很长时间了。

我仍旧被一种非常吃惊的情绪给控制着，这的确让我吃惊，我压根儿也没想到这个人会是他。我明白为什么他要选择我交流的原因了。

"你非常吃惊,这我从你的脸上可以看得出来。你会吃惊为什么会是我。是的,正是我,韩非人,一个扮演犹大的人,一个不适应现代城市生活的人,对,正是我。"他冲我笑了笑,从一个地方取来了一盘东西,"吃点儿零食吧。"

我一看,不禁吓了一跳,那盘子里装的全是一种黑色鞘翅目小甲虫。他见我不动手,就自己抓了几个,放进嘴里吃了起来,"很有营养的。"

我镇定住了,我说出了第一句话:"你变成一个罪犯了。"

他看着我,"我杀的人才是罪犯呢,他们,他们才是。"

"不,你是,你是一个杀人凶犯,你才是一个不折不扣的杀人犯!"我尖声叫了起来。

"开场白不错,"他笑了,坐了下来,一边吃甲虫一边看着我,"我们的交流会有趣的。我先给你讲讲我的经历吧。"

"……我在那家著名的中美合资电脑公司工作了一年,就决定选择另外一种生活方式了。当时我就明白了我自己的命运,一种不同于你和其他人的命运。我觉得人类目前的生活有问题,人类在一种盲目的生产与消费中变得疯狂了,人们的欲望没有止境,人们为满足这种欲望所进行的努力正在毁灭我们自己。电脑是什么?电脑是被信息垃圾充塞的垃圾场,每台私人电脑都是一个小垃圾桶。当然,我这样说你可能认为太极端了,是的,当时我还没有完全想清楚这个问题。有一天我在街上散步,看见有一个地方的井盖没了,你知道,前几年总有人偷下水道的井盖,去当废铁卖。我下意识地就顺着那口井的铁梯爬了下去。四周都没有人,连在管道下面作业的工人也没有，我就爬了下去。结果这次爬下去就改变了我的生活。是的，这次爬下去就改变了我的生活。因为我从来还没有发现有这样一个地方是如此合我心意的，那是一个清凉的世界。我一下到地下管道里，在地面之上的各种喧嚣也就都没有了，一下子什么声音都没有了，一种巨大的黑暗和宁静包围了我，我就开始下意识地往前走，这是一条巨大的管道，我不记得那天我在地底下穿行了多久，总之我记得我钻进去的时候太阳还非常高，但等我再次出来时，太阳已快落山了。那是一次奇妙的发现，这座城市的地下管道纵横，奇妙无穷，曲径通幽，各个管道之间都有交叉。我记得我从某一个出口掀开井盖钻出来时，有一个正在人行道上行走的小姑娘，突然发现井盖掀开后，从下面钻出来了一个人时的惊慌，她手中的红气球一下子从手中松开，向天空飞去。我钻出来，把井盖又重新盖好，回到了宿舍。

"从那以后，我经常下到那无人的地底下的管道中，我发现我渐渐地喜欢上这里了，我越来越讨厌地面之上城市的喧闹和杂乱，有一天，我决定了我自己的生活方式。我决定假装去美国念书，然后采取了辞职的方式，我蒙骗了所有的人，就是为了能一个人在这城市的地下待着。

"我想我主要是为了解决我自己所面临的精神问题，一开始，我主要是想通过冥想和静修来达到，于是我每天就这样在地下静心思考，打坐、散步，去发现这地下世界的奇妙。我觉得我自己的精神处于一种非常紧张的关系中，一种和城市的紧张关系里，我必须要解决这种紧张的关系，我就通过在地下的冥想来实现。

"我这样一来就是好几年,我渐渐地熟悉了地下的生活。我学会了用污水养鱼、种菜,我用卖鱼的钱再买些粮食。在排水管中,这座城市中人们丢弃的东西非常之多,我就是从污水中捞取各种日用品,把它们消毒后接着用。慢慢地,通过静坐与冥想,我已经到了可以不用怎么吃饭,而有时只喝一点水、吃几粒花生米就可以生活下来的状态,这就是气功师常说的那种辟谷状态。通过几年的静思,和经常到地面的人群中走动与观察,我思考着人类的前途和命运。我思考工业革命及信息革命给我们人类带来的灾难。我想了很多,并且,用一台电脑把它们都一点点地记录了下来。我在地下可以接到各种线路,可以利用别人的电源和线路打电话、发电子邮件。我写了大约有四十多万字,印出来都可以是很厚的一本书了。

"就在不久以前,我突然觉得,我的这种思考是软弱无力的,因为我只是自己认清了现实,了解到了这一问题的严重性,但我无法向全社会施加力量,我就像是一种会思考的蠕虫,无力地思想,我的思想就像是海绵一样,我只能自己吸取水分,但我自己却无力挤出这些水分,后来,我看到报纸上介绍了一个人,这个人做的事启发了我。

"她是一个广东的农民村妇,名叫杜润琼,她在自己的村子里连续投毒,害死了不少人,她有一种恐惧,那就是现代社会人口太多了,她自己对人口越来越多的现象十分害怕,觉得自己有责任为社会负责、为更多的人负责,于是她就选择了投毒。后来她被抓住了,但她多少有些坦然,因为她认

为她是在为全社会负责的。她并不是为自己活着,她这么做是'为国家大部分,不是为自己。'

"她这么做当然太简单了,但却启发了我,因为她至少是一个行动主义者。而我,我把人类目前的处境、人类自身的危险、前景,以及后工业化社会带给我们的危害想清楚了,想明白了,这又有什么用呢?

"我想我可能缺乏的就是行动。我必须用行动为社会敲响一记警钟,我不能只是通过静修来自我疗治,我还应该采取行动,刹住现代社会疯狂前进的车轮。就这样,我拟定了一个详细的计划,我开始行动了……"

十二

他领着我在他的世界里疾速地穿行与跳跃,是的,他是他这个世界的国王。他带着我飞越激流暴跳的排水沟,带着我猫腰钻进通入银行和大医院的下水道,他告诉我他从地下观察世界的一切观感。他说这座城市有很多秘密,这些秘密他从城市的地下都可以探听到,因此他对人又多了一分失望,他说他还要干下去,一直到惊天动地为止。

我们盘腿坐在地下管道中,我发现他的身手十分敏捷,他可以纵身一跃,就从高高的洞壁上摘下来一朵蘑菇,"这是无毒蘑菇,是可以吃的。"然后他就把它吃了下去。我发现他的食谱与我的已不一样了,他爱吃的是松仁、花生、各种小甲虫、青菜和鱼,他就吃这几样东西,而且饭量很小。他的睡眠一直不好,稍有动静就会把他惊醒,但他随时又会睡去。他要我陪他在地下待三天,等他把他的思想和我交流完了,他就放我回地面去。

我终于还是接受了这样一个现实,即这个制造了不少杀人事件的地下鼹鼠人是我的大学同学韩非人。我想也许是他的这个名字没有起好,他注定要过非人的生活。他本来就不是一个人?由于我过去就了解他,熟悉他,所以我陷入了一种非常矛盾的情绪当中。在过去,我对这个隐身的鼹鼠人非常憎恶,我觉得他是一个不折不扣的杀人犯。但是,当这个人变成了我的大学同学时,我又开始以试图与他沟通、去理解和了解他的这种态度,多多少少地接受了他。

在地下的几天中,我们每天都在讨论,我被他带着在地下钻来钻去,一方面我了解了城市地下的无穷妙处,另一方面,我了解了他思想的各个方面。

"不过,无论如何,你已经变成一个罪犯了,你杀了好几个人了。"我说。

他一步蹿过平缓的一段臭水沟,"你凭什么认为我就是杀人犯,不是思想家或人类社会的敲钟人?"

"根据法律,根据你不能夺走他人性命的法律。"我说。

"法律是人定的,而人又是天地之上的短暂者,人不该是尺度。所以你拿人定的规则来限定我,是不对的。我不是罪犯。"他又一跃跳过岸来。

"不,人是有天赋人权的,你不能剥夺另一个人的生存权。"

"我只是剥夺了把社会推向疯狂的人的生存权,这对大多数人是有益的。"

"你这是恐怖主义行为,你让城市陷入了恐怖,你的行为给有秩序的社会带来了慌乱。"我学着吃掉了几颗甲虫。

"不,带来了他们想不到的福祉。这种效益属于长期的,是以后才能看得见的,很多人都是短视者。"他从污水中掏出一个大肚玻璃瓶,"这个可以养水仙。"

"它不能养水仙,它的口太小了。你杀害的这几个人,他们都是社会的精英,是电脑高科技业的代表人物,你把他们杀了,实际上是损害了社会。"

"我们在这个问题上有根本分歧,你不必非要强行说服我。他们是人类盲目发展自己的邪恶力量的代表。我还会干下去的。"他又从水中掏出了一个盆子。

"为什么不能采取缓和一点的态度,比如把你写的那些东西整理成书,然后发表?或者你可以调入一家大学,比如北大,专门进行这方面的研究,这不也挺好吗?"

他怪笑了一声,"哈,你想把我纳入社会非常机械的系统中去,让我彻底异化。是的,我可以发表见解,但在大学中,我搞的任何研究、我发表的任何成果,不过是为了评职称,为了取得饭碗而已,久而久之,我将成为为社会服务的一个异化之后的怪胎。而现在则不同,我自己是一个独立的个人,我有自己独立的人格,我自己行动,不受任何限制。"

"但我对你采取暴力行动,总是不能接受的。"

"只有这样,才能激起人们的热情与警惕,实际上,城市今天已变得非常可怕了。空气极度污染,人口众多。大家都陷入了一种集体麻木当中,无法倾听到真正的声音。只有用惩罚那些家伙的极端行为,才可能让人们警觉。我不能只以写几本书的形式,你看现在有多少人在写着多少本书,还不是淹没在书的海洋中了?"他又从水中掏出了一个木桶。

"下一步你打算怎么干?你又要杀谁了?"我问他。

他看着我,狡黠地笑了笑:"你明天就要回到地面去了,你肯定会把我的想法告诉他们。我不能告诉你。"

"他们会抓住你的,真的,这次你逃不了了。"我说。

"你能不能帮我做一件事情?"他问我。

"做什么?"

"帮我出版这本书,在他们抓到我之后。他们没抓到我之前,你不要出版它。"

"你觉得你会被抓住吗?"我问他。

他朝我诡秘地笑了一下,"抓不住吧。除非他们死一千人,因为只要我一直待在这地下,就没有人能够抓住我。不过,谁也说不准将来的事儿,你说呢?"

"你打算永远这样生活,生活在这黑暗的城市地下?"

"也许吧。等我把事情做完了,我就会回到地面上去。但人类社会一定会视我为疯子,一个怪人,他们不容纳我。我还是生活在地下比较好。这几天在地下的感觉怎么样?"

"郁闷,黑暗,总的来说空气不好。此外,在这地下生活比较辛苦,也很神秘,又是一个人,时间长了,太孤独了。你过的是不正常的生活。你应该有妻子、有孩子才对。"

"哈,为了信念,我放弃了这些。我是社会的犹大,这没什么不好。在你回去之前,我把这张磁盘交给你,一定等这件事过去了再出版。"他把它交给我时说。

十三

我回到了地面上,我找到了马文利,我把地下和"鼹鼠人"会面的情况都告诉了他,但我却非常守约,我没把那张磁盘交给他。马文利非常兴奋,他也没想到鼹鼠人会是这么一个人,有关这个专案组的人立即聚在一起开了一个会,决定尽快将他捉拿归案,最后,设计的结果是由我当诱饵,将他诱出地面。

我承受着道德方面的巨大考验,这对我来说是一件非常困难的事,但是,一旦重新返回了人类社会,我的所有的情绪和观点又都变了回来,我不再同情他,我的这个同学,他所做的一切实际上在朝他期待的相反目标而去。

就在这一时刻,又发生了两起爆炸事件被认为是和他有关。一起是一家银行地区支行行长连同他的轿车一起被炸掉了,行长当场碎尸万段。另一起是一座著名医院的著名眼科专家自己的眼球被人摘去了。总之现在在这座城市中,无数人被恐怖的疑云所笼罩,凡是发生各种奇怪的案件,一般都会归到鼹鼠人头上。

与此同时,抓捕鼹鼠人的计划也在紧张地酝酿当中。这个计划是我给他准备了一笔钱,这笔钱可以供他生活不少年头,在取钱的时候把他抓住。

"你们不要打死他,这种人是值得精神分析专家进行研究的。他毕竟是我的同学啊!"我对马文利说。

"抓到了就把他永远关起来,这样你可以经常去探监了,然后再和他讨论各种人类面对的问题。那会写成一本好看的书的。"他笑着拍着我的肩膀。

我在他有可能发现的地方放了一个漂流桶,桶中放了一封信。根据我的计算,这个桶刚好可以漂到他的经常活动处,信中告诉了他取钱的方法。

所有参与刑侦行动的干警都埋伏在我将要把钱交给他的地方。我背着一个很大的背包,在接头处。他收到了我给他发的漂流桶,按约定,他打碎了第43大街第三个路灯就说明他收到了,结果我看见那路灯的确碎了。但我们等了一天,他也没来取。

> 我知道这是警察局设立的圈套,我不会上当的。但我多少有些伤心,因为你已甘当诱饵。不过,我又非常能理解你,因为你是他们世界中的人,你得按他们的逻辑和思维行事。我并不需要那些钱,你们可以把钱给失学儿童。有一件事我需要说明一下,那个银行行长不是被我炸死的,他涉及了一场贷款的骗局,被对手暗害了。而那个眼科专家是被他的妻子挖去的双眼,因为他都快退休了,还找了一个情妇。这都不是我干的,我要干点儿别的,但还不想让你们知道。鼹鼠人。

这是他发给我的电子邮件，我立即把它交给了马文利探长。

在警察局的会议室中，专案组的成员正在开会。

"还是得把他诱引出地下才行，否则，没办法抓住他。"警察局长说。

"能不能用别的办法，比如用毒瓦斯加鼓风机，把他从地下呛出来？"一个人说。

"地下通道连着千家万户和很多工厂、学校，这样一搞，势必会影响很多人的生活。把大家的生活都搞乱了。"政法委书记说。

我沉默着，停了好久，我下决心再背叛他一次，我说话了，"他还交给了我一个光盘，这是他几年间写下的札记。我看可以在报纸上刊发一部分，给他造成一种我们已与他和解的假象，我们愿意倾听他，这样，他就会出来了，然后，我们再抓住他吧。"我说完后，拿出了那张光盘，内心一片黯然。

"就这么办！由日报选发部分章节，越快越好！"副市长说。

很快，日报选登了他的"有关人类的现状及其前景"的文章的一部分，我又给他发了一个漂流桶，在桶中的信上说，这座城市已理解了他，已同意将他的观点陆续发表，他完全可以回到地面，而且，本市打算专门就他的观点进行一次研讨会，希望他来参加，等等。

"我会准时参加研讨会的。"他给我发来了一个电子邮件说，"我看到了报纸，很高兴。"在预备举行研讨会的社科大楼外面,埋伏了很多人。到处都是枪手、狙击手,参加会议的专家纷纷到场了,大家都在等待着这一时刻。这是一间很大的会议室,一张大圆桌坐了三十几位头发大都花白了的专家学者,我也坐在其中。马文利和几个警探也装扮成学者,坐在他们中间。时间到了,我们都把目光投向了大门,大门开着,我知道,这座大楼里到处都是暗探与枪手,韩非人今天在劫难逃。我的内心之中涌动着十分复杂的液体,把目光放在大门口。但是时间过去了5分钟,没有人,他没有出现。他不会又不来了吧?

忽然,我们听到天花板上有响动。接着,天花板被掀开了一块,一个人将头探了出来。然后,他从上面跳了下来。

他就是韩非人,鼹鼠人!

"大家好!很高兴认识你们,我很高兴我的思考与理论被你们接受。"他走向留给他的那把空座位。场面非常肃静,那些专家和学者见到他,脸色都变了。

他坐了下来。向我打了个招呼,然后他说:"我们开会吧。谁第一个发言?"

"我!"马文利站了起来,他掏出了手枪,对准了韩非人,这时韩非人突然拉过旁边一个人,挡住了他的枪口。他的目光非常严厉:"你们欺骗了我!这是我唯一上当的一次!"他向后一闪,纵身一跃,又跃上了椅子,再一次钻入了天花板,不见了。

埋伏在专家群中的警察立即站起来朝天花板开枪射击。一阵枪响过后,停了一会儿,我们都看见天花板上渗出来了一些鲜血,这鲜血令人触目惊心,它一滴滴地滴落在了桌子上,接着,一声脆响,天花板裂开了,韩非人从上面摔了下来,他刚好掉在了我眼前的桌子上,他用那种悲哀的眼神看着我:"我不该信任你……"然后,他死了。

十四

是的,鼹鼠人死了,他是这么死的。于是,整座城市立即陷入了一片欢腾,大家都在庆祝一个节日的来临。我知道,这座城市将重新获得过去的那种速度,像一艘大船一样向远处航行。鼹鼠人不过是人们街谈巷议时的奇谈怪论之一,很快,也不再有人谈论它。我又坐在了报社的电脑屏幕前,发着呆,查看着新到的电子邮件。不知为何,我的内心充溢着一种非常悲哀的心情。毫无疑问,鼹鼠人之死与我有关,假如他不是我的同学,假如他不与我联系,假如他不受骗上当,来参加这么一个"研讨会",他又是怎样的一种命运呢?在今天,在城市中,又会出现什么样的被异化的人类新品种,向社会宣战?不管如何,人类社会的发展航向已经确定,它无法回头了。即使有一千个鼹鼠人,也改变不了人类前进的航速。但我的同学韩非人、这个甘愿变成鼹鼠的人死了。我无法不悲哀。我的电脑上又发来了新的讯息:在这座城市中,两个14岁的中学生因为一个11岁的男孩捡了他们的足球,就把他杀了,尸体刚刚在一个土坑里发现。这种少年暴力是令人震惊的。新的新闻与事件又诞生了,作为政法线上的记者,我又要出发了。

我站起身,我打算尽快去现场,去了解城市里新的隐私。但我想我无法抹掉鼹鼠人之死在我心头引起的悲哀,我也忘不了他死前注视着我的悲哀的眼神。

街上的血

"你说他们也有一顶真正的军帽?"蹲在一堵矮墙上的人说。

"是的,他们说不光有一顶,他们说他们有三顶真正的军帽呢。"站在地上的人仰望墙上的人说。

"你放屁,这一条街上只有我有一顶真正的军帽。"蹲在墙上的人说。

"他们让我看了,我觉得那是一顶真正的军帽。"站在地上的人说。

"三顶帽子你都看了?"墙上的人问。

"没有,头儿,他们只是让我看了一顶,我看那像是一顶真正的军帽。我看和你这一顶军帽一模一样。"

"这是不可能的,"墙上的人把自己头上的帽子摘下来,递给了地上的人,"你用你那鸡巴眼再看看,是不是真的和我的这顶帽子一模一样。"

"是一模一样,错不了,头儿。"地上的人看了帽子以后,把它又递还给墙上的人说,"我没有看错,头儿。"

"这么说,癞瓜也有真正的军帽了。"墙上的人的脸上掠过了一道阴沉的光,知道看着他的脸色行事的人,都知道要有事情发生了。

当时我们都是蹲在地上的,只有国新一个人蹲在墙上,他是我们的头儿。刚才是灰狗在和国新说话,他是我们的探子,负责打听这个城市的各个街区的最新的动态的。

我们都在看着1983年的天空。1983年的天空十分阴沉,总是没有晴天,天空就像是尿片子一样被乌云弄得十分凌乱。我们的心情也是十分的狂躁凌乱。

国新是那时候我们街区最心黑手狠的家伙,他在我们的街区是孩子王,我们都听他的。他平时都戴着那一顶绿色的军帽,左手上拿着一条闪闪发亮的铁链子,右手的中指上戴着一个长着尖锐的角的铁手锏。

那种东西要是砸到人的脸上,你完全可以想象后果会是怎么样的。

听国新话的人有三十几个,我们也都戴着军帽,但是实际上只有国新的军帽是真的,那是他从一个当兵的手里抢来的,一天夜里,我们看着他把那个当兵的给打昏了,然后把帽子抢过来了。

在那一年，街上的人都喜欢戴军帽，可是没有几个人戴的是真正的军帽，我们经常听说街上有人因为抢军帽死人的消息，但是没有谁敢来抢国新的军帽，我说了，他是我们的头儿。

我们不光有头儿，我们这一伙儿还有我们的标志，我们的标志都是戴在脖子上的一条白色的带子，上面绣着一只蝗虫。蝗虫就是我们的标志。

而另一条街区的癞瓜的人也有一个标志，他们的标志是白色的袖章，在袖章上绣着一只红色的癞蛤蟆。

你说，癞蛤蟆有红色的吗？有的，就是癞瓜的那些人。我们经常嘲笑癞瓜的人，就是因为他们只是一些红色的癞蛤蟆。

我们走过大街的时候，很多人都会让开，他们害怕我们，这使我们觉得自己很威风，我们像是蝗虫一样漫过大街，没有人在我们的街区牛逼。

但是癞瓜的人向我们的人炫耀说他们有三顶军帽，这不是故意和我们作对吗？国新从墙上跳下来的时候，我们就知道该怎么干了。

每到春夏之交，在城郊的麦田里都会有很多蝗虫，它们彼此紧紧地拥抱着，从麦田埂里成堆地涌出来，就像一团团蘑菇，晶晶亮的眼睛闪着光。

这个时候我们这些以蝗虫为标志的人，在国新的带领下，会来看蝗虫的繁殖。这是它们的庆典，也是我们的仪式，我们只是静静地看着蝗虫的闪亮的幼虫从地里出来，一句话也不说，因为我们的脸色都十分的凝重。

没过多久，它们就变成了会飞的蝗虫，飞越了农田，也飞越了城市，飞越了那条季节河，到别处吃庄稼去了。

国新让我们看蝗虫的出生仪式的意思，可能是要我们学习蝗虫的团结和顽强。因为这些蝗虫在地下孕育的时间是整整一个冬天。当然，这是国新告诉我们的，就像国新说的那样，"一个牛逼的好家伙，是要到别人的地盘上弄东西吃的，就像那些蝗虫，它们从不吃本市的庄稼。"

我们很快就要和癞瓜的人打交道了。国新先是让我们不断地去癞瓜的街区探听虚实，我们得到的情报是，癞瓜的人手已经增加了，他的人有五十几个，尤其是有一个叫布拉提的哈萨克人，新近加入了他的以红色癞蛤蟆为标志的队伍。

"一个红色的哈萨克癞蛤蟆？"国新听到这个消息狂笑了起来，因为在整个的市区的几条重要的街区，还没有哈萨克人加入我们汉族人的帮派，现在，有一只红色的哈萨克癞蛤蟆了。

"头儿，那个布拉提有一米八五高，他是民族中学的，他只有十五岁，可是他妈的居然长得那么高。"灰狗对国新说。

"可是他照样是一只癞蛤蟆。"国新十分坚决地说，"到时候你就知道他是个什么东西了。"

我们在街上经常可以看见从山上下来的哈萨克牧人，他们是下山来买酒喝的，他们往往在一个小酒馆里喝个大醉，然后再在怀里揣上一瓶酒，翻身上马，又上山了，从来都不招惹我们。

我们蹲在大街上的十字路口的边上,他连看都不看我们一眼,而我们知道,如果他看了我们一眼,他就会有麻烦了。

可是看来布拉提不同,他是一个城里的想有所作为的哈萨克。我们知道了他的每天要走的路线,然后对他进行了一次伏击。

我们有四个人埋伏在布拉提必经的街角,当他转过街角的时候,我们就出其不意地袭击了他,用砖头砸昏了他的头,抢走了他的军帽。

说实话,我特别的喜欢听到砖头砸在人的头上的闷响,那种声音就像是埋在土里的瓶子碎了,声音十分干净。然后,我们伏击的对手就像一摊泥一样地倒在地上了。

布拉提的军帽是假的,国新在这顶假军帽里撒了一泡尿,然后让灰狗给送回癞瓜那里了。

但是灰狗回来的时候带来了一个让我们捉摸不透的消息,癞瓜准备和我们握手言和了,他准备在同样既不由我们耍威风也不由他们称霸的另一条街道上的一个饭馆,请我们吃大盘鸡。

大盘鸡是在脸盆那么大的盘子里放上鸡肉块和白色的拉条子拉面,然后拌着吃。我们觉得这是最好吃的东西了。

"这里面一定有什么阴谋,"我们不相信癞瓜会轻易地和我们讲和。癞瓜和国新比起来,在心狠手辣上一点都不逊色。

布拉提被我们收拾以后,缺了两颗门牙,再也不在街上露面了。

但是癞瓜却想和我们握手言和,这里面有没有什么陷阱?

国新决定带着我们赴宴,他说:"我还真的想看一看癞瓜的军帽是不是真的,这下我有机会了。"

大盘鸡宴会在一个回族人开的拉面馆里进行。国新带了我们最得力的十几个人,而癞瓜的人已经到了,他们有二十几个。国新和癞瓜一见面,假装十分的热情。他们十分虚假地握了握手,然后坐了下来。

"我们不要再打了,我们联手吧,"癞瓜说,"我们的人加上你们的人,这里的街区就全归我们管了。"

"我先看看你的军帽,行不行?"国新十分傲慢地提出了这个要求。

癞瓜哈哈一笑,就把头上的帽子取了下来,递给了国新。我们都围坐在国新的两边,我们在他们的地盘上,因此我们都很小心。

国新仔细查看着手里的军帽,轻轻旋转着,把那顶帽子看来看去,末了也笑了一下,"这只军帽是真的,你从哪里弄的?"

癞瓜的脸上都是粉刺,一脸都是,红色的巨大的疙瘩,十分恶心人。"我姐夫是军分区的连长,这顶帽子是他给我的。你要是想要这顶帽子,我就送给你。"

国新冷冷地一笑,"我只要抢来的东西。我可没有一个当兵的姐夫舔屁股。"

我们紧绷的脸上绽开了笑容,毕竟是我们的老大,在他们的地盘上仍旧十分牛逼。癫瓜的人立即十分紧张地把手伸进了口袋和怀里,我们知道那里有铁链子或者是刀子。但是癫瓜却毫不在意,"国新,你看,我们两帮人马要是联合起来,就能够把城关的木胡塔尔的人给收拾了。这就是我和你联手的真正的想法。"

木胡塔尔是在城关街区称霸的维吾尔人,那是一个长得很帅的家伙,听说和我们一般大,只有15岁,但是已经干过一百的女人了。

他的人有六十几个,在城关一带活动。我们的人要是去了那里,一般都会被他们把牙齿打掉几个。我们都是经常开战的。

"这个想法不错,"国新有一些动心,木胡塔尔的人一直也让他十分头疼。"可是我并不信任你呀!你有什么绝活?"

国新说这话的时候,在嘴里翻转着一个燃烧的烟头,他可以用舌头把殷红的烟头在嘴里翻一个个儿,也不把它弄湿了,更不会烫着自己的嘴。我们都不会这一招,总是要把嘴和舌头烫伤。

"你的功夫厉害,"癫瓜看着国新从嘴里拿出来烟头继续抽的时候,表示佩服。这个时候,大盘鸡和拉面上来了,癫瓜微微一笑,他说,"我也来一个绝的。"

他用筷子挑起了一根很细很长的白生生的拉面,往嘴里一吸,长长的拉面就不见了,他又一顿,只见从他的两个鼻孔中,两条拉面又钻了出来,在桌子上的调料碗中蘸了一下调料，那两条拉面又重新被吸了进去。

这他妈的可真是恶心透顶的一个绝活，我们都恶心坏了，而癞瓜的人都鼓起掌来。

这种吃面的办法我们都不会的，国新也笑了："癞瓜，真有你的！"

于是，我们开始吃大盘鸡了。

我们握手言和了，接着我们商量着把城关的木胡塔尔的人给收拾了。

在嘴里翻转烟头的招数和用鼻孔吃拉面的功夫立即传遍了整个的城区，很多小子都认为这两招十分牛逼，按照现在的话说叫作很"酷"，大街上的小混混都在学着这两个招式，但是，我们蝗虫帮和癞瓜的癞蛤蟆帮的人正在策划针对木胡塔尔的人的行动了。

这在1983年的夏天是一件类似暴雨将至的事。只是谁都没有察觉。

到处都是我们的人。我们的人和癞瓜的人握手言和以后，整个的街区到处都是我们的人了。连哈萨克小子布拉提也和我们握手言和了。

为了收拾木胡塔尔的人，我们整整策划了一个星期，我们选好了日子，决定出击。

那天是一个晴朗的日子，整个白天什么事情都没有发生，到了晚上，我们全部出动了。

木胡塔尔这天晚上要带着他的小兄弟去县城的影剧院看电影，那天放的是一部印度歌舞片，我们就准备在影剧院门口动手。

我们的人有一百多，他们有三四十个，我们埋伏在暗处，我们看见了木胡塔尔带着他的女朋友，那个女孩一头卷发，看上去十分的风骚。我们想，待会儿也叫你尝尝被我们上的滋味。

他们蹲在影剧院的门口抽烟，这个时候，一声尖利的口哨声响了，我们人人从埋伏的地方出来，亮出了手里的家伙，包围了木胡塔尔的人。

平心而论，木胡塔尔也是一个汉子，那天他十分镇定，他的人团团把他围住，但是我们的人太多了，我们手上的家伙开始飞舞，我们开始收拾他们了。

木胡塔尔的人十分顽强，但是到处都是我们的人，我们把他们都给打趴下了，我们的人还带走了木胡塔尔的风骚的女朋友，他们把她拖到一边的小树林给干了。

其中一个干了那个女孩的家伙说，"她的逼可真松，我们干她的时候，她哼哼着比我们还快活。"

我们大获全胜，我们把他们很多人都给打残了，我们在警察来临之前就已经彻底把木胡塔尔的人给收拾了。从此，木胡塔尔也要改个名字了，他要叫作"断腿木胡塔尔"了。

警察来临的速度就像是姑娘的例假一样慢，他们来的时候我们已经撤退了。

我们彻底制伏了木胡塔尔的人,他的人后来都加入了我们的队伍,我们的人越来越多了,到了晚上,我们几乎都在大街上晃荡,喝酒、斗殴、拍婆子,或者去抢军帽,因为没有任何可以让我们关心的事情,我们就是这样整天在大街上晃荡。然后,街上总有我们斗殴留下的血迹。

但是军帽已经不时兴了,现在我们都喜欢戴着头油把帽子浸湿的那种军帽,我们在里面垫上一圈纸,这样帽子的边缘是一个圆箍,上面的一圈深绿色的头油的颜色我们当时觉得像今天的"酷"。

我们都不怎么去学校上课,几乎天天逃课,因为即使是我们去上学,下场也和我们根本就看不起的父亲们的命运一样。他们的生活难道不像是一条狗的生活?

就在昨天,牛蛋和我们都蹲在街边的水泥墩子上,我们现在都学会了用舌头翻转燃烧的烟头,把它拿出来接着抽。

出于无聊,牛蛋决定抢劫,他当着我们的面,在马路边一共六次拦住行人,用刀子逼着他们交出钱来,但是抢了六个人一共才抢了25块钱。他们都没有钱给他,我们也都没有钱。

国新很快和癞瓜发生了冲突,传说他们的父亲在"文革"那个时候就是死对头,现在,收拾了木胡塔尔的人,国新和癞瓜也要分个胜负了。

这是迟早的事,他们因为刺青的事不和了。

国新要把蝗虫这个标志刺青到我们的身上和癞瓜发生了争吵,而癞瓜的意思是把癞蛤蟆刺到我们的身上。

但是我们都不想在自己的身上刺一个癞蛤蟆,如果非要刺青的话,我们宁愿刺一只蝗虫,因此,他们两个人差一点就要动刀子了。

然后,他们之间很快就互相地猜忌起来,然后就是有一天,国新听说癞瓜已经打算将他打残的时候,先下手为强。我们看见国新用他的铁手锢把癞瓜给打残了,癞瓜的一只眼瞎了。

但是癞瓜还是逃脱了,他离开了这座城市。我们不知道他去了哪里。

现在,我们的人越来越多,就像是蝗虫一样。我们都在身上刺了一只蝗虫,这只蝗虫被我们每个人刺在了身上不同的位置,到底刺在哪里,每一个人都不一样。那要看你喜欢你的哪个部位了。

人们把我们叫作"蝗虫帮",但是我们在1983年不过是一些无所事事的半大的少年而已。我们都不喜欢蝗虫,可我们谁能够拒绝在自己的身上刺一只蝗虫?

在那一年,非常奇怪的是,在白天,城市里到处都是蝗虫,而到了晚上,我们又出动了。整个的城市变成了蝗虫的天下,但是,这是两种不同的蝗虫,对不对?

那些蝗虫过去是从不在城市里出现的,所以它们在白天疯狂地从夜晚埋伏的地方出来,把城市当中的绿色的一切都啃光,它们比我们要厉害得多。

我们十分吃惊,因为国新过去说过,那些蝗虫是喜欢到别的城市去吃东西的，就像我们故意到别人牛逼的街区去惹祸一样。我们问国新这是怎么一回事，他想了好久，没有回答我们这个问题。

可能他也觉得这件事情非常的奇怪。

就在这一年的 8 月 28 日，晚上我们照样在大街上溜达，突然，警车的警笛声在全城响着，他们开始抓人了。

我们中间一些机灵的家伙就跑了，到谁也不知道的地方去避避风头，很久以后才回来。但是大多数人都给抓起来了。我们后来才听说那一次叫做"严打"，是专门对付我们这些在街上无所事事的小流氓的。

我们的头儿国新也被抓起来了，牛蛋也抓起来了。

让我们惊奇的是，他们从甘肃的酒泉，还抓回来了癞瓜。原来，他跑了这么远。他又是被谁举报的？

国新、癞瓜和牛蛋他们十几个人，以流氓团伙罪，都被判了死刑。其中有两个人都是因为抢一顶军帽杀了人，现在，他们也完了。

他们其实还是孩子，但是碰上"严打"了，你就认命吧。很多年以后，当时幸存下来的人还记得他们被剿灭时的情景。

枪毙他们的时候街上简直是人山人海，我们少数漏网的事儿不重的人躲在人堆里看。在押往行刑地点的解放车上，我们看见国新和癞瓜一脸的冷漠。而他们身上的死刑犯的牌子实在是太大了，都快把他们压倒了。

"和他们两个人的爸爸在 15 年前'文革'中被枪毙时一

模一样,一模一样。"我听见大人这么在人群当中说。

倒是牛蛋已经软了,他在车上丢人地哭着。他抢了六个人的一共25块钱,现在,他要为此而受惩罚了。

后来,那些白天的真蝗虫和夜晚我们的"蝗虫帮"都消失了,来来去去都没有留下什么痕迹,就像蝗虫吃过的草后来都长出了新绿,我们消失了。

又过了几年,街上走着的都是簇新的人。他们甚至都没有听说过我们。我们洒在街上的血,也早都没有一丝气味了。

防空洞

在我们的校园里有一个防空洞,那是毛泽东时代为了防止第三次世界大战,"深挖洞,广积粮"时修建的。

防空洞在教学楼背后的一片僻静的小树林里,这个防空洞的洞口像是一个菜窖的入口,十分潮湿,还往外吹着阴冷的风,向里面看你只能够看到无尽的黑暗,我们平时很少到那里去,因为过去那里死过人,死的是一个漂亮的初三年级的女生。后来,凶手抓到了,他竟然是她的数学老师。用不着说明他为什么要杀她了,当然他是一个性变态,这是谁都会猜到的。

那个数学老师也教过我们,那是一个让人讨厌的已经秃顶的男人,在讲课的时候总是笑眯眯的,还不停地掂起他的脚尖。这个老流氓竟然在我们的身边潜伏了这么久,这是谁也没有想到的，我们都是大跌眼镜。

但是这一次不是关于这个数学老师的故事，是关于别的人，隐约和防空洞有一点关系。其实也没有什么关系，现在想起来，防空洞不过是我们记忆的一个标志，一个我们回忆的一个道具。凭借防空洞，那些年的事情才渐渐浮出了水面。

1983年的严打是一个我们的记忆的分水岭，那以后，似乎城市的变化越来越大了，因为所有的城市里的工厂都在改革，大地上的气息与此前的"文化大革命"时代越来越远了。其实在70年代末和80年代初，在街上混来混去的人，感染的都是"文革"的后遗症。为什么当时会有那么多的人在街上喝酒、无事生非、打群架斗殴？就是因为"文革"当中的帮派后遗症。

但是1985年以后，街上的闲人越来越少，是非常明显地减少了。我们中间不少人已经上了高中，准备考大学了。

记忆里在那些年里，有两个人的命运使我们印象很深，这是因为他们全都是由于没有考上大学而精神错乱了。

吃人的高考制度戕害了很多人，在今天正在普及高等教育的时候，说起这些陈年往事来，尤其令人触目惊心。

其中一个人，是我们喜欢的一个女孩马兰的哥哥。他比我们大一级，而我们和马兰是同班同学，所以，关于马兰的哥哥的回忆如此牢固，是和我们关于马兰的记忆十分牢固有密切原因的。

马兰的哥哥是一个大个子，长得十分的英俊，而且有很多的女生暗恋他。就像我们实际上都在暗恋马兰一样。他的篮球和跳高都是我们那所完全中学的运动会纪录保持者，而且他的学习成绩一向不错，当后来我们听说了他精神错乱的消息，真的十分震惊。

而另一个精神错乱的人是杨斌。杨斌是从湖南来的考生，他的样子就像是现代的孔乙己，穿着十分邋遢，似乎很少洗脸，更是很少刮他的那一脸的肮脏的胡子了。看不出他有多大的年龄，反正是比较老。

每一年我们都看见他在考大学，但是每一年他都没有考上，因为他总是坐在毕业班里。后来我们很多人离开了那座西北偏北的小城市的时候，似乎听说他还在考大学，后来终究再也没有听说他的下落了。

话说起来就长了，因为这些事情已经过去十几年了，但是我们很多人还记得他们，记得这件事情。

事情的起因是1985年以后，中学考大学的竞争突然地激烈了起来，在我们的那座城市，那几年有很多的内地的人来这里就读高中，因为新疆的学校学生的高考录取分数比较低，所以竞争更加激烈的中部省份，像河南、湖南、四川、湖北的考生，就改了名字，改变户籍，跑到我们学校里来，直接插到高中二年级，或者是高中三年级就读，很快地就参加高考了，由于他们的基础比较好，加上平时十分的刻苦，大多数是农村的孩子，所以学习起来就像是拼命一样，因此大多数人都能够考上大学。

我们就经常看见平时熟悉的一些毕业班上突然地冒出来了很多陌生的同学，他们一声不吭，只是发奋学习，然后一年以后我们就再也没有见过他们了。可能我们永远也不会再见到他们了。

对于我们的中学来说，这是提高升学率的一个方法，所以对内地来的考生弄虚作假更改姓名参加高考，是默许的，装作不知道，因为万一由此引发的问题全部由考生自己承担。所以，学校的很多当地的学生，对这些从内地农村里来的衣着邋遢的考生，内心里十分的畏惧和厌烦，因为他们几乎就是学习的机器，整天的除了看见他们学习，然后仍旧是学习，好像他们就再也没有别的爱好了。

杨斌就是这些从内地通过亲属的关系，来到新疆考大学的考生之一。我们这些过去的坏小子还没有到毕业班的时候，对杨斌并没有恶感。但是后来杨斌居然对马兰有了要追求的意思，让我们十分的恼火。

这个时候，防空洞作为道具出现了。

杨斌不知道为什么，竟然让马兰相信了他，由他带着她进入防空洞去采蘑菇。这是我们后来才听说的。可能是所有的女孩子都喜欢采蘑菇这样浪漫的事情，所以杨斌就把马兰给带到防空洞里了。

我们都可以猜想，在那样黑漆漆的防空洞里，女孩子自然会害怕，这个时候杨斌几乎就可以为所欲为了。我们都不知道杨斌对马兰干了什么，但是他们从防空洞里出来以后，马兰的神情一直十分的忧郁。

但是他们的确从防空洞里采到了蘑菇,那种蘑菇十分的巨大,根本不像是在太阳底下生长的东西,它具有某种梦幻色彩,让我们可以感受到附着于蘑菇身上的神秘的气息。蘑菇是好几种颜色的,但是不是纯色,而是仿佛经过了上帝之手调制而成的颜色,蓝色、红色、黄色、白色都不是我们惯常见到的颜色,十分的美丽。

杨斌和马兰在那个防空洞里待了整整的一天,是有人看见他们进去了,报告了老师,我们才进洞去寻找他们的。

当时有人猜测,杨斌可能和那个流氓数学老师一样,已经对美丽的马兰干了同样的事情。要真的是那样的话,学校的校长就又会换了,上次我们学校的女校长就换了。

我们一些胆大包天的家伙被体育老师带着,还有马兰的哥哥马飞,人人都拿着手电筒,开始进洞了。防空洞原来的铁栅栏门上面有一个大铁锁,但是现在已经被撬开了。我们走进洞口的时候,可能都有一些害怕,因为黑暗立即就包围了我们。

但是有身强力壮的体育老师带着,加上我们六七个人,对付一个像孔乙己般的杨斌,应该说没有什么问题。重要的是我们要去解救我们都暗恋的对象马兰,这才是考验我们的胆量和真诚的地方。

一走进防空洞,潮湿的气息就扑了过来,让我们窒息。但是我们临行前被校长动员了,所以士气十分高涨。我们大声呼喊着马兰的名字,然后一直向防空洞的深处进发。但是越往里面走,似乎就越宽阔,里面简直就可以容纳全校的师生都绰绰有余。

我们一路喊去,忽然,见到前面有亮光,我们都十分紧张,这个时候体育老师大吼一声:"是谁?"

"是我,杨斌,还有马兰。"

在我们的前面,那手电的光影当中,出现了两个人的影子,就是杨斌和马兰。情况并不像我们大多数人想象的那样,他们都是完好无损。其实当时我们在黑暗的防空洞里看到他们的时候,内心之中多少有一些失望,因为我们都不能够看到我们隐秘的期待:杨斌变成了一个强奸犯,而我们将成为抓获他的功臣。

那天我们又回到了地面上,防空洞里的黑暗和潮湿久久地萦绕着我们,似乎我们都获得了一种前所未有的体验,那种体验是防空洞给我们带来的。

但是后来不管我们怎么问,杨斌都没有描述他们,他和马兰在防空洞里到底干了什么,杨斌说他什么也没有干,只是领着马兰在防空洞里走。

"里面非常的黑,但是越往里面走,就越凉爽,而且,里面还有很多的房间似的隔断,可以待很多人。马兰是一个胆子很大的女孩,我都没有想到过,她的胆子那么大,竟然一点都不害怕。"

马飞对杨斌是不是对他的妹妹干了什么,是有一些怀疑的。他曾经问过她,问过他的妹妹马兰,但是马兰一听到这样的问话就十分生气地走开了,根本不回答她的哥哥,因此马飞后来又去威胁杨斌，但是杨斌完全沉浸在对防空洞的探险感受当中。

在杨斌后来的描述当中，防空洞里的神秘和美好，已经变成了一个美梦，听他描述防空洞，我们都十分的向往，毕竟，上次我们进去没有多远，就碰到他们了。"里面实际上还很深，而且我还听到了有人在里面弹钢琴的声音，但是我们，我和马兰准备继续往里面走的时候，又听到了你们的呼喊，我们只好就又返回了，但是，到底是谁在防空洞里弹钢琴，这个谜还没有解开。"

杨斌说完，看着我们的目光充满了期待。我们听他这么说，都有一些害怕了。毕竟，这可不是闹着玩的，"假如里面真的有人呢？或者，里面实际上是一个人的鬼魂？"我们当中有人发问了。

"我想再进去看看，在里面一直走到头，看看到底有没有人在里面弹钢琴。你们谁愿意陪我下去？"一直和我们在一起的马兰神情有一些不屑地看着我们，冷不丁地向我们所有的人发问到。

"我，我愿意再陪你下去。"杨斌抢先表态了。

"马兰，这小子带你下去就没安好心，你要防着他一点！"马飞大声说。

马兰又是不屑地一笑："可笑，你们自己没有胆量，却骂别人不好，也太不像个男人了吧！"

我们被马兰这么数落，都有一些颓丧和没面子，因此我们立即争着说都愿意陪着马兰下去。

我们在准备充分以后，就决定再次进入到防空洞里了。其实我们每一个人都有一些害怕，但是马兰都不害怕，我们又有什么害怕的？那样，我们就都是胆小鬼了。

这一次，体育老师没有跟着我们下去。我们把进入防空洞里当作是一次探险，因为杨斌和马兰听见里面有人弹钢琴了，这个谜底我们要去揭穿。

"你们真的听见里面有人弹琴？杨斌你见过钢琴没有？"有人问。

"怎么没有见过，学校音乐教室里不是有一架？我的宿舍就在音乐房旁边。"

"如果里面有人，那我们该怎么办？他会不会杀人？"

"不用担心，我们这么多人，不会有问题的。"

我们开始往防空洞的深处走。进入防空洞的路是一个斜坡，慢慢地下降深入的。潮湿温暖的地道气息扑面而来，紧张的心情再次地笼罩了我们。

间或，从十分遥远的说不清是防空洞的哪个地方，会传来一阵阵滴水的声音，十分的清脆。或者，一些蝙蝠被我们的脚步声惊扰了，呼啦啦突然从我们的耳畔掠过，它的黑色的影子像是幽灵一样闪过我们手电筒的光影，十分吓人。

但是我们谁都没有表现出害怕的样子，因为有马兰在，而且，再次进入防空洞还是她的提议。我们进入防空洞，是一个缓慢下降的过程。慢慢地我们已经看不到任何的东西了，除了摸黑前进。

我们越走越深，似乎已经进入很深了。这个防空洞似乎没有尽头似的，让我们的心情一点点紧张了起来。防空洞真的是有容乃大，里面有各种的岔道，还有各种各样的像是教室大小的单独空间。这些都是为了打仗时容纳不同的单位的人修建的。我们又发现了上次马兰采到的好看的蘑菇，长在一片棉絮一样的东西上。这个蘑菇似乎是人种的一样。

我们往里面走了半个小时，也没有听到弹钢琴的声音。我们有一些怀疑了，开始质问杨斌："你的耳朵是不是听错了？真的有人在里面弹钢琴？"

"嘘——"有人似乎听见了什么。

现在，我们都静静地站立着，然后，我们听到了一些奇怪的声音。过了好久，我们才意识到听到的声音是人的呼吸！

我们一齐把手电筒往声音传来的地方照去，结果把我们吓坏了：一个白头发的长毛怪物，正睁着大眼睛在一个角落里看着我们！有人尖叫了一声，我们看见那个怪物发足狂奔了起来。"抓住他！"

这是惊心动魄的时刻，我们在防空洞里发现了一个人形的怪物！我们在瞬间的恐怖过后，变得勇敢了，开始抓他了。我们听见他号叫着，发出了惊恐的声音。他向洞口的方向跑去。有一会儿他消失了，但是我们很快地从岔道上发现了他。看来他对这里面的地形十分的熟悉，所以我们对他的追捕十分的吃力。

但是最终，我们在一个像教室那么大的空间里抓住了他。我们靠近他的时候，闻到了他的身上浓烈的臭味。这是当然一个人，一个衰老的人，他看来在这个防空洞里生活很久了。我们押着他走出防空洞的时候发现他的视力十分的微弱，已经看不出他的年龄，他十分害怕的样子使我们确信我们抓住了一个可能的潜伏多年的逃犯。

我们从防空洞里抓到了一个白发野人的消息传遍了整个小城市，我们也成了英雄和谣言传播的中心。我们个个分头添油加醋地描绘了发现那个白发野人的经过，我们的讲述给很多人带来了巨大的满足，因为长久以来，都没有人进入到那个防空洞里了。

很快，那个被我们抓到的白发野人的身份查明了。这个人过去是我们这所中学的音乐老师，叫谢勉力，在1966年一次武斗之后，他就消失了，原来，他一直在这个防空洞里生活了20年！

很长时间我们都在谈论他，谈论谢勉力如何能够在防空洞里生活了这么多年。他吃什么呢？光吃那些蘑菇吗？我们进行了各种各样的猜测，有人猜测他吃老鼠，吃蝙蝠，吃各种小昆虫，但是他真的从来没有到过防空洞外面吗？外面这些年已经有了很大的变化，已经和1966年完全不同了，至少，他害怕的人和事都已经消失了。

谢勉力被学校交给了公安局，谢勉力被认定为精神失常。调查完毕以后，很快他又被送回学校。他没有什么事情，在1966年，他是受迫害分子。学校一时不知道拿他怎么办，因为他也没有任何的亲人在这里。在准备先送他到敬老院的时候，谢勉力,这个已经被外面的世界的变化震惊得目瞪口呆的可怜的人,很快地染上了疾病,不久就死在医院里了。

我们听到了这个消息都有一些难过,觉得要是我们不把他从防空洞里弄出来的话,他可能还不会死,因此十分的内疚。

但是很快地,我们的学习变得紧张了起来,进入高二我们要准备高考了。谢勉力的事情已经被我们抛在了脑后。我们对马兰的觊觎和关心,也在高考的压力下消散了,所以,我们那个时候就明白,感情是一个如同流动的云彩一样喜欢变化的东西。

我们的高一届的马飞和杨斌很快地在高考当中败下阵来,他们在秋天和我们一起再次就读高三。又过了几个月,在第二年的夏天,我们都参加了高考,包括孔乙己杨斌、马兰的哥哥马飞、马兰以及我们。马飞报考了北京体育学院,他的体育成绩相当的不错,被通过了,就看他的文化课了。杨斌也在摸底考试中,以第一名的成绩令我们嫉妒。

7月的三天大考之后,我们又下到了防空洞里,实际上为了给我们的中学毕业做一个告别。我们找到了谢勉力留下的棉絮和一点生活用品,内心之中十分愧疚。

似乎是我们一从防空洞里出来,高考就揭晓了。我们都考上了大大小小的学校,而马飞和杨斌则再次落榜了。

这对他们两个人的打击很大。后来,杨斌决定继续考大学,而马飞有一天从学校失踪了,他是去北京上访,到北京告状去了。

一个月以后，警察把他从北京送回来的时候，马飞已经精神失常了。而且，在求告无门的情况下，他在北京火车站的卫生间里杀了一个老头。他杀了那个老头的时候，他就已经精神失常了。

我们离开学校以后，听说"孔乙己"杨斌仍旧在参加高考。第二年他仍旧没有考上，而且越考越差。后来，传说他已经比同班的同学大10岁了，还在我们那里参加高考，因为精神多少有一些失常，每考必败。

又过了几年，他有一天突然地消失了，从此没有人再看见过他。我们后来猜想，他是不是会躲藏到那个防空洞里了呢？

时装人

我是一个惧怕生活的人,长久以来,我都不知道外面发生了什么。我住在一幢100层楼的第49层,我已经有一个月没有下楼了。我储备了足够的食物——我有一个储量很大的冰箱,足以准备好几个月的食物。我不知道我是否得了什么病,因为,我已经不习惯于在生活的洪流中与人面对面的相遇,我喜欢窥视——真的,我是说我只喜欢窥视生活,因为生活变化多端、转瞬即逝,已经没有任何一点可以被我抓住的永恒的事物了。就在前几天,电视上连篇累牍地报道着一个著名的夜间音乐女节目主持人被杀的事件——她是一个风韵非凡的已婚少妇,但现在,电视却在大谈着中东某个国家因为种族原因引起的一次宗教大屠杀。到底什么是人们应该持续谈论和把握的?我不知道。因此,我憎恨而又惧怕陪伴我度过一天的大部分时间的电视,尽管它每天都给我提供流动的真实与幻象相结合的图景,让我处于一种不断变换场景的梦幻之中。

我悄悄地掀开窗帘的一角,向外面窥视。这个时候是下午,白亮的阳光覆盖了整座城市,所有的建筑物似乎都在向上生长。我拿出了我的高分辨度陆军用望远镜——这是已死去的当过军队团长的我父亲给我留下的。我就用它来窥视生活——有距离地窥视并能触摸生活,这使我心安理得而又具有安全感。通过它我看到了全部的生活,我是说,不需要我身陷其中的纷繁复杂而又庸常破碎的生活。人的一切行为、动作、姿势、语言、思想,通过它我都能够了解到,我还需要陷身于大众中去吗?

大约是在几个月前,我突然发现了城市里出现了时装人。她们大多数是女士,而且大多都非常迷人,有着美妙的能够让人欣赏并想入非非的身段,臀部和乳房。她们一般以小群体的形式出现,无论白天还是夜晚,她们总是出现在最喧闹的地方和人最多的地方。比如现在,我的望远镜就捕捉到在一幢挂满了广告条幅的百货大厦门前,那搭起的台子上,有8个时装人正随着节奏音乐在表演。她们夸张地扭动胯部、表情安宁,走动或者凝止,不断地变换姿势和衣着。很多路人都停下来,张开了嘴巴在观看。我突然发现,所谓的个性已经在城市中消失,人的个性因为时装的出现成为了流动的东西,时装暂时将人的个性和灵魂固定下来,成为彼此交流的符号。城市里到处都是人与人短暂的会面,而后迅速地告别。

8个美丽的时装人不停地变换着服装,到明天,到随后的几周内,大街上一定到处都是穿时装的人,因为人们学会了大规模仿制,而时装却永远在向前流动,想到这一点我就感到心烦意乱。

有一天我还看见有一队时装人,他们一共有18个人,全都是俊男靓女,排着一字长队在人流和大街与大街之间穿越。他们表情冷静而又克制,因为他们知道他们正在被大众关注,到了明天以后,他们的衣着就成了模仿的对象,他们不断地穿行在城市里,他们到底应该算是一些什么人?包装个性与灵魂并不断变换着展示它的人吗?

不久以后,我发现我恐怕是无可救药地爱上了一个时装人。她那样的冷傲而又活泼,一双美腿在音乐节奏中的走动犹如大海起伏的韵律。当我从电视上、从望远镜发现了鹤立鸡群的她时,我的心狂跳着。我想也许我的生活要改变啦?只有她会让我走出这间屋子,除此之外世界没有任何诱惑我的东西。每天,我都企望从电视上、从望远镜中发现她,有距离地欣赏她,爱她,可我有一种恐惧感:她是有个性的吗?如果她的性格随着时装的变化而又呈现流动的状态,这有多么可怕呀!我不由得颤抖了起来。因此,我牢牢地记住了她在嘴唇下的那枚小巧的黑痣,它使她变得魅力非凡而又容易辨认。

到了晚上,我打开了电视,新闻节目一开始,我就被一种莫名的恐惧感给抓住了。那个喜欢说些俏皮话的男主持人正在动物园现场采访,动物园一座很高的铁笼子已经被毁坏了,我紧张起来,因为随后我便知道了这座城市的动物园中著名的大猩猩已经失踪。它们一共两个,一公一母,就是它们毁坏了铁笼,从而让它看上去不堪入目。按说大猩猩是没有能力扯开由很粗大的钢筋结构而成的铁笼的,更何况大猩猩是很善良的,那个同样有些紧张的男主持结巴着说,问题是当一队时装模特儿在动物园表演时,刚好被大猩猩看见,大猩猩先是注目观瞧了一会儿——据目击者说,然后它们便突然发了狂,奋力地扯着铁笼,怒吼着冲了出去。所有的人都不知道发生了什么,这时两只大猩猩已经冲到了时装人表演台上,猝然地击倒了其中的两个,在迅雷不及掩耳的时间里杀死了她们。这下现场一下大乱,无论是游客还是美丽的时装人都已惊慌失措,在一片惊叫声中四下逃散而去。闻讯赶来的警卫人员发现现场除了两具时装人的血肉模糊的尸体,一片狼藉以外再也没有一个人,那两只大猩猩也不见了。紧接着电视上出现了两具尸体的面部特写,我的心顿时狂跳起来,我担心是她——我的意中人被……还好,我没有在她们脸上发现黑痣。那个脸色略微有些苍白的男主持人在向动物园驯兽师询问大猩猩为什么发狂时,语言闪烁的驯兽师推测说,这也许是因为时装人的表演抢走了它们的观众,因为据说在时装人表演的一瞬间,很多人离开了大猩猩的铁笼去看时装表演。那个驯兽师还煞有介事地说大猩猩的嫉妒心理要比人强多了。当主持人问到大猩猩的失踪可能会产生什么后果时,驯兽师说:"可能仍会发生人被袭击的悲剧事件。而且,它们有可能专门去袭击时装模特。问题的首要之处在于尽快抓住它们。"

紧接着,电视镜头上出现了警察全副武装出动的画面。城市警察局长说,一旦大猩猩对人发动了袭击,人可以自卫直至将其打死而不用负任何法律责任。然后，电视上关于这个事件的报道算是结束了。我呆呆地坐在电视前面，我这才发现我出了一身冷汗。我在屋子里从不穿衣服，因为我把空调开到了不用穿衣服的恒温状态。我赤裸着来回走动，我时而掀开窗帘向外窥探一番，我发现，夜幕下的城市似乎陷入了普遍的恐慌之中。人人都知道大猩猩杀了人并且逃走了，我看见在这座巨大的城市中，仿佛有一种巨大的力量在使这座城市旋转，这座城市看上去更像一个很大的沙盘，一切都是不真实的，不信你听，吱吱嘎嘎旋转声正从城市的底部传来。那些亮着很多灯光的楼厦上的窗户明明灭灭，拥有8条车道的公路和大街上车流涌动，像小甲虫一样飞速远去，拖曳的灯光像蜗牛雨天留下的痕迹，这就是天天如肿瘤般膨胀的城市。

我吃了一点东西，继续看电视，我在想大猩猩可能逃到哪里去了？我实在想不出来它们会到哪里去。我突然想，也许大猩猩会乘坐电梯，来到这幢楼上，这幢100层的大厦大约装载着1万多人，每天，这一万多人包括我就徘徊在电话、办公室、床铺、抽水马桶和传真机、复印机之间，整座大厦就像是一个忙忙碌碌的蜂巢，一个物的帝国。在这里人们交流各种信息，以各种计谋去掏对方口袋里的东西。这座大厦那样的真实，像一座标杆一样矗立在城市中，但是它却不知道有一个隐匿的人藏在它的腹部在分析、判断和咒骂它，以及以它为象征的整座城市。我在想，也许大猩猩猜透了时装人的出现给人所带来的全部含义？人类返璞归真越来越成为不切实际的幻想，因此把大猩猩都惹怒了？大猩猩杀死时装人是不是在向城市人表达着什么？我在沉沉睡去时苦思冥想着。

第二天的晚上，我打开电视新闻节目，这次是一位穿大红色风衣的漂亮但不免做作的女主持人在说着什么。画面是一个女时装人惨不忍睹的尸体，显然，大猩猩又出现了。"当时一队时装人正走在繁华的大街边，突然从下水道井盖下钻出了大猩猩，它揪住了死者的腿，另一个大猩猩也钻了出来。由于人多，大家过于慌乱，在四下奔逃时踩死了一位老太太。警方在下水道下找到了女时装人的尸体，但她身上的衣服已被大猩猩剥去。可以肯定的是，现在大猩猩就藏身在这座城市的下水道里。"然后，我在屏幕上看到了女时装人被毁坏的面容和揪掉的头发。她不是我爱的那一个，但我已经非常紧张和愤怒了。熟悉市政建设的一位副市长对市民说，本市的下水道系统非常复杂，几乎就像是一座巨大的迷宫。"但我们会尽力进行全面搜索的，三天之内抓住大猩猩。"市长许诺说。

紧接着是全市的时装表演和各种时装店关门的公告与消息，我想，这也许是永久的中止了，只要还没有抓住那两只大猩猩。公安局长建议市民们不要再穿鲜艳的时装衣类，而统统改穿黑色或蓝色衣服，以免遭受大猩猩的袭击，以及身穿抢到的时装出现在人群中的大猩猩会被及时发现。电视记者采访到几位女士，她们都表示明天起不再穿鲜艳的衣服了。

我突然鄙夷起这些市民大众了，她们趋赶时尚，追赶潮流，在麻木而又机械的模仿中消耗自己，成为简单的东西，而她们却又那么珍视自己的生命？我关掉了电视，开始盘算如何保护我的意中人,我想我是否应该为了爱而挺身而出,牺牲自己。可她现在在哪里?我是否该走下楼去?

随后的几天,又发生了几起大猩猩袭击时装人的悲剧事件。很多人都看见身穿时装的大猩猩十分恐怖地猛地从下水道井盖下跃出,袭击时装人。它们杀死她们,只是为了换掉身上的时装。如果不制止它们,它们会像人换衣服那样频繁地杀死时装人的。城市中时装人越来越少,人们重新穿起了单一颜色的衣服,恐惧笼罩着城市,而且,当发生在地铁里的悲剧事件过后,连地铁也停运了。

而这时我却在想着是否该由我走出幽闭的生活了。我也许现在应该走出大厦,去捕抓那大猩猩。我懂得它们的语言和手势,这是我幽居大厦研究钻研的成果。我要和它们交谈,告诉它们不要再这样做下去,为什么我们不能和平相处?人是爱它们的。我正这样想着,门外的走廊里响起了杂乱的脚步声。我紧张起来,连忙趴到门上的窥视孔朝外看去,只见三个美丽的时装人穿着时装,手提着皮箱,正紧张地走向对面的房间。而且,我还看见我最喜欢的那个时装人也在其中!我的心狂跳着,我高兴坏了。我也许可以实现保护她的愿望了,我既紧张又激动。我在屋子里走来走去。我已经许久没有与人说话,我不知道该如何和她说话。我想首要的问题在于我应该先穿上衣服。我找了一套白色的衣服穿上它,然后我坐到了电话旁边。我拨响了电话。

"喂,你找谁?"听上去她的声音十分紧张。

"我要那个左嘴唇下长有一颗黑痣的时装人接电话。"

"啊,我就是,我叫陈虹,有什么事吗?"

"我……想保护你,因为大猩猩……我是你的崇……"

"对,它们正在追杀我们!天知道这警察是干什么吃的竟然束手无策,很感谢你,你在哪里?我已有四个同伴被它们杀死了……"她哭了起来,很显然她已恐惧过度。

"我就住在你对门。我懂大猩猩的语言,我想我会制止它们……我懂得它们的语言。"我安慰她。

"那我想现在就到你那里去,我实在太害怕了,可以吗?"

我想了一会儿,和自己喜欢的女孩子能面对面简直叫我吃惊,我后来说,"我去开门,你快来吧。"我放下电话就去打开了门。陈虹打开门左右看了看,便冲了过来。她的皮箱太重,险些叫她跌了一跤。我有些害羞,扶住了她的腰:"这箱子都是些什么东西?这么重。"

"全是时装。"她惊魂未定,坐下来喝了一杯我倒给她的威士忌,才断断续续地告诉了我她被大猩猩追杀的全部过程。原来在动物园表演的人中就有她。

我怜爱之心顿生,她边流泪边说,犹如梨花带雨让我心疼。我在想我是否应该向她表白,但发现这似乎不太适宜,我柔声地劝慰她,直至她寻求安慰似的抓住我的手,把头靠在我的肩膀上。

"我一直在想,大猩猩为什么会袭击你们时装人?"

"我也不知道。也许这是野蛮对文明的攻击。你看,现在全市所有的人又成了蓝蚂蚁和黑蚂蚁,他们再也不穿时装了,我有多么伤心。"

"而我却在想，时装使人变得更不真实，时装使人成了流动的人、面具人、灵魂外在化的人、不确定的人、包装的人。我们就真的需要时装吗？"我边听城市嘎吱吱旋转的声音，边柔声地反驳她。这种观点我已想了许久了。

"但时装给人带来了美、自信，时装可以让人自己塑造自己，因为人是先天不足的，通过时装可以让自己变得完美和自信，变成他们想成为的那种人。"

"但大众只是趋从与模仿，没有真正的个性与灵魂。"

"可时装也在变化，趋从和模仿也在变化。生活就是流动的，你为什么要让一切一成不变？"

我无言以对，注视着她的眼睛，她的眼睛是褐色的，她的嘴唇那样生动，吹气如兰，我按捺不住内心的激情，亲吻了她那颗小巧美丽的黑痣。这时门被敲响了。

我放开她："是侍者，我想要两杯热牛奶，我这里没有，好吗？"

她点点头。我打开了门，旋即我被一双大"手"揪住了。我被一股巨大的力量推进屋子，我在一刹那看见了两张狞笑着的红脸。我想我要完了，因为两个穿着时装的大猩猩已经破门而入。紧接着是一阵尖叫声，我挣扎着从一双大"手"中看去，另一个大猩猩已经向陈虹扑去。陈虹跳到茶几后在周旋。我突然镇定下来，我用大猩猩的语气说："住手！"

那个大猩猩一愣，它回头看了我一眼，我接着说："不要动她，你为什么要动她？"

它哇哇大叫，意思是要穿上她的时装，它热爱时装。

"你们为什么要穿上时装?告诉我!"

它说它拒绝回答我,它要她的时装。

"你们为什么要杀掉时装人?我们不能和平相处吗?"我大声质问。这时那只听懂了我的话的猩猩忽然哭了起来。它的哭声中包含了孤独、委屈和愤怒的内容。我似乎懂得了一点什么,而这时陈虹却举起了椅子,猛地砸向了它的头。它愣了一下,但未受重创,大吼了一声,反而向她扑去,我想这下又完了,我已无法制止冲突,赶忙抓起了一瓶喷雾剂,向我身后抓住我的大猩猩的脸上喷去,它松开了我的胳膊,软软地倒了下去,而这时陈虹已经打开门,冲了出去,那只公猩猩狂叫着也冲了出去。

我也追了上去。我的心悬了起来,我看见她和它都进了一部电梯,我赶紧也冲了进去,电梯里的厮打是残酷的,当电梯门重新打开时,我已摇摇晃晃,头昏脸肿,而这时大猩猩拼命向逃走的陈虹追去。我紧跟着来到了大街上,大街上灯光闪烁,行人匆匆而又恐慌。我听见了警车的鸣笛声,我看见我前方的行人纷纷让开,我前面那只大猩猩在追赶陈虹。我最终没有阻止悲剧的发生,我赶上去的时候,那只暴怒的大猩猩终于击倒了陈虹,并杀害了她。而这时,冲上去的我被警察拦住,一阵枪响过后,那只企图更换时装的大猩猩倒在地上。我也倒在了地上,因为我失去了陈虹。

这天晚上所有电视都报道了这件事。我赶紧买了一件风衣并竖起领子。我没有再回大厦,是陈虹那个美丽的时装人使我离开了幽闭的生活。我现在又重新走到了人群当中。我看见商店、舞厅、游艺室以及广告屏幕上，到处都有电视在报道，画面上我精疲力尽地追赶大猩猩，以及大猩猩被击毙的过程全部都显示了。电视主持人说另一只大猩猩已被抓获，也许不久之后将被绞死，只是我，"一个非常勇敢并同大猩猩搏斗的市民却失踪了。市长已决定奖励他。"画面上是我大幅的照片特写。我站在人群当中，突然觉得，就在今天，我也成了一个时装人，一件时装，所有的人都在注视我，在内心之中模仿我，到明天，他们依旧会忘记我，就像忘记一件过时的时装。明天，一定会到处都重新充满了时装人和模仿时装人的城市人，穿着不断变动的时装出现在商厦、地铁、街头和出租车里，一切将重新依旧，人们将忘却时装人的死，忘却陈虹的血，忘记大猩猩带给他们的恐惧，就像忘掉一种时尚，一件时装。我躲在人群中看着电视画面上自己那张有些疑惧的脸，想着是否应该再回到大厦里去重享孤独，一边泪流满面。我想我突然地理解了那大猩猩，虽然它杀死了陈虹，叫我永远憎恶，这个时候我不喜欢重新陷入欢乐的大众们，他们就像啤酒的泡沫一样正在慢慢把自己消耗。

里面全是玻璃的河

那一天是一个星期六,天气特别好,因此冯斌决定去钓鱼。他已经有好久没有去钓鱼了,部分的原因是他的妻子怀了孕,所以他要花不少时间在家中照顾妻子。

他们结婚五年了,去年他们在这个社区买了一套房子。这时做服装设计师的妻子决定要一个孩子,而且也很顺利地怀上了,现在离生产还有一个月,冯斌觉得自己的生活风平浪静,一切都将在预料之中。

"你是要带上海竿还是那个可以伸缩的钓鱼竿?"妻子袁梅在帮他整理和收拾渔具时问他。

"海竿要在湖里钓鱼时才用,我用那杆可以伸缩的普通竿。我去潮青河钓,那条河不宽。"

"什么时候回来?"

"中午我不回来吃饭了，晚饭前我会回来的，我要钓满一桶鱼才回来。"冯斌向妻子要了一个红色的塑料桶。去年夏天，他去北部一个钓鱼场钓鱼，就钓了满满一桶虹鳟鱼。那些虹鳟鱼简直傻极了，它们抢着往他的鱼钩上碰。不过那个钓鱼场是专门为了钓鱼者修建的，撒满了为了让它们早点儿上钩的饥饿的鱼。但这一次不一样了，因为潮青河是一条自然河，它从很远的地方像一条宽阔的带子一样弯过来，在太阳下面闪闪发光。这条河离社区八公里远，冯斌决定骑自行车去。他有全套的从日本带回来的钓鱼服；那种可以下水的特制高靿儿胶鞋、薄手套、夹克、太阳帽和一根可以伸缩的碳合金鱼竿。在和妻子告别——他亲了她的额头之后，就出发了。妻子挺着骄傲的大肚子，站在台阶上，看着他在阳光下的社区门口的道路上消失。

很长时间来冯斌觉得自己很幸福——他和袁梅从恋爱到结婚，再到现在她怀孕，即将做妈妈，这期间已经经历了八年时间。他是在大学快毕业时认识袁梅的，从此开始了他的马拉松般的追求，但这个过程在冯斌看来很迷人，他认为这个过程是圆满的，因为他们两个人之间经历了从恋爱到结婚再到即将生子的所有的细节，他觉得这个过程他和袁梅一起完成，让他体会到了生命的乐趣和丰富，有很多人把他们的感情分给了很多人，他们不会体会到他的完满幸福感的。

几个月都没有把心思放到别处的冯斌一出门就觉得快活。初夏的阳光白花花的，但很柔和，就像他和妻子对视时的目光。那里面全是爱，全是爱。他哼着歌，骑着车子快速地奔向那条河，那条闪闪发光的潮青河。

这时候仍旧是早晨,空气清新得仿佛被过滤了好多遍似的,冯斌选择了面向太阳的河岸,支起了钓鱼竿。太阳光很柔和,但它待一会儿就会放射出十分强烈的光线了。冯斌细眯着眼睛,他选择了一处河湾水流舒缓的地方下了钩。

潮青河大约宽九十米左右,但它显得异常平静,因为可能河底是平的,因此看不见它有一丝的波澜,这使得河面看上去就像是他家的三十四英寸的索尼纯平彩电的镜面一样。也许我不该买这么大的电视,他想,我从来就不爱看电视,平时都是袁梅在看,她每天要在电视机前待到很晚,女人的真正丈夫是一台电视机,他略微不满地想。

可能是因为水太清了,他坐在那里有半个小时都没有鱼咬钩。水至清则无鱼,有人早就这么说过了。于是冯斌又换了一个地方,他沿着河大约向下游走了三百米,这里的河水哗哗地响着,河面凸起的好多石块让水发出了这样的声音,在一处芦苇边上,他再次甩出了鱼钩。

一个穿红色衬衫的小姑娘从河边小道上走了过来。她大约有六七岁,扎着两条小辫子,两个眼珠子滴溜溜地转动着。

"叔叔,你钓着鱼了吗?"

"还没有。鱼还没有咬钩呢。"

"它什么时候咬钩?"

"快了,在它饿了的时候。"

她坐在他旁边,恍惚间他觉得他已经有了一个女儿,一瞬间她已长这么大了。

"我不要做一条鱼。"

"为什么?"

"因为它被钓着的时候嗓子眼儿一定痛极了。"

"你不会变成一条鱼的。你叫什么?"

"我叫小红。我爸爸也在钓鱼,但他在那边,他已经钓上一条小鱼了。"

"我没看见有人。"

"他在一个小坡下面。我在采野花,我不想变成一条鱼。"

"你不会的,你爸爸也不会让你变成一条鱼的。"

"因为鱼被钓着的时候嗓子太痛了。"

那个叫小红的小姑娘就坐在他的边上,有一会儿他们都没再说话。从冯斌的心中升起来一种他过去朦胧感受过的父亲的感觉,现在身边有这么一个小姑娘,他感觉到了。这是一种非常慈祥、温暖的感觉,就像温度正在不断升高的太阳,他和她坐在那里,就像父亲和女儿,安静地盯着鱼竿伸出去的方向。

然后,鱼咬钩了。因为鱼总是要咬钩的,冯斌心里一阵激动,他猛地挑起了鱼竿,在钓鱼线上脱水而出的正是一条银光闪闪的活蹦乱跳的鱼。

他赶紧收线,将鱼拉近到手边。小红姑娘先是一阵欢呼,但紧接着仿佛也感受到了鱼嗓子眼的疼痛,张着嘴不吱声了,看着冯斌把它抓到了手里,取下来放进了塑料桶。

"你把它放了吧。"小红蹲在塑料桶边看着鱼说,"叔叔,它痛着呢。"

"不,我钓起了它就不放它。"

"把它放了吧。"

"不行,小红,你爸爸会放走他钓的鱼吗?"

"有时候他就放。"

"我不放,我好不容易才钓上这条鱼。"这时冯斌觉得自己像一个脾气倔强的孩子。难道我也六七岁吗?

小红站了起来,她很失望地四处打探,然后她指着河面上说:"那里还有一条鱼。"

"什么?在哪儿?"冯斌站了起来,向她手指的方向看去,但这时从远处传来了呼唤小红的声音。那一定是她的父亲,因此她答应着跑开了。

他还在看河面,他心想那里真的会有一条鱼吗?是一条什么样的鱼呢?于是,他的确看见那边的河水中间,有一块石头上靠着一个小东西,它是白色的,但比一般的鱼要大得多,它不知道从哪里浮过来,被那块石头挡在那里,或者河水太浅,它走不动了,就待在那里了。

冯斌再一次甩出了鱼竿。他猜想自己会钓上一条大鱼。因为袁梅最喜欢吃鱼了,她什么鱼都爱吃。但他的视线总被河水中间的那个浮物所吸引,它是什么呢?

他细眯起眼睛看,现在太阳已经升得老高了,河面闪烁着碎银子一样的光芒,仿佛有成千上万条鱼在跳跃,它让他一阵眩晕,他仔细地辨认着,觉得它并不是一条鱼,它更像是一个玩具娃娃。但它也许是一个死婴。这种想法让他吃了一惊,死婴!这是他从来没有想过的事,但那东西看上去太像了,简直越来越像了,他就盯着那个东西看,直到他决定涉水把它捞上来。

他挽起了裤腿,下水向河面走去。河面细碎地闪动的波纹让他眼花缭乱,但河水不深,还没有到他的膝盖。这么浅的水里会有些什么?他盯着它想,他离它越来越近了,他尽力使自己适应了河面的反光,然后看清楚了它。

那的确是一个婴儿,它(他?她?)头朝下漂浮着,被一块石头挡着,微微地浮动着,可以看出它的头发是褐黄色的,那样子像是一岁左右的婴儿的头发。它身上有些青伤,但皮肤已经被水泡得发白,就像一条大鱼一样。

他呆立在水中不知道怎么办的时候,忽然感到脚下一凉,然后一阵钻心的疼痛从脚底慢慢地升上来,他猜想一定是自己踩上了一块玻璃。他吸着气把脚拔出来,看见自己的脚底果然嵌入了一块透明的玻璃。他骂了一句,取出了那块玻璃,然后又走回岸去。

他这下明白这是一条布满了玻璃碎片的河。他弄不清它们是从哪里来的,就像他不知道它是从哪里来的一样。它们是从哪里来的呢?它呢?它又是从哪里来的呢?站在河岸上他很茫然,他看见小红和她的父亲在几百米外的地方,他们已经打算离开了,现在向他挥手,然后,他们就不见了。

他坐下来将脚底包扎了一下。幸好带来了药棉和创可贴,为了防止破伤风,他又将自己的脚板挤出了一点儿血,因为他认为只要见了血就会防止破伤风。

现在他坐在那里感到心里不太平静。那个死婴面朝下漂浮在水面上的样子很悲哀。它是怎么死的呢？是谁、是哪一对男女把它扔进了这条河里？他应该去报警吗？

他觉得现在他不能钓鱼了。它的出现完全吸引了他的注意力，他现在不能干别的了。他决定把它捞上来，他想了想就又下河了。

但这是一条布满了碎玻璃的河。那些玻璃碎片在水底闪烁，并不是有千万条银鱼在跳跃，现在他明白这一点了。他小心翼翼地尽量躲开那些玻璃，但他的脚底仍被扎中了。他的脚痛极了，这下双脚都被玻璃割烂了，但他决心把它弄到岸边。

他又来到了它的近旁，他用带来的小绳子拴住它的一只脚丫，那大概是左脚，然后他就像渔夫拽着他的一条小船一样在向岸边走。

他突然不怕那些水底的碎玻璃了，因为它们已经扎伤了他，让他流了好多血，如果这条河里有食人鱼群，它们闻着血腥会很快扑过来，把他和它吃成骨架吧？这个联想并没有使他觉得恐惧，因为他知道这条河里的鱼还不如那些碎玻璃多呢，即使这是一条郊区的河，人们也往里扔了太多的东西，甚至连死婴——它也扔了进来。

他回到了岸上，赶紧再次包扎自己的脚，他的脚底已经伤了好几处，伤口挺深，因为那些扎在沙土里的玻璃片像竖起的刀锋。可现在他把它弄到岸边了，他松了口气，因为不处理好它他就没有办法再钓鱼，而今天他只是为了来钓鱼的。

他包扎好了自己，松了一口气。在一条里面全是玻璃的河边钓鱼，心理上的确不能轻松，他停了一会儿，注视着塑料桶里的鱼，那条小鱼已经恢复了过来，可能它的嗓子眼不再痛了，它轻快地在桶中游着，脊背健康得发黑。

他停了一下，有一个愿望使他想去动它，他拿着一根细木棍，在河岸边把它翻了一个个儿，现在它变成他了。这是一个小男婴，他紧闭着双眼，看不出是痛苦还是在熟睡，他的整个皮肤发出了一种令人难以置信的灰色，他现在像是一具被包裹在一层很薄的塑料里的玩具娃娃，在水中仰面朝天。他端详着他，觉得这个小东西仿佛是从天而降，又仿佛没有任何来由，但已经和他建立了某种联系。他不明白这个小东西和他即将出世的孩子之间会有些什么关系。现在，他可以把他放在一边了，可以专心钓鱼了，于是他就用绳子把他拖到了不远的一个河汊处，然后他回到原地继续钓鱼。

等到他再次开始钓鱼的时候，他心里已不再去想他了，这时他的脚意识到疼痛，那全是河中的玻璃扎伤的。河岸沿线没有一个人，只有他在钓鱼。整整一天都是这样，这一天他一共钓了大大小小十几条鱼，装了有小半桶，在天黑之前他回家了。

而袁梅正在家中等他回来，她现在还在挺着大肚子坚持做饭，她要吃新鲜的鱼，她要喝新鲜的鱼汤，因此她在家中等他回来，她当然会等到的，因为那个红色塑料桶里有十几条鱼呢。冯斌从来没有像今天这样轻松，他们一起吃了一顿有鲜鱼的晚餐。当然，他们还在餐桌上点了蜡烛。

冯斌后来一直后悔他讲了那个死婴的事儿，那时候他们都躺在床上快要睡了，他们都穿好了睡衣，正准备关掉床头灯，然后他讲了他在钓鱼时看见的那个小东西的情况。

从他一开始讲，他能够感觉到袁梅在屏住呼吸，仿佛在听一个令人难以置信的故事，他讲到他把他拖到河汊以后，就不再说了。

"然后呢？"

"什么然后？我再没管他了。"

"那他就一直在那里，那个男婴？"

"对，一直在河汊里呢。"

"然后你就坐在不远处钓鱼？"

"是啊，后来鱼就直往鱼钩上碰，你就拦不住它们。"

"为什么有那么多的鱼？是不是因为有他的原因？"

"不不，可能后来天气渐渐热了，河水变暖了吧。"

"你为什么不去报警？"

"我想过，可我后来忘了。"

"你忘了，你还是个人吗？"妻子的口气突然变得严厉了。

"我真的忘了，因为鱼太多了。"

"那你也忘了你脚上的伤口吗？"

"没有，后来我简直痛极了。"

"可他还在那里，他死了，你熟视无睹，你把他拖到岸边，扔在一边，然后你钓了一天的鱼。"

"就是这样的啊。"

"我们刚才吃了有死婴的河里的鱼。"袁梅勉强说出这一句话，然后"哇"地一下子吐了出来。他们的确吃了有死婴的河里的鱼，现在，袁梅大约是要把它们全部吐出来，她成功了。而他,也不知所措了。

后来冯斌回忆起来那天晚上的情况,觉得一切都是乱糟糟的,妻子的呼吸突然变得紧张了,吐过之后,她脸色苍白,她不想和他说话,过了一会儿,等他收拾完了她的呕吐物,她的肚子开始痛了。

这是一个危险的信号,冯斌急了,打电话叫来了保安,他穿好衣服和他们一起把妻子抬进社区的一辆面包车,然后紧急送往医院,一路上袁梅眉头紧皱,她一直不和他说话,这让冯斌很着急。后来在医院里,经过紧急护理,医生保住了险些流产的孩子。

"为什么会是这样?"冯斌问一个面色红润的大夫。

"她一定受了刺激。受了刺激的孕妇情绪反应巨大,可能会早产的。幸亏你送来得早,否则,你的这个孩子就保不住了。"

"她要住院吗?"

"明天要观察一天,你明天再来吧,她已经没事儿了。"

他第二天来到医院的时候,大夫告诉他他妻子已经走了。"回娘家去了,她妈来把她接走了。"那个大夫狐疑地看着他,"你是她丈夫吗?"

"当然,"他十分生气,"我当然是她丈夫。"现在他明白,袁梅生他的气了。可袁梅是怎么生他的气的呢?因为什么?是吃了有死婴的河里的鱼吗?可能没有那么简单,因为袁梅一直是一个通情达理的人。但又是为了什么呢?仅仅因为他吗?因为他没去报案而是在他的一边钓了一天的鱼。他现在想,当时他的确是把他忘了,因为他已经把他拖到河边了。但仅仅拖到河边就够了吗?他认为够了,可她却觉得这样还远远不够。

他单独一个人在那张大床上躺了一晚,第二天他打电话给袁梅,是她母亲接的电话,然后才是她。

"不管到底怎么了,我想把你接回家来。为了我们的孩子我也要在你身边。"

"你没有人性。"袁梅的声音听上去又严厉又恶狠狠的。

"我,没有人性?"他目瞪口呆。

"是的,你把那个死婴用绳子捆起来拖到河边,然后你把他扔到一边,就再也不去管他了,你把他忘了。可他也是一个人啊!然后你在那里钓了一天的鱼。你说,你有人性吗?而你马上也要当父亲了,我感到害怕。"

"你害怕我?"他更加慌乱了,"可是当时我没法再干别的,我已经……可他……我又能怎么样?"

"你没有人性。我在想我应该一个人待一阵子。我不想回家去,你让我自己好好想一想。"

"想一想什么?"

"想一想你会不会为我们的孩子负责。"

"这还用说吗?我当然会。"

"但你的行为证明你不会。"

"你太不讲理了。"

"而你太没人性了。我想自己好好静一静,因为你伤我的心了。"

他觉得这非常荒谬，本来生活那么平和宁静，然后有一天他去钓鱼，看见了一个不知从哪儿来的死婴，是一个男婴，然后他把他拉到了河边，然后，他的生活就发生了一些变化。这让他想不通。他左思右想，决定再去那条叫潮青河的地方找一找他，他就又去了。

他在河边找了半天，他记得自己把他放在河汊里了，可现在那里什么都没有，如同一个幻觉，那里什么也没有。他沿着河边找啊找，仿佛他找到了他就可以把妻子接回来，但是他没有找到。他有些恼怒了，他不知道这一切是怎么回事儿，后来，他索性脱掉鞋子下了河。他把裤腿挽在了大腿根，然后在河水中向下游走去，他要找到他，因为他知道那一天他确实看到了他，现在，他要找到他。这条河确实不深，河面很宽，他就在水中拎着鞋走着。他下了河再次确认了这是一条充满了玻璃的河，因为他显然被扎伤了，而且他还流血了，但他全然不顾这些，只是为了找到他，那个皮肤灰白的玩具娃娃——也许他原来不是死婴。但那条河里除了玻璃碴，什么也没有，他什么也没有看见。

到了星期六，他已经连续去了那条河边三次了。他再也没发现过他，他变得十分慌乱。他在给妻子打电话时恳求她回来："回来吧，我想那个死婴是一个幻觉，我再也没看见他。回来吧，快回来吧。"但电话那边一片静默，是的，电话那头一点声音都没有。

月亮的朋友

有时候，生活中确定不会发生的事情，也许突然会在你的生活中发生。昨天，我就遇到了一个小小的奇迹。我最近买了一本英国作家德·昆西的中英文对照本散文著作《论谋杀》，从三联书店回家之后，我在细心翻阅和盖上我的藏书印的时候，发现我遇到了一本错版书——这本书其中有一个印张的篇幅，也就是有整整三十二个页码，被装订反了。我有些恼火，觉得自己在买书的时候应该仔细地翻翻，怎么这么粗心呢？于是，今天早晨开车出来的时候，我就特地带上了这本错版的《论谋杀》，打算在中午休息的时候，到三联书店里去更换一下。整个上午，我都在办公室忙碌，快到中午的时候，在MSN上，我忽然看到我的朋友，诗人、小说家楚尘——他如今已经是一个非常不错的出版策划人，他说要过来到我这里吃午饭，就吃我们杂志社小食堂的饭。我就等他过来。中午十二点，他准时到了，然后，他从书包里掏出来一本《论谋杀》，递给了我，说，这是他新近策划出版的书，送我一本。

我当场就惊呆了！因为这套书一共有二十多种，而他，竟然恰好带了这本我错版的书送给我，事先我既不知道这套书是他策划的，也不知道他会送书给我。而鬼使神差，他给我的恰好就是这本《论谋杀》！因此，我当时几乎是流出了激动的眼泪，两个爱书之人都觉得有些匪夷所思了。也许，这是上苍报答我喜爱书籍——这已日渐衰朽的癖好——从而带给我的一个小小的奇迹吧。

但是，我要说的事情，和楚尘没有关系。错版书这件事情，让我想起来我今年8月到达新疆喀纳斯地区采风的时候遇到的另外一件事情。具体说，实际上，我是遇到了一个人。

今年8月，北京酷暑难当，我和另外一个朋友去新疆北疆的喀纳斯地区去旅行。过去，我没有去过新疆，只是从报纸上得知，这个叫喀纳斯湖的地方，如今是中国最美丽的地方之一。我已经去过中国内地大多数的风景名胜区，觉得论山水，也就九寨沟值得一看，其他的因为被旅游业的改造，也就不过如此了。我想倒是那些至今还没有怎么开发的西南地区，比如贵州、云南、西藏的一些冰山大川中那些还没有怎么被命名的地方，是值得一去的。如今，最美丽的风景，全部都隐藏在高山密林之中，过去由于交通的原因，人迹罕至。现在，人们凭借现代化的交通手段，终于可以比较轻松地到达这些地方。

8月底，盛夏时节，新疆也很热，不过，新疆的温差很大，而这个季节是去新疆的最好的季节。我们飞到了乌鲁木齐，然后又坐汽车，一路向北走了一天，傍晚的时候才到达了阿勒泰市，在市区里过了一个晚上。到了第二天的早晨，我们驱车北行，前往藏在阿尔泰山深处的喀纳斯湖。汽车在海拔逐渐升起来的山间急速地盘旋，依次越过了戈壁、秃山、高山草甸，最后在布满了松树和桦树的高山间盘旋。一条蓝色的河水蜿蜒在公路的边上，似乎我们渐渐地进入到了画幅之中。最后，在拐过了一个山岭时，我打开一点车窗，感到有一阵凉风吹了过来，我想，附近一定有大片的水域。果然，在正午的阳光下，白云在天空中飘浮，山脚下出现了一块蓝中带白的玉石一样的大湖喀纳斯湖。它是一个高山湖泊，依靠阿尔泰山主峰的冰川融水，最后形成了沿着一道峡谷流淌的河湖系统。因为水中含有大量的钙质，所以，看上去水色呈现出蓝白色、有些不真实的梦幻般的色彩。

到了湖边，我立刻被眼前的美景所打动，下了车，我迫不及待地向湖水冲去。喀纳斯湖地区实在是美丽无比，有着瑞士附近的阿尔卑斯山的风景特点。尤其是一些树叶正在变黄的漂亮的白桦树林，细弱的树干挺拔直溜，树叶在风中抖动，发出了奇特的哗哗声。

接下来的两天里，我们就在喀纳斯湖附近的各个景点游玩，也攀爬到了可以俯瞰整个喀纳斯湖的小山头，在观鱼亭里，察看湖水里有没有出没的水怪——大红鱼。但是，我没有发现。

我们还到附近的一个蒙古人的支系、图瓦人的村落里，看他们酿马奶子酒，擀毯子。我们还乘坐快艇，在喀纳斯湖的6道湾戏水，一直到达很远的湖泊上游，从那里，可以清晰地看见近在咫尺的白色冰峰。据说，当年成吉思汗西征就是从那里翻越了阿尔泰山，直出中亚，一路打到了欧洲，很快就占领了无比广大的地区。

我们准备在第三天一早就要离开了。可是我似乎觉得还没有尽兴。在头天的下午，我中午喝了很多马奶子酒，有些醉了，就睡了一觉。醒来之后，发现同行的朋友给我留了一张纸条，说他们去湖泊的下游月亮湾一带漂流去了。

我觉得头疼，就走出模仿北欧别墅风格建造的尖顶木结构的宾馆房间，一个人往一片由松林围成的空地走过去。我很快就看见了一匹黑马，身上没有鞍鞯和缰绳，一边甩着长长的棕毛，一边打着响鼻，慢慢走着，埋头在吃草。我向它走了过去。但是，它很警觉，即使它不抬头，也似乎知道我在向它靠近。我快，它也快，我慢，它也慢，就是和我保持一个安全的距离，仍旧在埋头吃草，对我不怎么理会，可是，又在戏弄我一般，就是不让我靠近它。我觉得很恼火，干脆跑着向它冲过去，它才扬蹄向一片后山林飞速跑去了。

我跟着跑了过去，我想抓住那匹马。我沿着一面到处都是鲜花盛开的山坡向上攀爬。我立刻被脚下的野花吸引了，这些野花竟然有10多种颜色，让我眼花缭乱。不断地有蚂蚱和蝈蝈在我眼前的草丛里蹦跳，我深一脚、浅一脚地很快就爬到了半山腰，可是，那匹马翘着健美的臀部，继续引诱我，躲进一片树林不见了。我汗流浃背，很失望，眼看着马匹钻入了一片松树林里，不见了。

我气喘呼呼地爬到了一棵松树边上，准备歇息歇息。然后，我看见了一个人，用毡帽盖着脸，正躺在树下，嘴唇在动，嘴里还嚼着一根长长的青草。看样子，像是一个哈萨克族牧羊人，正在那里休息。

我正准备离开，忽然，他开口说话了："陈林，是你吗？"

我惊呆了，这不是宿作东的声音吗？难道，他跑到这里来了？我站在那里，看他把帽子从脸上拿掉，一跃而起，向我露出一嘴的白牙，哈哈一笑，"我一听你走路的声音，就知道是你！"

我非常惊喜和诧异，我仔细地端详他。果然，几年没有见，这个家伙变化太大了，脸上长满了络腮胡子，很密集，不认真看还真认不出来他了。"真的是你吗？你这家伙——"我简直不敢相信自己的眼睛，但是接着，我们就很高兴甚至是狂喜般地拥抱了。我立刻闻到了他身上那种只有游牧民族才有的羊膻气味儿。看来，他在这里已经待了很长一段时间了。

我们找了一块凸起的大石头坐下来，他给我还铺了一块羊毛毯子。"我到这里，已经4年了。不过，现在，我已经不叫宿作东了，我有了一个哈萨克名字，我叫艾多斯。"

我更吃惊了，问他，"你改名叫艾多斯了？"

"是的，我现在就叫艾多斯。这是一个哈萨克族老人给我取的名字。因为，我有了一个哈萨克名字，我才能够真正地融入这片土地。你知道我的名字——艾多斯，是什么意思吗？"

"不知道，我不懂哈萨克语。"我觉得很费解。

"是月亮的朋友的意思。我，现在是月亮的朋友。哈哈哈哈！"他大笑了起来。

他提起了月亮，我的记忆在这个时候就迅速地复活了。关于他的记忆在我的脑海里像潮水一样地掀了起来。我们是大学同学，一同度过了4年时光。宿作东是一个敏感的诗人，他是黑龙江漠河人，自小就和大山亲近，熟悉大自然对人的影响。一进学校，他就成了学校里的活跃人物，经常参加和举办各种活动，组织诗歌朗诵会和戏剧表演比赛。不过，因为一次爱情的失败——当时他喜欢一个外文系的漂亮女孩子，没有成功，加上他曾经带领学生和学校食堂闹了一次罢吃饭运动，被学校处分之后，这个家伙多少受到了一些打击，有一阵子不愿意和人打交道，开始自闭了。当时他的一些行为很神秘，还算得上古怪。比如，我记得在，1990年的某个时日，春天里，晚上的时光，我和女朋友在校园外面的小山上幽会，结果，在山顶上的一片松林里，看见他一个人拿着一把木剑在狂乱地舞动，嘴里大喊："月亮！月亮！我要邀请你和我一同舞剑！"还有一次，在我们的宿舍里，我半夜感觉到有点异常，醒了过来，朦朦胧胧地看见有一个黑影子坐在我的床边，月光诡异地洒在他身上，脸是一片黑影，身子却是白色的，实在是吓人，我立刻被吓醒了，"你是谁！"我恐怖地尖叫道。

"是我，宿作东。"他默默地回答。

"你你你坐在这里干什么？"我问他——他睡在我的上床，

是不应该来坐到我的床边的。

"这里月光很好,月光很好。"他喃喃自语,嘿嘿笑了一下,然后,又爬到上铺睡觉去了。

总之,这个家伙不知道为什么,那段时间变得有些神经、神秘、神叨叨。这类事情经常在他的生活中发生,弄得一些女生都有些害怕他了。不过,他的诗却越写越好,名气也越来越大了。毕业之后,他被分配到广州,在某个区政府任职。我觉得,这个家伙这种状态,到了广州那样的商业城市,能不能适应呢?但是后来,传到我的耳朵里的,有他投黄浦江自杀的传闻,也有他给一家石油公司写了一句特别棒的广告语,得到了100万元的传闻,两种结果相反的消息让我有些疑惑。但是后来证明他没有自杀,而是活得很好。他到了广州生活状态也很神秘,不怎么和同学往来,关于他的说法都是自相矛盾的。

但是,几年之后,我见到了他,就觉得他已经彻底地改变了。这时已经是1999年了,他来到北京是代表南方一家有名的地产公司,作为北京地区的总经理,运作房地产项目的,他是一副挥金如土、挥斥方遒的气概,带着大量的资金,来北京做大的房地产项目。我们偶尔接触一下,但是,更多的时候,我是在一些报纸上看到他。他拿地、搞规划设计、卖楼都非常有魄力,专门在财富扎堆的朝阳区CBD地区运作地产项目。这个区域是以中国国际贸易中心建筑群为核心的一个商务区,高楼大厦和写字楼荟萃,也是北京最国际化的建筑景观区域。我知道,在这个地方成功运作房地产项目的,除了任志强、潘石屹这样的专业地产商人，就是一些资金与背景都特别深厚的地产商，一般人是很难在这个寸土寸金的地方折腾开来的。可是，这个宿作东，昔日的诗人和神经质，昔日的自闭症患者和遁世者，昔日的恋爱失败者，变成了如今的房地产弄潮儿，他竟然在北京的核心地区，折腾出一个商务建筑群的项目来，不能不说，我对他是刮目相看，也不能说我的内心没有震动。因为，我们谁都没有料到这小子可以成为这样的人，一个地产明星。至于他是怎么崛起的，有不少的传说。几年之后，一个做房地产业报道的记者朋友告诉我，一开始，他基本上是用空手套白狼的方法，做房屋中介代理，一举成名，然后被广州一家相当大的股份制地产公司的董事长看中，让他坐了直升机，担任了总裁助理，开始了他传奇般的经历。这些，在我们偶尔的见面聚会中，他从来都不和我说，总是在谈北京地产的情况，总是一种意气风发、气吞山河的架势。

我知道，地产界里的黑幕很多，到处都是政府里的某些人和地产商勾结在一起，通过土地搞黑幕交易的事情发生。可是，他搞不搞那些场外交易？搞不搞行贿受贿？我从来都不问他这些事情。有一天，他专门让司机来接我去吃饭。坐在他的宝马760宽阔的后座上，司机沿着东三环行驶，从三元桥开始一直到双井桥，一路向南，我看到的都是鳞次栉比的亮晶晶的玻璃幕墙大厦群，这都是这个镀金时代里的财富象征物。但是，我却厌恶眼前的景色，因为，我在上海、深圳，甚至是香港、芝加哥、纽约，都见过这些劳什子，我一点也不喜欢,一个建筑师还把这些玻璃幕墙大厦称作"人工屎林"。可是,宿作东喜欢,他历数一幢幢大楼的名字和高度,每座高楼都可以叫出名字,"这个,是财富中心大厦,那个,叫做银泰中心,有248米高,啊,那个正在焊接的钢筋水泥建筑,是国际贸易中心的3号楼,有330米高呢。你看,我的项目就是那个——"我顺着他的手指给我的方向,看到了一片透明的玻璃建筑,正在他刚才提到的那些建筑的中间,顽强地崛起着,生长着。那些建筑如同工业时代的一种很古怪的蘑菇,没有人性,但是却有着诱惑人的致幻力量。

我当然很佩服,我必须说,宿作东现在是这个城市的新弄潮儿。在北京,几年下来,他攻城掠地,成功地运作了几个大型的房地产项目,实在是一个奇迹。而且,他还和我做了邻居。我住在一个低密度的社区里,他则在隔条马路、靠近温榆河的一个别墅区,买下来了一幢别墅,走路的话,离我的住所只有十分钟的路程。所以,我经常去他那里玩儿。不过,他还是一个人,三十出头了,一直不结婚。尽管他的身边总是有漂亮女人,使我眼花缭乱,可是,他似乎没有固定的女朋友。

"你也该结婚成家了。"我说。

"我们不谈这个话题,我们不谈感情,这个没有意思——"他说这话的时候已经是2003年了,在他的那个外表看上去像是一个滑稽的儿童乐园的别墅里,他对我说,"我忽然产生了一种厌倦感。"他目光炯炯地看了我一眼,但是,又转到了墙上的一幅画。那是一幅高更的作品《我们是谁?我们从哪里来？要到哪里去？》的复制品，据说，是深圳一个专门临摹世界名画的村子，大芬村的村民们临摹的。挂一幅临摹的世界名画实在是品位低下，我说他他也无所谓。"你看，最近我就在思考这个问题，那就是，我们是谁？我们从哪里来？要到哪里去？昨天，我在地铁里，看到了一个叫卢红的人，拍摄的很多非洲的照片，啊，那大片的红色火烈鸟在湖面上，大群的斑马在草原上奔驰，大象、老虎、狮子和鳄鱼，就在你的眼前跳跃。我想我应该改变生活方式，应该像罗红那样，去一边旅游，顺便搞搞摄影。"

"那你可以继续写诗啊，写诗现在已经是休闲阶层的事情了。"

"可我现在已经写不出诗来了。"他扔给我一本杂志，封面是另外一个地产商人黄石在攀登珠穆朗玛峰的照片，照片上，黄石在奋勇地沿着一条冰山的脊背在攀缘。"你看，黄石已经都爬上了珠穆朗玛峰，虽然，你知道吗，要是没有那些天生擅长在雪山上奔走的夏尔巴人和藏族人做助手，他很难爬上去，可是，他毕竟是上去了，而且不光如此，他还攀爬了很多高山。"

"难道，黄石他不打理地产公司的生意了吗？就整天爬山？"我觉得还是有些怀疑。

"他有很多能干的公司同事和下属啊。再说，现在的通讯手段，即使你在喜马拉雅山脉里，照样可以通过卫星电话指挥做生意啊。"

"我感到你最近情绪不太好，而且，似乎心事重重。"

"我萌生离开地产界的念头了。"他坚决地说。

随后,由于一位主管城市建设的政府官员的倒台,我就开始听到关于宿作东的一些传闻,传说他出钱利用女模特搞过性贿赂,搞定过一些政府官员,又传说,在拿地的时候他有很多不法行为,还有传说他在整个项目运作的过程中,除了自己应该得到的,他还贪污了不少。总之,不知道他在哪个环节得罪了哪些人,干了什么不该干的事情,他的处境开始不妙了起来。于是,某一天,他忽然就人间蒸发了。我给他打电话他也不接,我上门去敲他那幢像儿童乐园一样的别墅的门,那里从来都没有人。又过了两个月,我再去他家,发现房屋已经换了主人,他彻底地消失了,没有人知道他去了哪里,然后,就是在2006年的夏天,我在阿尔泰山的一面草坡上,遇到了他。

他让我在这里待上一个月,"现在,正是山上最好的时候,秋天了,一切都在收获,而且,再过半个月,我们就要从山上向山下转场了,而转场的过程是很有意思的,我希望你留下来,体验一下这种伟大的、也许总有一天要消失的游牧生活方式。你留下来吧。"

看着他热切的眼神,我想了一会儿,同意了。这天傍晚,我先到山下的旅馆,告诉我的同伴,我要在山里再待几天的决定,同伴觉得有些不能理解。"你要待在这里?再过一个月,就要大雪封山了呀。"

"不用管我,你们不用管我了,我要在这里待上一段时间。"

当天晚上,我就住到了山坡上艾多斯——月亮的朋友——我还是觉得他的这个名字有点儿古怪的陌生感——的帐篷里,就着煤油灯,和一种太阳能灯,和他彻夜地长谈。我很惊异地听他给我讲述他3年来在这里的生活。他隐名埋姓,来到了这里,给一些贫困地区捐款修建了几所学校,然后,要求成为一个当地牧民。他的要求被允许了。没有人知道他的底细,有人去打听,可他的保密工作做得特别好,直到现在,都没有人知道他是谁。

他说,他就想做一个彻头彻尾的牧羊人。3年前的那个秋天,在这座山那边靠近边境的一个地方,他扎下根来了。一开始,他买了20只母羊,在那年冬天,这些母羊都产下了羊羔。到了春天,他就拥有了自己的一小群羊。他和那些哈萨克牧羊人一样,在春夏之交的时候,赶着羊群,沿着草地,一路让羊群吃草,慢慢地翻山越岭,向阿尔泰山脉深处进发,到达这里的水草丰美的夏牧场。一路上,就风餐露宿,住在临时搭建的毡房里。他就这样一点点地学会了游牧生活的技能,包括给羊打防疫针,做药浴,防止口蹄疫等疫病的发生。而在这里放牧,虽然是在山间游走,也并不是可以随心所欲地到处乱放,按照各家各户达成的默契,每家每户在放牧的时候,都有自己的线路,在春牧场和夏牧场也有自己的大致领地,互相很少进入对方的牧场范围。到了秋天,在大雪封山前的一段时间,他又要赶着羊群下山,翻越一座座高山,逐步地降低海拔,一路上沿着传统的牧道走,最后还要经过一片荒漠和戈壁滩,最后到达冬牧场,也就是县城附近的一个定居点,在那里待上一个冬天,还要准备好过冬的牧草。

"你,这样生活一直没有一个帮手?也没有老婆或者,女朋友?"我总是很关心他的私人生活。

尽管光线不那么强烈,他的眼睛仍旧显得很黑亮,也很亲切。他带着一种豁达的笑意,"哈哈,我还是一个人。习惯了,这样挺好的。我也不需要帮手,因为,毕竟,说实话,我又不用靠放羊来维持生活。在银行里,我还有点积蓄。但是,我很少动用。其实,就是那天我和你谈论高更的画的时候,我就产生了在这个世界上突然消失的念头。我当时的确遇到了一些麻烦,我的确游走在一些危险事情的边缘,我在一个网中间,我在某个利益的链条里面,于是,我先是感到了害怕,然后忽然觉得商场没有什么意思了,我要赶紧选择过另外的一种生活,而且,在商场上我已经得到了那种高峰体验,我满足了,不想再过那样的生活了——实际上再么么运作下去,我可能就要进监狱了。于是,我就到这里来了。"

他这么说,我立即联想起来今年展开的反商业贿赂和社保基金案件的查处,很多案件都牵涉到官员和地产商人。看来,他后来要是仍旧在做地产,我就只能在监狱里见他了。

我留了下来,和他住在一起。他的毡房驻扎在山坡下面的一片空地上,每天的清晨,我就和他一起骑马把羊群向一面山坡上赶去。而我骑的马,正好就是那天调皮地引领我见到了艾多斯的那匹马。马是黑色的,眼睛非常的俊美漂亮,有着长长的挥洒自如的棕毛。这是一匹3岁的公马,它的母亲,现在是艾多斯的坐骑。我很久没有骑马了,因此适应性训练了半天,我就会了。在山坡上骑马是需要技术的,我掌握得很好。而放牧似乎很简单,当羊群在一面开阔的山坡上像棋子一样地散开的时候,就不需要管它们了。

这个时候,我和他就一起坐在小山坡的一块石头上,看着远处的羊群,在自由地漫步,埋头吃草。太阳很快升起来了,阳光一瞬间就把一切,把天地之间的一切给点燃了,给大地涂抹上了一层耀眼的金黄色。人、树和石头都有了自己的影子,这影子在迅速地移动。我们坐在一起谈天说地,非常愉快。我和他聊起来过去的很多朋友和同学,岁月似乎已经漫漶了,他们都不怎么清晰了。不过,这样的感觉对于我也是久违的,我的身心逐渐地放松下来,那种在城市中养成的快节奏的紧张和焦虑感,没有了。

以后的一些天,白天里,我们就骑马在山林间游走,饿了,就啃一点馕,吃一点牛肉干,渴了,就喝一点他一个军用水壶里面的水,和一个皮囊里面的马奶子酒。困了,我们就随便地在山间的树荫下面打瞌睡,听那些哀叹秋天的虫子们在草丛里使劲地鸣唱。我感觉时间发生了变化,像某种流体那样缓慢了下来。天地之间,总是有云,云在缓慢地移动,有时候甚至不移动,让我觉得很奇怪,可是有时候,云又游走得特别快,仿佛有什么在追赶着云彩,但是不怎么下雨。大自然带给了我全新的一种体验。

在这里有一种说法,在阿尔泰山上放的羊,羊肉非常好吃，因为这里自古就是黄金的产地，一些地方还埋着金山，阿尔泰山就是金山的意思。因此，这里的羊有"走的是黄金道，喝的是矿泉水，吃的是中草药"的说法。的确，山泉是随处可见，而野生的贝母和其他各种中草药也很多，都是羊群爱吃的植物，这些走着黄金路、喝着矿泉水、吃着中草药的羊，自然也是膘肥体壮，羊肉也就很好吃了。每天，到了傍晚，需要把羊群赶下山了，我们只要将头羊往下山的道路上一赶，羊群就开始跟着头羊，往山下的驻扎地走去，非常听话。我们则骑马在羊群左右包抄，一直把羊群聚拢到一个由木桩和铁丝圈起来的简易羊圈里。在骑马快到毡房的时候，我骑的马差点摔倒了，因为它一脚踩到了一个草原田鼠的洞里了。山地草原被田鼠破坏得很厉害，不过幸亏我骑的这匹马非常的机灵，才没有马失前蹄。

艾多斯、月亮的朋友、宿作东，我都不知道应该怎么叫他比较好。我对他的新名字总是有些不适应，可是，他的确用了三年的时间，把自己变成了一个真正的牧人。比如，他和那些哈萨克牧羊人一样，有着一个绝佳的本领，就是在自家的羊群经过眼前的时候，能够快速地数清楚自己的羊，不会有一点差错和遗漏。即使是别人家的羊混入到自家的羊群里面了，也可以马上看出来。到了晚上，我发现，草原上夜空的星星特别密集，因为大地很暗，相互之间距离很远的一户户毡房里面，只有门缝里才泄漏出一点光线。可以听见哈萨克妇女炒菜的声音，也可以闻见飘散过来的炊烟味道。现在的哈萨克牧人们，也可以在毡房里看电视、听收音机和使用太阳能灯具和炊具了,生活的形态朝现代化变了很多。用柴火做饭,越来越少了。

晚上,我们在毡房里,就着太阳能灯光,我看他在阅读一些古代波斯诗人的诗集,我问他:"艾多斯,老宿,你还写诗吗?"

"写呀,怎么不写呢,你看——"他取出来一个小皮箱,皮箱的边都磨亮了,他打开来,从里面拿出来厚厚的一叠叠的纸,递给我,"这些都是我在山上的时候写下来的。"

我接过来,贪婪地阅读着,啊,真的是,都是一些非常美好的诗篇,这些诗篇,是一个人的心灵非常安静的时候才能写下来的,和他以往的风格,已经大为不同了。过去的那种紧张、焦虑和撕裂感,都不存在了,出现的是和现在的景色、和他的心境、和大地紧密联系的诗歌。我说,"给我带走一些吧,我认识一些刊物的编辑,让他们看看——"

他从我的手上把那些诗稿夺了回去,"不不,我不想发表。我现在写诗,不再是为了发表了。就是为了写而已。我们存在于天地之间,就已经是诗了。我不会再发表诗歌了。"

我也在那一刻理解了他。

时光迅速地流逝,很快就过去了很多天。在山区牧场,我真的有一种乐不思蜀的感觉,在山里,我的时间概念也发生了变化,一般以太阳、月亮、白天、黑夜的自然变化来安排自己的活动。现在正在转向秋天,山下来收羊的维吾尔族贩羊人也上山了,他们开着卡车,和哈萨克牧羊人进行着交易。

一些牧人会在转场的路途中，卖掉一些羊，换一些现钱。一车车羊就那样被拉下山了，被运到了石河子、乌鲁木齐这样的大城市，甚至空运到北京，成为人们盘中的美好食物。艾多斯也卖掉了几十只羊，得到了几万块钱的收入。"这点钱，几年前是不是你一顿饭的饭钱？"我问他。

他笑而不答，"感觉完全不一样。感觉完全不一样。"

我还看到，一些大概是浙江人或者是江苏人构成的小商贩，一手拿着挡狗的棍子，一手提一个很大的袋子，来到哈萨克人的毡房，给哈萨克妇女和孩子们兜售衣服和各种生活用品。这个时候，狗吠声、孩子们兴奋的跑动声和妇女们展开的漂亮的衣衫，使得高山草甸上充满了欢乐。也使我很喜欢看到这样质朴的画面。不过，一直在我的脑海里盘旋，使我感到有些疑惑的是，艾多斯，月亮的朋友，宿作东，他寻求这样一种生活方式，到底是为了什么？他又能够坚持多久？

很快，我就跟随他开始进行转场了。这是游牧民族最为重要的生活方式和生产方式之一。在下山的牧道上，我看到一家家、一户户的牧民，正在川流不息地，依次向山下的冬牧场转移。在艾多斯的指导下，我和他一起把毡房拆掉，把毯子、毡子都卷好，把所有的生活物品捆好，按照体积大小，放到马车上，然后出发了。我们要逐步地向海拔低的地方转移。从夏牧场转移到冬牧场，一般需要半个月甚至更长的时间，牧民们必须在大雪封山之前，将羊群赶下山。这个转场的过程是走走停停，需要羊群边走边吃草，要在冬天到来之前尽力地抓膘。我和艾多斯就那样从有着很多松树和云杉的山林里，逐步地过渡到了高山草甸上，后来，又来到了低地地区。不久，我就看见，在低地的边缘，横亘在我们面前的，是一片二百多公里的戈壁滩。过了这片戈壁滩，就是他要去的过冬之地。

按照计划，第二天，我就要和他分手了。我已经在这里停留了二十多天了，秋天在加速地从爽朗的天空中俯冲下来，而且很快，冬天也要来了。可我必须要了解到答案，那就是，他为什么愿意消失在另外的一种生活方式里？为什么他要改掉自己的名字，从而成为"月亮的朋友"？他什么时候才结束这样的生活，然后回到他过去的生活状态里？或者，这是他永远的选择他不会再改变了？我们坐在夜空中全都是星星在闪烁的草地上，我的内心洋溢着一种奇特的感动，问他这些，然后，我听他告诉我的答案：

"为什么我要叫月亮的朋友？因为，今天，你看，月亮几乎都看不见，可是在城市夜晚那耀眼的灯光的河流、甚至是海洋的辉映下，在城市里生活的人，能够看到这样美丽的、璀璨的星空吗？一定看不到。可以说，我也许就是愿意看到这样的星星，才来到了这里。3年来，我觉得我过得非常幸福，内心很安详甜美。除了星星，我还有那么多的自由，我并不像你想象的那样孤独，因为，我在这里有很多的朋友，哈萨克族的，还有大自然中的花草树木和岩石。比如，每年到山上，我都可以看见去年我就认识的树木，它们都用新的面貌，新的姿态欢迎我。我还认识很多块岩石，它们一直在和我说话，低语，这些是没有人知道的。年年的云彩都在天空飘浮，可是，你知道吗？很多都是我过去认识的云彩啊，它们很快乐地和我打招呼,然后继续飘移。那些去年已经衰朽的草,今年又开放了鲜花,这鲜花,就是去年那些草的儿女,仍旧有着我见识过它们的母亲的美丽面容。但是,我还不是一个返回大自然的那种自然主义者,我现在的生活,在你和你们看来,仍旧很艰苦,比如春夏秋冬,我都要为了我的羊群、牛和马忙碌,我要奔波在几百公里之间,我要注意天气的变化。假如遇到了雪灾,我一样要遭受巨大的损失,假如羊群得了口蹄疫,那么我也同样要承受牧民们承受的一切。我还要准备过冬的牧草,要准备很多。可是,我从一种生活变成了另外的一种生活形态,我接近了我内心需要的东西,那就是,我要成为月亮的朋友。我现在就已经是了。至于我什么时候想回到城市里,或者我一直待在这里,我都说不好。是的,也许还有爱情的因素,你知道吗,我大学追求的那个女孩子,她后来到了澳大利亚,在那里,她嫁给了一个澳洲牧场主。后来,那个牧场主死了,给她留下了很多的牛、羊和马,她现在成了一个牧人。我不能确切地说我还爱着她,但是,我想,我现在也是一个牧人,我们都在一样的月亮下面放牧,我因此体验到了一种深深的、类似呼吸一样的对她的想念。可这就够了。我不会也不想去打扰她,也不想被打扰——我不知道,现在,我说清楚了吗?"

此时,天已经亮了,我和他聊了整整一个晚上。我不能确定我是不是听明白了,但是,唯一的答案是,他现在是月亮的朋友——艾多斯,不再是而且永远都不是宿作东了。

天亮了,他要骑马赶着羊群穿越眼前那二百公里的荒凉戈壁滩，而我，则要沿着相反的方向，去飞机场赶飞机。我们郑重地握手告别，"可惜啊，你不能带走这匹黑马，它很喜欢你。不过，你再来了的话，它仍旧是你的坐骑。记住，不要向任何人提起我，一定要保密啊。因为，我现在，甚至永远都是会艾多斯——月亮的朋友，我也是你的朋友。"

然后，他翻身上马，继续着他的旅程，带着他的羊群和马匹。

我目送他离去，我默默地念着，艾多斯，月亮的朋友。我看着他逐渐地消失在眼前戈壁滩上浮动的蜃汽中，消失在一片大地的空茫之中。也许，还消失在我被泪水迷蒙的眼睛中。

《中国好小说》丛书

我们策划出版《中国好小说》丛书,宗旨是汇集当代中国好作家的最强阵容,精选当代最好的中短篇小说,以不定期的开放模式陆续出版。

这些作家大都获过各种国内外文学奖项——茅盾文学奖、鲁迅文学奖、"五个一"工程奖、华语传媒文学大奖、英仕曼亚洲文学奖、法国《世界报》文学奖等。

他们的作品在中国当代文学史上具有重要地位,我们选编了他们的代表作和成名作,这些小说已经成为当代文学的经典性作品,标志了每一个作家的个性和特质,具有珍贵的史料价值和收藏价值。

《中国好小说》第一季

中国好小说·毕飞宇
中国好小说·迟子建
中国好小说·方　方
中国好小说·苏　童
中国好小说·王安忆

《中国好小说》第二季

中国好小说·阿　来
中国好小说·韩少功
中国好小说·刘醒龙
中国好小说·铁　凝
中国好小说·张　炜

《中国好小说》第三季

中国好小说·池　莉
中国好小说·范小青
中国好小说·李佩甫
中国好小说·肖克凡
中国好小说·叶兆言

《中国好小说》第四季

中国好小说·林那北
中国好小说·潘向黎
中国好小说·邱华栋
中国好小说·徐则臣
中国好小说·叶　弥

按姓氏音序排列

(京)新登字083号

图书在版编目(CIP)数据

中国好小说.邱华栋/邱华栋著.—北京:中国青年出版社,2016.12
ISBN 978-7-5153-4617-5

Ⅰ.①中… Ⅱ.①邱… Ⅲ.①中篇小说-小说集-中国-当代 ②短篇小说-小说集-中国-当代 Ⅳ.①I247
中国版本图书馆CIP数据核字(2016)第292049号

责任编辑: 程鹥眉
书籍设计: 瞿中华
封扉字体: 谷龙(谷龙纤圆体)

出版发行:中国青年出版社
社址:北京东四12条21号
邮政编码:100708
网址:www.cyp.com.cn
编辑部电话:(010)57350521
门市部电话:(010)57350370
印刷:三河市君旺印务有限公司
经销:新华书店

开本:810×1092 1/32
印张:10
字数:200千字
版次:2016年12月北京第1版
印次:2016年12月河北第1次印刷
定价:29.00元

本书如有印装质量问题,请凭购书发票与质检部联系调换
联系电话:(010)57350337